荆棘时代

陶晓智◎著

西南财经大学出版社
Southwestern University of Finance & Economics Press

图书在版编目(CIP)数据

荆棘时代/陶晓智著.—成都:西南财经大学出版社,2016.8
ISBN 978-7-5504-2482-1

Ⅰ.①荆… Ⅱ.①陶… Ⅲ.①长篇小说—中国—当代 Ⅳ.①I247.5

中国版本图书馆CIP数据核字(2016)第142700号

荆棘时代
JINGJI SHIDAI
陶晓智 著

图书策划:亨通堂文化
责任编辑:李特军
助理编辑:李晓嵩
特约编辑:孙明新
封面设计:李尘工作室
责任印制:封俊川

出版发行	西南财经大学出版社(四川省成都市光华村街55号)
网　　址	http://www.bookcj.com
电子邮件	bookcj@foxmail.com
邮政编码	610074
电　　话	028-87353785　87352368
印　　刷	郫县犀浦印刷厂
成品尺寸	165mm×230mm
印　　张	17.75
字　　数	240千字
版　　次	2016年8月第1版
印　　次	2016年8月第1次印刷
书　　号	ISBN 978-7-5504-2482-1
定　　价	35.00元

contents 目录

第三章　起承转合之承

第四章　起承转合之合

第一章

起承转合之转

一　杀人的房地产

1

乳山，黄海北部的一座小山，远眺如一个美丽的少女仰卧于碧海之中、蓝天之下，长发、侧脸、丰胸、长腿……

圆润的乳峰俏然耸立，山因此而得名，海边小城也因此而得名。

长长的秀发，连绵延伸，落潮时形成数个小岛或礁岩；涨潮时礁岩随潮水起伏而若隐若现，如长发飘舞，带动整座小山都灵动荡漾起来。

山，向海中延伸，不远处一座小岛，方圆不过千余米，随着近 10 年的房地产开发热潮，岛上兴建了一座酒店，不大也不高，20 余间房，完全与岛上的自然地貌以及植被融为一体，从海边看过来，不仔细搜寻甚至看不到，仔细看也仅能瞅见在枝叶摇曳中建筑的一角。上了岛，即使万分挑剔的建筑师，也不会觉得建筑有丝毫突兀。

2013 年 5 月 1 日傍晚，像个笑弥勒一样的张守强，乘游艇来到岛上，他从几千里之外的临海市来到这里，提前做迎接三位朋友的准备。一周之内，郭枫啸、游弋和罗杰陆续或乘直升机，或乘游艇，从临海赶来。

四人聚在酒店最里面的一间大套房，屋外是近乎 90 度的悬崖，崖下就是大海。

郭枫啸与张守强是中学同学，两人并排坐在沙发上。与白白胖胖、一走路浑身肉就颤的张守强不同，郭枫啸身材颀长匀称、肌肉结实，看上去比同是43岁的张守强年轻10岁。他原是海都房地产公司的老板，海都公司清算关张后，经营精锐广告公司，后收购张守强的鸿安房地产公司，是鸿安公司的幕后控制人，也是临海市商业银行最大的个人股东。

游弋坐在他俩对面，是临海市商业银行行长、国内著名经济学家，54岁，一眼看去，触目的是鼻侧两条法令纹，长且深。游弋头靠在沙发背上，静若半睡。

罗杰51岁，曾任临海市主管城建工作的副市长，因“艳照事件”被网络举报，加之涉及经济问题，刑满释放后多年不公开露面。他黄中透红的紫色面庞，不苟言笑，不怒自威。他今天刚到，站在窗口，打开窗户，海风呼啸，海浪澎湃，凉爽的空气破窗而入。他不禁打了个寒战，说：“临海已是酷暑，这里却寒气逼人。”

郭枫啸走到窗口，看看外面的天气，白天还艳阳高照，现在却乌云压顶，阴得可怖，他说：“暴风雨要来了。”话音刚落，一阵狂风吹过，瓢泼大雨倾注而下，他也打了个寒战，关上了窗户。

游弋眼睛仍是似睁非睁，说：“天要下雨嘛，该来的总要来的。”

张守强用手摸了一把额头，说：“临海的地产圈热闹了。”

郭枫啸转过身，仍坐在张守强身旁，静默好久，眉骨骨棱突起，动了动，说：“今天是5月7日。”

1999年的今天，是郭枫啸与女友琪琪的订婚日，父亲郭厚平准备在订婚酒会上宣布进军房地产业。谁知，琪琪被绑架者撕票，喜宴顿时变丧宴。

张守强拍拍老同学的肩，没有说话。

郭枫啸说：“杀人的房地产。”

对房地产，郭枫啸起初是恐惧的。恐惧，来自于继母杨乐韵的自杀。而琪琪的死，加剧了他的恐惧。

1993年，杨乐韵经历了海南房地产的从成功到惨败。1994年年初，一场春雨中，她以吞服安眠药这种极端方式，结束了尚未满34岁的生命。

春雨化泥，园子里一丛新盛开的月季花下，落英盖满了她瘦削而安详的脸。

她魂如落叶，回归大地。

她病倒之前，曾对郭枫啸说：“我要是离开了，只有你能把公司做好做大。你爸太重义气，他那帮兄弟也没有现代企业管理意识。”

“我什么都不懂，什么意识也没有。公司得靠你！”郭枫啸轻描淡写地说。他从没想过有一天自己会打理公司，也没理会她说的“离开”是什么意思。她，只比他大10岁。

郭枫啸的回忆被张守强的电话铃声打断。

张守强看了看，说：“是梁亚。”铃声响了一会儿，他才摁下免提键：“Dana哥……”Dana是梁亚——尚鲨房地产公司老板的英文名。没容张守强说话，梁亚就说：“守强，资金的事，还得你帮忙。”

“要多少？”

“四五亿元吧。”

“我在云南度假呢，等我回临海再谈吧。”

“你什么时候回？”

张守强看了看三个朋友，罗杰伸出三根手指头。张守强说：“三四天之后吧。你要着急，就来云南找我。”

“还是等你回来吧。”

挂断电话后，罗杰说：“谎话张嘴就来，不怕梁亚真的飞云南？”

张守强哈哈大笑：“他在香港躲了半个月了，临海都不敢回，还飞云南？”

躲到香港？三人都疑惑地看着张守强。

张守强笑着说：“梁亚现在是闭眼听见乌鸦叫，睁眼看见扫帚星，霉透了。有传言说韦本昌要出事，与他联系紧的开发商听到风声，都躲出去了。”

罗杰任临海市副市长时，韦本昌是规划局局长，归罗杰分管。罗杰被免职后，韦本昌接任副市长。听说他可能出事，三人都不作声，各有所思。

2

罗杰说："韦本昌要出事，可能不是小事。他在规划局时，就有很多人举报他。"

"上边有人，只要有人，有事也他妈的能当副市长。"张守强说了一句粗话。他的说话方式大家都习以为常了。

"他会拿，也就会送。"罗杰慢条斯理地说。

郭枫啸说："按罗市长所说，他在规划局时就有事，这次传言要是真的话，牵扯的开发商可就多了。"

罗杰摇摇头："就算牵扯很多，也只会拿一两个典型说事。"

"那梁亚？"郭枫啸说了一半就打住了。

"你是不是怕梁亚牵进去，咱们的计划就泡汤了？"张守强笑着说。

郭枫啸没说话。游弋说："计划的风险不在是否会牵扯梁亚，而在我们借给他钱的方式。这次借给他，要换一种方式了。"

"真的是梁亚？"郭枫啸突然问了一句。

张守强知道老同学说的是罗杰当年被举报的事，接口道："树矮根多，人矮心多。梁亚那小个子，没什么好心眼子。李莉与他素不相识，总不会认错吧？"

李莉是罗杰"艳照事件"中的女主角，网络流传的照片中，面目并不清晰，六年前张守强找到了她，她承认是有人给了她钱。一个月前，她主动联系张守强，从一沓照片中认出了梁亚，是梁亚安排她接近罗杰，并拍下照片。郭枫啸清楚这件事。

罗杰刚被调查时，游弋就给郭枫啸分析过，说举报是针对海都公司，罗市长只是个工具。

"他为什么这么做呢？"郭枫啸问。与梁亚20年的朋友，他始终想不通梁亚为什么会这么做。

“嫉妒！”游弋说。

郭枫啸与张守强都是一愣。游弋接着说：“他的内心是自卑的，这与他出身有关。奢侈品、美女，是他之所好，这都是内心的自卑带来的，他要用比别人更大的成功来掩饰他的自卑。他贪婪，他索取，他要比身边的人得到更多，无论是金钱、人脉，还是资源。他嫉妒你与罗市长的关系，嫉妒你无须太多努力就获得那么多。当年，海都公司顺风顺水，依凡也深爱着你。你与他是朋友，起步时也差不多，他不想你强于他。”

郭枫啸苦笑：“依凡，依凡曾经那么爱他，是他不珍惜。”

张守强对游弋说：“我也觉得你这个大经济学家分析得不对。”

游弋说：“对不对，时间会来裁定的。”

郭枫啸用低沉的语调慢慢地说：“杨阿姨自杀了，琪琪被撕票了，我妈妈病逝了。房地产，杀人啊。”

张守强向沙发上一靠，拍拍大肚子，说：“的卢马妨主亦救主，别那么迷信。”

游弋说：“琪琪希望你生活得更好。你妈妈一直劝你振作起来，做好房地产。你杨阿姨更是看好你，说你有血性，能在商场跃马挎刀，纵横驰骋。”

郭枫啸曾经与游弋谈过琪琪与母亲，但从未说起过杨乐韵，他看着游弋：“你认识我杨阿姨？”

3

游弋和杨乐韵是大学同班同学，都是学霸，先是学习上互不相让，后是感情上互生好感。

大学四年，两人是恋人，却没有多少时间谈情说爱，更多的是观点的碰撞、争辩，几乎每次都以游弋的失败而结束争论。他知道她执拗，总是让着她。

毕业后两人对就业方向产生分歧，他要在银行发挥自己的专业才能，她认为银行太务虚，坚持要做企业。她还调侃说：“现行体制下，中国没有银行家，把只狗放在行长的椅子上，银行照样赚钱。”这次他没有让着她，她赌气与他分道扬镳。

杨乐韵到世都公司去，是对行业及企业做了充分调研之后，有意而为之的。她坚信自己能把一个并不被看好的企业做成行业一流，她做到了。她本还有更大的目标，但她与郭厚平的结合，却并非是蓄谋而为，她后来是真正地爱上了郭厚平。为此，她断绝了与游弋的联系。

杨乐韵去海南做地产，游弋并不知道，那时他又回到学校，拿到了硕士学位，正跟随一位全国数一数二的经济学家攻读博士学位。

海南地产失败后，杨乐韵与游弋联系上，说已生病很久，无法医治。她没有孩子，因为她不想将来会有遗产上的争夺。

她未了的心愿是没能把公司做得更大。她相信郭枫啸可以。她认为游弋将来定会大有前途，请求他能关注郭枫啸，帮助郭枫啸。

游弋的导师在海南地产崩盘后，作为国务院邀请的专家，多次参与政府有关房地产行业发展的讨论，有几次游弋也旁听过，因此他了解了很多外界所不知的信息。

他告诉杨乐韵，地产以后会大有可为。

郭枫啸想到游弋曾与他谈过年轻时的感情，就问：“您说的曾经失去了在天一方的爱，指的就是杨阿姨？”

游弋点了点头。

郭枫啸说：“您就是因为杨阿姨所以一直未婚？”

游弋说：“是，也不全是。读完博又去国外做了几年访问学者，想找人结婚却错过了时间。人啊，哪个年龄就得做哪个年龄的事情。错过了就错过了，我也不想凑合。不过，你与我不一样，十多年了，依凡一直陪着你。别让她再等下去了，不是每个女孩子都能在公众场合弯腰给你系鞋带的。”

听游弋这么说，郭枫啸脸上掠过一丝痛苦。

久未说话的罗杰说："枫啸，你与琪琪的感情很纯真、很动人，可毕竟都早已回不来了。依凡在你沮丧、软弱的时候，来到你身边，托起你的下巴，扳直你的脊梁，一点点让你找回血性、找回野心。枫啸，年轻时找寻的是明媚的微笑与怦然的心动，40 多岁了，找寻的她，不只是爱，更多的是能共同成长，在不离不弃的默契中共同成长。"

4

郭枫啸来临海的时候，刚上初二，离开儿时的伙伴，他很孤独，总是一个人，闷闷的，不与任何人交往，整天不说一句话。

同学中，很多都是他这样的，从外地来的，父母忙生意，没时间管。那个年代，香港电影正流行，枪战、古惑仔，学校里受其影响，三个一伙，五个一群，拉帮结派，打架泡妞，没人把学习当回事。每天只知道学习的郭枫啸成了异类，其他同学找借口欺负他。他倔强，不肯服输，越不服输就被打得越重。

郭枫啸缠着爸爸的那些战友，让他们教自己格斗与搏击，暗地里苦练。他要以牙还牙，只是没有把握打败他们之前，他不想动手。

那时，没有人在意他，除了琪琪，一个温柔甜美的女生，会在他被打倒时去拉起他。那些欺负他的人，经常向琪琪献殷勤，可琪琪并不搭理他们。

琪琪越关心郭枫啸，那伙人就越变本加厉地欺负他。再一次被拉起时，他野蛮地推开了她。她失望地走开，他一个人偷偷地哭。

有一次，杨乐韵发现郭枫啸在偷哭，问他为什么。他不想说是因为没有琪琪的关心，就说同学们总欺负他。杨乐韵笑他软弱，问他想怎么处理。他没说想以后报复，而是说要找机会与他们谈谈，和平共处。

杨乐韵说和平是用实力换来的，不是靠哭泣换来的。还告诉他，他的爸爸当年是就是用拳头打下世都公司的。在临海，硬实力就是最好的谈判砝码。

这与他心里想的一致。从此，郭枫啸转变了对杨乐韵的看法。

终于，初中快要毕业的时候，他当着琪琪的面，一个人，狠狠地用拳头教训了那伙人。他叼着烟，高昂着头从琪琪面前走过，炫耀自己的强大。然而，他看到的却是充满了失望的眼睛。

高中时已经没人敢欺负他了；相反，很多人跟在他的后面，替他去打架，他成了大哥。小弟们惹了事的时候，他会出面保护，这是维护大哥尊严所必须的。那段时间，每天放学之后，他都是在打架。虽然成绩在下降，但他觉得充实。

琪琪仍然与他一个班，只是再也不理他了。看到她的冷漠表情，他甚至有些怀念初中挨打的日子。

琪琪越长越漂亮了，“像一朵水莲花，不胜凉风的娇羞”。而那“一低头的温柔”，更是让他日夜思念。他在暗暗地保护着这朵水莲花，不允许任何男同学去骚扰她。

好多男女同学都恋爱了，他身边也有一些女孩子围着他。他抽烟、喝酒、打架，什么都干，只是从来不恋爱。他，在等着她。

转眼高三了，他终于忍不住，找到琪琪，表达了几年的思念。琪琪说不想跟一个古惑仔谈恋爱。他说一定改。

他发奋读书，拼了大半年，成绩已在班级名列前茅。他又看到了琪琪之前的眼神，内心里涌动着甜蜜的喜悦。

高考填报志愿，他咨询琪琪的意见。这时，他才知道，琪琪的父母一直在国外，她是住在临海市的姨妈家里。现在，她姨妈也去国外了，她父母希望她去国外读书。他突然觉得努力了大半年的学习，一点意义都没有了。最终，琪琪拒绝了父母，与他报考了同一所大学。

大学四年，他不抽烟、不喝酒、不打架，陪琪琪在图书馆看书，在体育馆打球，在操场散步，去山上放烟花，去海边看日出，去田野追夕阳……一个吹着笛子，一个唱着歌谣，假期还陪琪琪到大山深处的希望小学支教……四年下来，他脱胎换骨，完全变了一个人。

十几岁来到这里，他忘不了那时的孤独，缺少儿时回忆的地方，也就没有根，虽然有爸爸，可爸爸总是忙于生意。他一直觉得自己就像是一个浮萍，直到遇到琪琪，他才在异乡有了家的感觉。不管杨乐韵怎么说，他就是离不开琪琪。

琪琪的父母重男轻女，对她并不好。就连琪琪去世，她父母也仅仅是回国简单处理了一下后事，跟郭枫啸交待了一下，就借口国外生意忙，回去了。

在临海，他是琪琪的所有，琪琪也是他的所有。

5

三天后，郭枫啸、张守强、游弋、罗杰四人做好计划，抽出一天时间，从大乳山向东，沿海岸线走马观花略做游玩。暮春的阳光微辣，洁白的沙滩在阳光下闪闪发光，如一粒粒宝石。郭枫啸想起了缅甸的翡翠，想到琪琪初见缅甸玉做的佛挂件那欣喜的样子。他想起了琪琪的牙齿，也是如此晶莹洁白，还有依凡，也有着一样晶莹的牙齿。他的心，一阵痛。

看出郭枫啸兴致不高，张守强指着海边的建筑，一会儿是这个太丑，一会儿是那个糟蹋了大好的风景。

罗杰很少说话，偶尔几句话也多是说说大海。游弋依旧是一副似睡非睡的样子。

到达乳山东部仙人桥，已是中午。这本是一块天然巨石，在海水、海风、阳光等自然力的作用下，蚀成一座天然单拱石桥，一端在岸，另一端延伸入海。四人站在桥上，极目远眺，微波澜澜，点点金光跳跃，心中一片开阔，话语都多了起来。

游弋脱口吟道：“一桥跨海陆，脚踏天地间。”

罗杰重复了一句“脚踏天地间”，就沉默了。

第二天，四人分头回到了临海。

二　紧相逼

1

大成置业集团——临海市最大的房地产公司，开发了上百个项目，遍及全国 30 多个城市。老板黄兆安本是临海郊区一渔民，使用种种手段完成了资本的原始积累，竞选了村支书，又赶上临海发展的好时机，在 20 世纪 80 年代成立了临海第一家民营房地产公司，现在是临海市“房地产企业家联盟”的名誉主席。

房地产企业家联盟是 2004 年成立的一个纯民间组织，发起者是《临海晚报》经营中心总经理钟峻，那时他还是《临海晚报》房产部主任。

罗杰任副市长时，偶尔也参加房地产企业家联盟的活动，但很少发言，更没做过任何指示。韦本昌接任后，不但经常参加房地产企业家联盟的活动，每次参加必发言，而且还总带有指令性的意味，让一个民间组织披上了半官方色彩。半官方后，房地产企业家联盟对临海的房地产发展起过一定程度的推进作用，但也产生了很多问题。

郭厚平做货运，成为道上大哥时，与黄兆安分属城市两端，互不理睬，互不相犯。后来海都公司借助罗杰，在大成集团传统势力范围内虎口拔牙，拿下当时最大的项目——2 000 多亩（1 亩约等于 666.67 平方米，下同）地的“心之湖”，令大成集团不得已放弃传统区域，重新进行战略布局。

更令大成集团在行内颜面尽失的，是它的一个地块因长时间不开发被政府收回，重新拍卖后让海都公司揽入怀中。

郭枫啸接管海都公司后，在一次土地拍卖会上，与大成集团刺刀见血，两败俱伤，各争得一块土地，却都因地价高昂骑虎难下。事后，郭枫啸主动找到黄兆安，原价收回大成集团刚拍得的土地。虽然他的主要目的是想与海都公司拍下的土地连成一体，完成区域垄断，取得房价的话语权，但这足以让黄兆安感激。

黄兆安在20世纪末就移民澳大利亚，刚有消息说韦本昌接受组织调查，他就跑到澳大利亚了。郭枫啸给他打电话，他说要去澳大利亚旅游散心。

悉尼海边独栋别墅的院子里，黄兆安击打着沙袋，上身赤裸，左上臂文着一个龙头，浑身的肌肉健硕紧凑，与近60岁的年龄并不相称。看到郭枫啸与孟依凡进来，他将沙袋推向郭枫啸，然后左右勾拳连珠般打过来，郭枫啸巧妙而轻松地躲闪着，一会儿，黄兆安就气喘吁吁。

黄兆安停下来，边往身上披上一件长袍，边说："明天早晨再陪我练练，今天，要不是已经练了一个小时，不会输给你。"

郭枫啸一拱手，笑道："黄大哥老当益壮，宝刀不老，小弟甘拜下风。"按说，黄兆安应该是郭枫啸的叔叔辈，可他非让郭枫啸以哥称他，一是他不服老，二是他也感念郭枫啸在土地市场上相让的义气。

黄兆安的妻子拉着孟依凡去参观别墅了，她是国内一个三线明星，演过几部电影、电视剧，跟了黄兆安之后，一直在澳大利亚金屋藏娇，年龄还不到他的一半。"什么老当益壮，我老吗？"黄兆安转向郭枫啸："哎，你小子不是专程来看我的吧？"

"与依凡一起出来玩玩，顺便看看老哥，也还有一事相求。"

"啥事？说吧。你的事，就是我的事。"

"老哥手头能有多少流动资金？"

"今年地产形势不错，十几亿元是有的。怎么，你小子要重回地产？

要钱的话，拿去用。这几年也委屈了你，广告公司赚的那点辛苦钱够做什么的？”

“谢谢啦！我用多少再跟您说。梁亚正缺钱，他要找您，您不借就是帮了我忙了。”

“Dana在大成做过总经理，交情还有。之前也从我这儿腾挪过，利息高，还得也快。不过……”黄兆安沉吟道：“既然你说了，不理他就是。”

郭枫啸笑了：“我从老哥这里拿钱，利息与梁亚拿的一样。”

“不一样不一样。那小子，不说他了。”黄兆安鼻子里“哼”了一声，又说：“听说当年罗市长被举报后，倒了台，但你依然认他这个朋友。唉，你真是有情有义。”

说着，黄兆安的助理拿来手机，说有短信，他看了看，兴奋地说：“韦市长没事了，下周要召集房企联盟的成员开个会。老弟，本想陪你好好逛逛，看来不行了，我得收拾收拾回国了。”

刚从黄兆安那里出来，郭枫啸就接到张守强的电话，告诉他韦本昌没事了。

2

房企联盟地点仍在“琴瑟会”——钟峻的一个高级会所，钟峻还有一个峻薇公关公司。无论是会所，还是公关公司，囿于身份，他只是幕后所有者，法定代表人是他女友宋雪薇。

琴瑟会对会员资质要求很高，以企业法定代表人和高管为主，房产行业最多，也有少数官员。出入其中的，非富即贵，而且极为注意保护客人“隐私”，不会有两批客人同时在电梯、走廊、大厅等公共空间出现。客人也知道，没有主人的邀请，或者是其他客人的邀请，不会到别的活动空间。少数的几个贵宾会员，每人都有一间特别预备的房间。

琴瑟会，利用人的五欲：色、利、名、吃、睡，编织了一张“网”。喜欢什么，琴瑟会就送上什么，以此控制官员、地产商等各色人等。

除了“名”，其他四样都好送，在送“名”上，钟峻颇费心思，组织律师帮购房者买房、投诉，再帮开发商找律师、法官平息，再反过来利用开发商行贿要挟法官；帮开发商联系官员，为拿地、开发开通各项便利，也利用开发商给官员送业绩；对不听话的小老板、小官员，就有意无意将信息透给检察院，帮检察官破案，再用信息要挟检察官……

唐太宗李世民说：“人主惟有一心，而攻之者甚众。或以勇力，或以辩口，或以谄谀，或以奸诈，或以嗜欲，辐辏攻之，各求自售，以取宠禄。人主少懈，而受其一，则危亡随之，此其所以难也。”

其实，很多成功人士身经百战，已是文武兼备，有勇有谋，修得百毒不侵，什么奸诈、谄谀等，都难动其心。可唯有“嗜欲”，天性带来，常于不自觉中而受其所动。

公关公司利用媒体资源，组织美少女参加各种选秀，在电视台及报纸上播报。获胜的选手都是公关公司签约的模特、演员，出席各种庆典、开业、促销活动，平常还在琴瑟会提供各项服务。多管齐下，琴瑟会早已声动临海权贵层多年。

钟峻也是在环肥燕瘦、风韵万千的左拥右抱下，与宋雪薇的关系仅限于合作伙伴了。所以，琴瑟会私下进行的隐秘工作，宋雪薇并不知晓太多，只是知道会所内的服务有些违法之处。至于很多当事人，更是如坠云里，毫不知情。

此次房企联盟会，没啥大事。年度轮值主席梁亚主持，先请韦本昌做了几点指示，无非是行情很好，抓住机遇之类的。韦本昌的主要目的是通过非官方的公开亮相，打破“出事了”的传言。参会的也都不傻，没有一个问及此事，都是一副若无其事的样子。

指示完后，韦本昌低身跟左右两侧的梁亚和黄兆安说了几句话后，梁亚跟大家说：“韦市长还有其他事情，先走一步，希望大家认真讨论韦市长的指示。”

韦本昌起身说了句抱歉，就在大家的掌声中，由黄兆安和钟峻陪同离开了。

会后讨论时，春天置业老板李聿修提出想退出地产行业，看房企联盟中有无企业接手。

春天置业也是老资格房企了，多年来，专注高端市场，坚持差异化的高附加值产品打造，以获取高额利润。无论是用材、设计，还是工程质量，都是国内行业标杆。

几年前的房地产市场，刚刚拿下的地，还没等产品做出来，旁边的地价就超过了预计的房价。这让李聿修一直坚信：无论拿多贵的地，只要做好产品，肯定不愁卖。

事实也的确如此。春天置业每到一个城市，都会成为城市的焦点。李聿修也在房地产的道路上，穿越商场的硝烟，尽情奔驰在征服财富的最前沿，成为财富的明星。

三年前开始的限购，对高端市场影响很大，春天置业全国各地项目销售均不理想，高价拿下的地，成了一块块烫手的山芋。继续开发，只会继续投入，还不见得能收回成本。可不开发，拿地的钱都是以高额成本融来的，停一天都得支出很多的利息。其实，2008 年的调控，就让高负债率的春天置业差点倒下，好在政府推出系列举措挽救了受全球金融危机牵连的中国经济，它重新焕发了生机。可这次，李聿修心力交瘁，无心再战。

各房企老板口中说着“可惜”，有点实力的就在心里盘算多少钱接手合适。毕竟春天置业的品牌影响力及美誉度还是很高的。

梁亚说：“老李说退出太悲壮了些，暂时的困难，房企联盟各成员企业可以想办法，有钱出钱，有力出力，再不成，也可以合作嘛。”

房企联盟秘书长是钟峻，张守强一直是副秘书长，他知道梁亚的话既是唱高调，也是为自己之后借钱求助打个预防针，就说：“今年账面上看销量大增，其实我们心里都门儿清，都是他妈的抱着黄连做生意——苦心经营，靠牺牲利润换来的。卖得越多，赔得越多。不卖又整天面对一群催债的。这行情，谁家都不好过。刚才韦市长说了，政府也在想办法。老李再坚持一下吧。反正，我是咬着牙在坚持，我把许柯和姚雨虹请到我公司了，他们两口子也是地产圈的名人了，前几年回家过小日子，这次被我从蜜罐里给拖出来了。”

李聿修的消息让大家吃惊不小，张守强的话则让大家更吃惊。

春天置业发展的每一步，都是姚雨虹帮助李聿修走出的，包括做高端的品牌定位以及高端的各项标准，都是姚雨虹在春天置业时做出的，大家一度认为她与李聿修会是地产圈的一对天作之合。谁知，几年前，姚雨虹突然离开春天置业，做出与许柯结婚的决定，夫唱妇随，回老家享受悠闲生活了。

姚雨虹是郭枫啸的妹妹，许柯是郭枫啸的下属，也是海都公司房地产的主要操盘手。海都公司当年风生水起之时，许柯的大名也经常出现在各类财经媒体上。

大家的议论基本停止后，梁亚对张守强说：“他们什么时候加盟鸿安公司的？联盟给举行个欢迎会吧，都是老朋友了。”

张守强说：“我好不容易才请他们重新出山。我这脑子，一边是面粉，一边是水，不动还好，一动就是浆糊。不请他们，我怕公司玩完了啊。”

会后，张守强主动跟梁亚说四五亿元的资金不成问题，如果需要的话，七八亿元也行。但条件是要以梁亚公司股权作抵押。

梁亚说：“还是像之前那样，与你的建筑公司签个协议，把借来的钱以建筑费用安全合法地出去，不行吗？”

张守强说：“拿钱的途径不一样，要求自然也不一样。出资方的要求，我也没办法。”

梁亚没问出资方是谁，这是规矩。他说：“他们是想要我的命啊。刀悬在脖子上，李聿修也许就是这样的感觉吧？”

3

郭枫啸上了电视新闻。

商场地下停车场出口的路，双向单车道，郭枫啸从出口出来，路右侧停满了车，想拐到逆向车道，却被对面过来的车给挡住了，几次拐出，几次退回。此时，郭枫啸下车，做了一个惊人的举动，从后备箱拿出一条铁棍，将路边停着的车连砸五辆。砸完后，在每辆车窗贴了自己的电话，说可以赔偿，然后开车扬长而去。这一切，都被监控拍了下来。

大家感兴趣的是，一个开别克小轿车的人，砸了五辆车，其中还有两辆豪华车，他赔得起吗？是不是精神有问题？

4

有了资金，梁亚又一次拿下新地块，在酒店大开庆功宴。梁亚个头不高，个小身肥，一群人簇拥着他，就像拥着一只可爱的企鹅走进酒店。大堂里人满满的，郭枫啸与孟依凡也在，就坐在过道旁边桌前，很显眼。

梁亚一进门就看见他们了，他让其他人先进房间，与张守强一起走了过去。

梁亚满脸是笑，边伸过手，边说："枫啸、依凡，好久不见了。今年，全国跑，光忙着到处拿地了，怎么样？还好吧？"

郭枫啸咬紧了牙，眉骨骨棱明显地突起，但瞬间又隐而不见。他站起来与梁亚握了握手，说："Dana，够吃就好，别撑坏了。"说完又坐下了。梁亚笑了笑，又把手伸向孟依凡，孟依凡略微点了下头，没与他握手，也没站起来。

梁亚站着说："广告这两年业务也不好做吧？我又拿下一个新项目，

与守强合作开发，你来做广告推广吧。你们先吃，我先上去了。”说完，看了孟依凡一眼，转过身，叫过服务员说：“记在尚鲨公司账上。”

孟依凡说：“不用了。精锐广告公司也可以挂账。”

梁亚想说什么，张守强走过来，梁亚这才发现刚才他并不在身边。张守强说：“我已经埋单了。”

郭枫啸拦住想说话的孟依凡，说：“谢谢！”

梁亚对郭枫啸说：“我能单独与依凡说句话吗？”

郭枫啸看了看孟依凡，看她没有要起来交谈的意思，就对张守强说：“守强，有件事，我想跟你说一下。”他边说边站起来，与张守强一起向酒店门口走去。

梁亚坐下来，说：“依凡，之前的事情，我对不起你。我一直都爱着你……”

孟依凡没让他说完，头都没抬，喝了一口水，淡淡地说：“Dana 哥在开玩笑吧？我记不清什么时候认识你的了。”

“前几天的新闻我看了，枫啸一向温文尔雅，突然情绪失控，砸那么多车，我咨询过心理学家，说很可能是长期各种不如意堆积的突然爆发，如果不加以疏导，以后会更严重。枫啸他现在的状态，跟着他，你太苦了。”

“梁总，你关心得太多了。你的庆功宴还等着你开香槟呢。”

“依凡……”

孟依凡端起桌上的水杯，说：“梁总，再说我就泼过去了，别说我不留面子。”

梁亚站起来，说：“依凡，赔那么多车如果没钱，或者有其他什么事，随时给我打电话，24 小时恭候。”

梁亚刚转过身，孟依凡就抓起桌上的湿巾，狠狠地砸在桌子上。她抬起头，看到郭枫啸已回来，郭枫啸嘴角带着一丝嘲讽说：“跳梁小丑而已，何必生气呢。”

三　追忆

1

2013年5月底，一抹夕阳，让路旁的树木、时隐时现的马头墙，都带上了淡淡的暖黄色，驱车走在“山湖别院”的林荫路上，姚雨虹让许柯开慢点，不要惊扰了这片宁静。

这里环绕城市最大的湖泊“月塘”而建，背后是一座小山。依山傍水，是一片徽派风格的建筑群。在浮躁繁华的大都市里，有着难得的静谧。一栋栋别墅临湖而设，粉墙黛瓦，鳞次栉比，错落有致地散落在丛林之间，红肥绿瘦间杂着黑白阴阳，显天趣于人意，融人工于天然。屋顶是高高的马头墙，如屏风一般隐匿着屋脊，马头墙两头略低，又使得屋脊半掩半映，半藏半露，黑白分明。

蓝天之下，绿树当中，青山之阳，碧波之侧，一种天人无间的和谐。

“山湖别院”7号由两栋独体别墅相围而成。这本是姚雨虹的父亲郭厚平的住所，他说年纪大了，要放下年轻时的商场征伐，把老妻接来，在这水天云影中安度晚年。谁知天不遂人意，母亲病逝，父亲回了老家。现在，哥哥住在这里。

灰白基调的徽派建筑，色彩不够丰富，似乎有些单调，其实在绿水青山的映衬下，有一种祥和宁静的特殊效果。同时，这种单色调体现了更多层次的审美内容，不同的环境、不同的光线，总是给这群建筑染上自己的一笔。人在这里，会觉得这群建筑与自己的心境是同一种颜色。

暖黄色的背景，让姚雨虹有种感觉，感觉有如行走在底片发黄的电影中，又似乎是行走在记忆中，脱离了现实。

哥哥说要通过鸿安公司收购春天置业，让她与许柯做。收购后，保留春天置业原有产品线，独立于鸿安公司，仍走高端。

初识李聿修时，他叫廖聿修。

2

1998年，姚雨虹还是优居房地产代理公司的老板。3月19日，新任总理在记者招待会上向全世界宣布：中国停止福利分房，住房分配一律改为商品化……

她正在办公室看新闻直播，兴奋地说："房地产的春天来了！"

郭枫啸就坐在对面，看了一眼电视，放下翻看着的报纸，想到杨乐韵死前对父亲的交待，果然不出三五年，房地产又是大有可为。还有梁亚的父亲曾说过，亚洲金融危机影响下，国家为了拉动内需、刺激经济、保持增长，肯定会将房地产推向市场化，推向拉动内需的最前沿。

英雄所见略同。不过，房地产的好坏，跟自己又有什么关系？一切都由父亲决定。琪琪愿意做广告，愿意看他画画，这就够了。

他甚至又想起了杨乐韵的死。"杀人的房地产。"他心中暗骂。骂完，没接妹妹的话茬，继续翻着报纸。

姚雨虹说："我要请廖聿修吃饭。"

郭枫啸心不在焉地问："你决定要做'世纪春天'？"姚雨虹说："是。"郭枫啸又问："你知道廖聿修是谁？"

"谁？春天置业的老板啊！"

郭枫啸想说"就是当年给你送花的'花痴'"，想了想笑了，摇摇头没说话。姚雨虹也没心思再问。

廖聿修本是做代加工的，产品多外销东亚、东南亚。1997 年后受亚洲金融危机影响，生意惨淡了许多。他干脆关了工厂，做了土地性质的变更，注册了房地产公司“春天置业”，把厂区变成了住宅项目“世纪春天”，给优居公司发了“策划及销售代理招标书”。

优居公司的市场部经过调研，提交的报告说：“世纪春天”周边，以工业区为主，居住环境差，配套不完善，房地产发展低迷，项目缺乏市场支撑。

报告给出的判断是：一个新入行的开发商，在一个贫瘠的市场基础上，操作一个没有客户定位的项目，前景堪忧。如果操作，销售周期会很长，人力物力将被大量浪费。

优居公司的结论是：放弃参与招标！

姚雨虹了解到，行业翘楚联华、美业都婉转地表明不参加竞标。剩下的，优居公司算是实力最强的了。

她的直觉是：机会来了！

虽然是机会，可也明摆着操作起来不会太顺利。高管们意见一致要放弃，但姚雨虹迟迟不做决定，郭枫啸知道她想做。他不明白，一个不被同行看好的项目，妹妹为什么如此执着？

姚雨虹摊开一张放大的城市地图。上面有所有在售楼盘，布满不同颜色彩笔画出的一个个圈圈，每一种颜色代表一个代理公司，从圈圈上，很容易看出各代理公司的市场份额。

临海市呈东西带状发展，海岸线由南向东，再往北，呈弧形半包围，北部是绵延的并不高的小山，郁郁葱葱。南部滨海区发展已加速，东北部沿海区是海港，有山有水自然环境好，但受山的阻碍还没发展起来，郭厚平的货运公司就在那里。

市区内，已被联华、美业垄断。南部还好，一流和二流的代理公司，发展得都相差不大。相比较而言，优居公司所占的份额还不算少。

西部区域，圈圈少，却有多种颜色。到了西郊，则几乎还是一片处女地，联华、美业等大的代理公司都还没有染指。

西郊有着充裕的土地，按照未来的城市规划，那里将成为“城市次中心”，是连接沿海两个经济大省省会的重要纽带。向西南，是本省省会；绕过山，向西北，是邻省省会。

姚雨虹清楚，优居公司遇到发展瓶颈：向上，无法以更专业的突破，与联华、美业一较高下；向下，管理费等运营费用太高，无法降低佣金与更小的公司同台竞争。每拿一个项目，优居公司都要费尽九牛二虎之力。

在市区内，优居公司短时间还不具备与两个领头羊硬碰硬的实力。优居公司要想在竞争激烈的市区内有大的发展，会非常缓慢，甚至想保住目前的市场份额都越来越困难。

夹缝里求生存！姚雨虹心有不甘！

联华与美业在市区内占领了很大的市场，可以不在乎西郊，但优居公司一定要在乎。如果在对手进入西郊之前，能迅速切入并打开局面，那么优居公司的发展将会加快。

西郊这片处女地，谁开垦的早谁就会获利大。

西郊，是优居公司下一步战略突围的重要区域。

“避实就虚，在西郊抢占市场份额，以西郊包围市区。突围，抢地盘！”姚雨虹说完，又指着电视上仍在播出的记者招待会说：“房地产是政策市，有政策就有市场。”

3

第一次见面，廖聿修不到30岁，圆脸大眼，带着微笑的嘴角，有股玩世不恭的桀骜不驯。他握住姚雨虹的手，长时间不放开，把她从上看到下再看到上，盯着她丰满的胸部几秒钟后，咂咂嘴，突然一句“很好”脱口而出。

看他目光停留的位置，就知道“很好”夸奖的是她的胸，而不是合作的事情，更不会是其他什么。

姚雨虹忍住心中的不快，脸上若无其事。

一场饭吃下来，廖聿修学识还挺渊博，东拉西扯，谈吐不乏幽默，也还算规矩，顶多就是夸她年轻、漂亮。没有任何过分的言语与举动。

提起合作，廖聿修含糊着没有直接表态，说饭后找个地方唱歌吧，姚雨虹说她不会唱，让一起吃饭的副总经理陈若扬去。

廖聿修带着笑，似乎是挑衅：“别人不会唱歌我相信，姚总说不会，打死我也不信！”

“从小五音不全，真的不敢献丑。”

“两年前，桔色酒吧里有个很红的歌手，叫阿丹，我点过她的歌，也送过花，可她从没收过花，理都没理过我。”廖聿修看了一眼姚雨虹：“她长得与姚总很像。”

“是吗？廖总这么一说，我还真想也给她送束花。”

“哈哈，不到两年之前，因为她，酒吧里发生一次打斗，之后她就离开了。”

“廖总还真能侃，说的这么绕，好像是说书。”

“打斗那天，我就在场下。我这双眼，认女人从没错过。姚总，你是这个。”廖聿修跷了跷大拇指。

陈若扬结账后进来，看两人谈笑风生，有点意外，姚雨虹向来比较冷，看来真想拿下这个项目。陈若扬说：“唱歌的地方都安排好了。”

廖聿修说：“还是回家唱吧。”

姚雨虹说：“那改天再约廖总吧。”

“合作的事，咱办公室里谈。姚总，老廖随时恭候！”

晚上，姚雨虹给哥哥打电话，简单说了晚饭的情况，想起廖聿修盯着她胸部的眼神，声音不觉有些哽咽。郭枫啸说他马上过来。

姚雨虹已经平静下来，说没事，让他在家陪琪琪。不过，哥哥这么晚赶过来，她还是很高兴。

从小，爸爸不在家，有小朋友欺负她时，都是哥哥冲在前面。后来，哥哥离开了，她逐渐变得坚强，对异样的眼神和话语，会用同样的眼神同样的话语回敬，以保护自己，甚至不顾形象大打出手。长大了，她知道，艳丽的外表配上冷漠的表情，就是自己最有效的武器，如果偶尔露点微笑，那简直是所向披靡。

平常，她用所有的武器把自己包裹得严严实实，只有在哥哥面前，才放下所有的坚强，像放了气的皮球。好累！来临海之前，她没告诉哥哥，想自己闯荡一番，不得已在酒吧唱歌后，她才知道，单身女孩在陌生的城市，想做点事情，不容易！

郭枫啸知道她想做这个项目，只是不知如何接廖聿修的牌。

郭枫啸说："主动出击，引蛇出洞，看看姓廖的到底想干什么。"

第二天，姚雨虹约了廖聿修谈合作的事情。

廖聿修说，只要姚雨虹答应陪他唱一晚歌，合同立马就签，2%的佣金。这个点数很高了，她微笑："你确认我就是阿丹？"

"你要不是，我无条件给你签2.2%。"

"那就准备签吧。"

"你不是？我不信！"

"如果我不是，你得签。如果我是，就唱一晚，你还得签。"她还是微笑。

"姚总爽快，我说过，你，是这个！"廖聿修再一次伸出大拇指。

姚雨虹起身告辞："廖总，三天之内，我在办公室随时恭候，咱们签合同！"她把昨天晚上廖聿修的话又还了回来。

当天下午，廖聿修就急火火地找到她，说带着合同来的，2.5%的佣金，不过有个附加条件，就是让他的工地立马开工。

她迟疑了一下："停工与我什么关系？如果因为这个着急签合同，那么，我恕难从命。"

"姚总不帮忙？"

"不！恰恰相反。你怀疑我，那我找人求人，也得帮您把这事给平了，但合作？城下之盟，还是免了吧。”

廖聿修一走，姚雨虹就打电话问哥哥是不是爸爸安排的停工？郭枫啸说，昨天晚上接她电话时，爸爸和龙叔也在身边。

“那，还是让他开工吧。”姚雨虹说。

廖聿修给优居公司开出的条件是：2.5% 的佣金，2 500 元的均价，6 个月销售 80%。一般项目佣金是 1.5%，“世纪春天”不太好做，点数要略高。价格方面，如果做得好，按 2 600 元均价，6 个月能卖掉 80%。

这个条件的确很具诱惑力，可她仍不答应，说停工确实与她有关，虽然她事先不知情，但强迫式合作，不是优居公司所为。

廖聿修坚持合作，最后姚雨虹报出了自己的条件：佣金降到 2.2%，均价不变，销售速度提前到 4 个月销售 80%。

看着廖聿修惊讶不解的眼神，姚雨虹心中暗暗好笑，她又加了一条，如果销售价格高于 2 500 元，溢价部分优居公司要拿走 60%。

廖聿修答应后，她又刺激了他一句：“保守估计最终价格会突破 2 900 元，甚至 3 000 元也不是没可能。”

现在想起廖聿修当时瞪大的双眼，她仍然觉得好笑。

姚雨虹有自己的算计，总理的讲话，三四个月之后肯定会产生极大效果，购房需求会得到极大释放。“世纪春天”的开盘，还要半年多，正赶上购房热潮。

廖聿修这个地产新兵看不到，她可是有信心。这个赌注，并不大。这个险，值得冒！

她答应给项目组人员佣金点数上浮 0.1%，完成任务后额外的奖励，公司拿出四分之一奖给项目组。她知道金钱激励下员工爆发的动力。

4

“世纪春天”成功后，廖聿修成了一个真正的地产商，到处看地，每一块地都请姚雨虹做顾问。她说合适，他就毫不犹豫地拿下。

他对产品有近乎偏执地挑剔，她对市场有近乎天生的直觉，春天置业迅速成长，她也不出意料地关了自己的代理公司，加盟春天置业。

事业风生水起之时，她也接受了他的爱情。可是，凭借女人的敏感，她觉得他很多地方不对劲。

他幼时经历在安徽，身份证的地址是江西，他从未到过江西，也从未说过江西的事情。好友吴静敏的父亲吴中用，是他中学老师，只依稀记得有这么个人，却肯定地说，聿修出自《诗经》中的“聿修厥德”，本意指“继承发扬先人的德业”，不像是没有文化的父母起的名字，而且，如果自己的学生是这个名字，他肯定会有印象。

后来，吴老师打电话跟女儿说，廖聿修中学时的名字叫李喜刚。

再后来，姚雨虹才知道，他父亲去世跟她父亲有关，他一直都在怨恨她的父亲，与她接近，也是蓄意而为。

她受不了欺骗，分手了。他改回了李姓。

四　打劫的时代

1

“山湖别院”7号两栋别墅围起来的私家庭院，有近3 000平方米，中间是一个人工湖。虽然说是湖，其实是郭枫啸的大号泳池，只是没有划出泳道。

夕阳西下，庭院里并无暑意，湖边的草地上吃的喝的都已布置好，桌旁坐着的，有郭枫啸、李聿修和张守强的妻子吴静敏。

姚雨虹问：“哥，依凡呢？”

郭枫啸说：“接了一个广告片，催得挺急，依凡在香港盯着拍摄呢。”

吴静敏原来是姚雨虹的助理，两人亲如姐妹。姚雨虹摸摸吴静敏的短发，说：“怎么舍得把那么漂亮的长发剪了？”

吴静敏说：“我得向你看齐啊。”说完，大笑，边笑边摘下头套，说，“戴着假发呢，我才舍不得剪呢。”

李聿修也在座，姚雨虹有些吃惊，虽然知道哥哥让她回临海的意图，但还是没想到第一次谈这个问题，李聿修就在场。

李聿修与许柯、姚雨虹打了个招呼，转向姚雨虹问：“孩子好吧？”

姚雨虹笑笑：“还好。”

看到姚雨虹嘴角的两个酒窝，李聿修有些恍惚，往事快速闪过。

第一次与姚雨虹见面的第二天下午，他接到管工程的副总的电话，说工地因没有施工证，被勒令停工。他没当回事，偌大个城市，大大小小几百个项目，有几个拿到施工证才开工？还不是想要点好处？他让副总打点一下。

没多大一会儿，副总说还是有点麻烦，不像是来吃拿卡要的。他说："哪有不吃腥的猫？我亲自给他们局长打电话。"

局长是早就喂肥了的，每次电话都廖老弟廖老弟的，亲热得不得了。这次，却含混着说是上面的意思。问上面是哪个，就哼哼哈哈打转转。

他发现没开始想得那么简单。项目刚刚动工，还只是土石方挖坑，一旦停工，延误工期是小事，土石方那里不好对付。承包土石方的，都是两条腿站黑道的。就算你说暂时停工，他们也会把几辆车给停在这里，天天算工钱。这所有的损失，都得由他来承担。

如果处理不好，有人背后捅刀子，真拿施工证来较真儿，还得给政府交罚金。

一笔不小的损失！

他向来讲究和气生财，没得罪过什么人啊。脑筋一转，难道是姚雨虹？他肯定姚雨虹就是曾经酒吧的红歌手阿丹，他亲眼所见酒吧中为她打架的"郭少"，还有龙叔，随便哪个人一句话，土石方那帮亡命徒就够他老廖喝一壶的。

这个女孩不简单，在这个海滨开放城市，一个年轻女孩做得起这么大规模的公司，不可能简单得了，她很可能还与郭家有着不一般的关系。而他，有意与之合作，也正是因为这背后可能的关系。

没想到，找她一谈，她竟然自压佣金，让他刮目相看。她说的均价，他想都没想过，他不敢想。他算过，即使按他的条件完成销售，这一个项目比他做代工辛苦近十年赚的钱还要多。现在，她画了一个更宏伟的蓝图。做房地产，竟然这么赚钱！

他当时热血一涌："如果均价真到 3 000 元，额外再奖 100 万元。"

在她面前，他对金钱并不吝啬。她的气度，已令他折服。就算她与郭家没有任何关系，项目交给她，他也放心。不管这个项目成不成功，以后的项目都要与她合作。

2

“世纪春天”开盘前两个月，客户积累不理想，平常不怎么参加每周例会的姚雨虹，也参会了，廖聿修也到了。

会上，她慷慨激昂：“有同事反映工资低，不足以解决温饱。我说，每个来临海的人，都需要钱。不开盘，不卖房子，哪来的钱？压力大，就要积极找出路，只要有信心，去创新，就一定能完成任务。世上没有绝境，只有绝望的心。就看你是昂扬向上，还是消极颓废了。再想想办法，不但要完成任务，还要超额完成。”

销售经理认为，项目不适合西郊本地土著，适合市区内年轻白领，他们买不起市区的贵房子。所以，建议力抓市区，利用市区的羊群效应，引起西郊的追风。

姚雨虹认为有道理，让策划经理打破常规，想办法吸引市区目标客群的关注。

销售经理还提醒姚雨虹，楼价低、提成少，客户积累上不来，销售员人心思动，积极性大大降低，她担心不用等开盘就都泄气走人了。

姚雨虹说：“项目难度大，但完成任务的奖励远高于其他项目。高风险、高回报，这就是挑战。敢于接受的，就留下；不敢接受的，就离开。拿走人来逼宫，我不吃这一套。”

看到姚雨虹恩威并施，巾帼不让须眉的气势，廖聿修彻底服气了！他说：“需要老廖支持的尽管说。”

姚雨虹说：“我们坚信项目的目标客群在市区。让他们了解陌生的西郊项目，一是在市内要有接触点，二是让他们体验比心理距离近得多的实际距离。解决第一点，传统手法是利用户外广告，但我看太贵！市中心的电子商业城，是年轻白领们的时尚圣地。周末搞活动总能吸引密密麻麻的年轻人围观。这么多人，全是‘世纪春天’的目标客户。如果廖总能做通政府相关部门以及商城的工作，在这里设固定的第二卖场，并且停放三辆免费看楼车，半小时就可从新修的大路直达项目。一下便可解决两个问题。”

刚入行，廖聿修不知姚雨虹说的是否专业，是否可行，他铁下心，她怎么说，他就怎么做，他安排公司各部门，加上他自己，马不停蹄跑了一周，就做通设第二卖场的工作，并完成设计效果图。现代感、概念感极强，外形如一艘扬帆待航的大船，墙体是通透的蓝色玻璃。

效果图一放，就吸引了媒体、市民的关注，姚雨虹马上展开对这个建筑的探讨，从建筑艺术到对城市的影响，再到功能等，直到准备开门接待的最后一天，才揭开谜底：“世纪春天”营销中心。

开盘前一个月，“一万元进驻西部中心区？一万元进驻西部中心区！”的广告赚足了眼球。“起价 1 980 元 / 平方米”“首付 1 成，30 年按揭”炸开了人们心中对房价的防线，制造了一个人人都在关注、都在探讨的话题。

当时，按揭贷款刚推行，很多人不了解，大部分楼盘也都是首付二成三成。“世纪春天”的付款方式让白领心动：在临海拥有自己的房子，很容易！他们蠢蠢欲动，口耳相传，半信半疑。

开盘前几天，“买房送户口”更是一颗重磅炸弹，像一个美丽的现实童话，诱惑着在城市里苦苦打拼却找不到家的感觉的年轻人，他们彻底为“世纪春天”而疯狂。

开盘当天，蜂拥而至购房者把售楼处的门都挤掉了。销售人员团团转，忙得忘记了喝水，忘记了吃饭。不到一个星期，销售率达 50%。

此时，整体房地产市场在总理讲话影响下急速升温。提价 10%、15%、20%，仍然挡不住有如发疯一般的客户！很快，周边的人们也觉醒了，迅速加入抢购大军。

两个月，“世纪春天”售罄，最终均价接近 3 200 元，总销售额比预计多出了 5 000 多万元，更在时间上比计划销售目标大大缩短，盘活了资金。

庆功宴上，廖聿修用现金给优居公司发奖，不但兑现了合作时的承诺，还额外奖励了 20 万元。姚雨虹重奖项目组，陈若扬分到近 300 万元，短短的半年多时间，不少员工的收入都达到五六十万元。现场一片沸腾，甚至有的员工大喊“万岁”。

廖聿修也疯狂了，拉起姚雨虹就跳起了舞……

多么疯狂啊，现在的李聿修想起那时的廖聿修，想起来，心头仍在狂跳。

之后，每看一处新项目，他都拉上姚雨虹，直到将她拖到加盟春天置业。

很多人都觉得他应该娶她，她应该嫁他，可两人在一起真的说不上有爱情。加上他心中一直有父母去世的阴影，他放弃了她。

没想到，最困难的时候，郭枫啸提出从中撮合，让鸿安公司重金收购春天置业，他并不乐意，春天置业是自己的孩子，就算到了“卖孩子”的地步，也不能卖给张守强这样的粗人啊！可郭枫啸说如收购成功，春天置业仍然是独立于鸿安公司的产品线，管理模式也与收购前一样，并且是姚雨虹操作。如果春天置业真的是自己的孩子，那么姚雨虹也算是孩子的母亲。他放心了！

3

姚雨虹低沉地说：“聿修，能不撤吗？与鸿安公司合作也可以使春天置业重生。”

李聿修的圆脸已成了尖下巴，清瘦了许多，本来就大的眼睛更大了。他慢慢地摇摇头：“你回家的这两三年，市场变化太大了，已不比从前。十年前，营销做得好，价格高，利润高；营销做不好，也能卖，少赚点。那是地产的黄金时代，也是地产营销的黄金时代。所幸的是，我们通过高端产品，收获高溢价，成本增加 100 元，售价却可以超过 1 000 元，那又是产品的黄金时代。三四年前，行情下滑，但只要降价，还可以赚钱。反正之前价格虚高，降一点利润依然可观。营销已死，产品已死，只要控成本，敢降价，就能活。去年年底，大家开始拼着降价，降价的孪生兄弟，就是低质量，所以越降购房者越不买账。传统广告形式不好使，什么电商、派单、微信……各楼盘售楼处门口，一排排全是其他楼盘拦截客户的，可客户又有几个？我拆东墙补西墙，资金已经周转不过来了。我，真的是太累了！”

李聿修一直是打造产品的专家，对市场、对营销有着先天的缺陷，姚雨虹在的时候，能补上这块短板，姚雨虹一离开，又赶上市场下行，他越做越乱，频繁更换负责营销的副总，开的薪水越来越高，可销售业绩却是一如既往的差。

姚雨虹说：“我虽然这两年不在临海，但对市场大致还是了解的。聿修说的都是表面，实际上购房者并没少，这点看整体成交量在上升就知道。市场在变，营销的外在形式在变，但营销的本质没变。外在形式的变化，来自于消费者获取信息的途径变了，更多是通过网络，通过朋友圈来传递信息，我们对这种突然来到的变化有些不适应。多年来，大家衣来伸手，饭来张口，穿惯了绫罗绸缎，吃惯了干鲍鱼翅，突然要自己丰衣足食，粗茶淡饭，不适应。营销的本质依然是找到消费者获取信息的途径，用他们的话语语境传递产品信息。所以，必须在营销中引入互联网的思维。”

她举例说，临海有家蛋糕店生意很好，店门口每天排队。那是不是蛋糕要涨价？按以前的营销思路肯定是这样，但互联网思维不是这样。地产项目可以与蛋糕合作，每天到售楼处看房的，可低价甚至免费获得这家店的蛋糕，以此获得高流量的本地客户，这就是互联网思维，即“流量至上”“羊毛出在狗身上，让猪来埋单”。流量大了，可以扭转低迷的局面，影响目标客户情绪，加强其购房决心，最终变流量为销量。

她简单一说之后，还拿出电脑，把提前做好的方案仔细推演了一番。总结道：“聿修，你是个好的产品打造者，我在春天置业时，那时的市场正往上走，只要产品能基于营销，充分结合市场接受度，卖高价没问题。

我离开后，你越来越重视产品，规划设计部门话语权越来越大，由此财务、综合等后勤部门对它的支持也越来越大，而对营销的支持却越来越小。加上市场已不同，所以才有现在的局面。现在是什么时代？这样的时代，反应一定要快，一定要加大营销部门的权力，简化营销体系的流程，人、财、物等，优先保证营销部门。要根据前线的炮火，即时判断、快速反应，所以一定要加强执行监控，提高对现场一线人员的激励。同时，加大资源的整合，挖掘各部门的营销潜能。无论哪个部门与相关业务单位的应酬，都要带上营销负责人，那都是推销产品的机会。”

她一说，在座众人都如醍醐灌顶，连连称是。

郭枫啸说：“聿修和雨虹说的都对，之前房地产的确是以营销为王、产品为王、价格为王，但又不全对。古人打仗说‘兵马未动，粮草先行’，现在也一样，资金就是粮草。我们有多少钱、能以什么样的成本拿到多少钱、能买什么样的地、能请什么样的人、能以什么价格多长时间卖出等，都要以钱为考虑的原点。这之后，才是雨虹计划的。聿修为什么退出，根本原因就在于资金安排与计划出现了大的偏差。现在守强之所以敢接下春天置业这么大的盘，根本也在于资金没问题。现在的房地产，是金融为王！”

李聿修长出一口气，颇有些无奈地说：“春天置业就是我的女儿，该出嫁了。有你们，我放心了。我要回去与吴老师一起做生态农业了。”

吴中用在老家承包了一座荒山，经营生态农业，经过十几年的改造，已别具天地、生机盎然。

4

李聿修、吴静敏各自离开后，郭枫啸与姚雨虹、许柯还要再聊一会儿。

“李聿修知道你与鸿安公司的关系？”许柯问郭枫啸。

郭枫啸说：“可能会猜到，他不会说出去。守强嘱咐过他，收购完成前要保密。价格开这么高，也是帮了他，他会保密的。”

“收购的资金怎么解决？”许柯又问。

“评估后，先支付一部分，余下的根据工程和销售节点，一点点支付。前期支付的资金，从黄兆安那儿借一部分，游行长提供一部分。”

郭枫啸说完，又问许柯：“最近有没有去看龙叔？”

龙叔，赵金龙，是最早跟随郭厚平到临海创业的六元老之一，也是跟随郭厚平最久的。郭厚平生病回老家后，龙叔一度想控制海都公司。最终，郭枫啸抓住机会，借助父亲等五元老，让龙叔自愿身退海都公司。许柯，曾是龙叔最得力的助手。

许柯说：“去过几次。他还好，只是彦雄仍不争气，还是赌。”

“他那点家底，早晚得被儿子给赌光。”

“养老的钱他已留下了，也跟那些放贷的说了，赵彦雄借的钱跟他没关系。”停了一会儿，许柯又说：“你不想见见彦雄？琪琪当年被绑架，他应该知道点什么。”

郭枫啸摇摇头说：“看见他，我就烦。我不想再见到他。”

五　张网

1

坐在韦本昌办公室，看着窗外隔广场与市政府相望的“海都中心”，梁亚酸酸地说：“郭枫啸退出地产多年，公司都没了，可这栋写字楼却成了他的丰碑。”

韦本昌说：“不服气，你也建个尚鲨中心，全国第一高。”

“叫‘中心’太俗了，我要建第一高，就叫‘齐天大厦’。”

韦本昌大笑：“这名字好，你要能做到，把七仙女给我留着。”笑完，扶了扶笑得下滑的眼镜。

“王母娘娘都没问题。”

2010年年初，刚经历2009年地产的疯狂，如日中天不差钱的梁亚，一口气在临海拍下四个地块，都在底价的三四倍以上成交。

在梁亚的计划中，四个项目是一盘棋，第一个项目开工了，第二个项目开始规划，第一个项目预售了，第二个项目开工，第三个项目开始规划，依次转下来，保证前一个项目的预售款可以用于下一个。

一个项目，从拿地算起，八个月完成开盘销售，两年内就可以交房。四个项目联动，增加了资金周转速度，从而提高了资金利润率。

然而这里潜藏的最大的风险就是：一个项目销售受阻，就会带动其他项目陷入困境。然而，“疯狂”的时代，这种现象出现的概率太低了。退一百步讲，就算真的出现，还可以降价迅速回笼资金。

可拿下地后，地产业就进入了号称“史上最严厉”的调控时期。梁亚延缓了动工的时间。

2013年6月，政府下了最后通牒，要么缴纳8亿元的土地闲置费，要么两个月内开发，否则，两个月后土地收回。

梁亚想找韦本昌想个办法，保住这四个地块。他说：“七仙女也好，王母娘娘也好，都包在我身上了。我那四块地，韦市长看能不能再缓几个月。”

韦本昌收回笑容，说：“政府也缺钱啊。现在的形势，谁敢顶风上？想保留可能性不大，除非你尽快开发。但找找市长，找个理由，把土地收回，闲置费免交，还有可能。”

“找什么理由呢？”

韦本昌笑了，镜片后的目光如萤光一样，一闪而过：“知止为善。什么理由还用我给你出主意？”

梁亚说：“好，今晚如果韦市长有时间，我找地方休闲休闲。”正说着，有人敲门，韦本昌顺手从桌上拿起一份文件，说：“请进。”

梁亚已坐回沙发，看着窗户。门一响，一股熟悉的香水味先进来了，他马上猜到是谁，回头一看，果然是西装革履的钟峻。

“哟，Dana也在啊。不知韦市长晚上是否有时间，一起坐坐。”

韦本昌放下文件，身子向后一靠，说：“就在你那会所吧，叫上黄兆安、张守强，加上我们三个，小范围聚聚就可以了。”

梁亚说：“阿峻，把你那七仙女也叫几个过来。”

钟峻一愣：“七仙女？”

梁亚说：“就是你那里最漂亮的‘美腿’。”

韦本昌笑了说：“七仙女不行，要王母娘娘。”

钟峻反应很快：“你是说阿薇？正好她昨天演出刚回来。”韦本昌笑呵呵地点点头。

韦本昌第一次见宋雪薇，钟峻就从他的眼神里看出那种渴望，所以一猜即中。

梁亚也笑了，很僵硬。宋雪薇本是他的女友，梁父不同意，给他找了个“门当户对”的老婆，梁亚就与阿薇分手了。后来她与钟峻在一起，开了会所，办了公关公司，又参加电视歌舞类选秀，一曲高歌打动所有评委，一唱成名，也算是个“草根”中走出的红歌手，各地演出签约不断，在临海本地，更是当红。

晚宴开始之前，五人先在会所的茶室里品茶、闲聊。

钟峻问张守强：“你怎么想起把姚雨虹两口子找回来？”

“枫啸是老同学，我做地产，他帮了不少忙。他现在不想再做地产，安心当他的‘逍遥酒神仙’。我劝过他，可劝一次吵一次，顾不上了。可雨虹呢，我不能不管。海都公司没了，鸿安公司现在正需要人，全国这么多项目，我没精力也没能力。”

黄兆安说：“算你小子还长点心。枫啸不如意，我还以为你这个当年的小弟也‘看人头’，雪上加霜呢。”

韦本昌做规划局长时，与许柯关系不错，说：“守强请回许柯，确实是如虎添翼。看来是要大干一场了。”

张守强抿了一口茶，说：“如果我把春天置业收了，大家不会吃惊吧？”

梁亚一听，把刚端起的茶杯放下，说：“嚯，野心不小啊，跟李聿修谈过？”

张守强笑了笑：“还没谈呢。我哪有什么野心？我是公鸡下蛋，肚里啥也没有啊。这是雨虹提出来的，她对春天置业比较熟，好像跟老李提了一嘴，老李也觉得交给她比较放心。”

韦本昌说：“巴蛇吞象，三年吐骨。鸿安公司比春天置业规模小，走的模式也不同，就算吞下，消化起来，也不好受。这样的兼并案例之前也有过，前车之鉴啊。”

梁亚说："没个几十亿元怕收不了吧？守强找钱的路子挺多啊。"

张守强说："我现在也没有那么多钱，不过，车到山前必有路吧？韦市长教训得是，就怕并过来后不好消化。可不收呢，机会也挺难得。"

黄兆安说："步子太大，就算请回了许柯和姚雨虹，我劝你也得悠着点。"

梁亚说："大成集团今年没拿新项目，黄总手头很宽裕吧。"

黄兆安说："家家都有难念的经，有钱还不拿地？"

阿薇进来说闲聊得差不多了，该入席了。说完，就走到韦本昌旁边，挽起他一起向晚宴房间走去，大家都跟在后面。

韦本昌自然地拍拍阿薇的手，说："演出刚回来，也没好好歇歇。"

阿薇笑着说："韦市长来了，再累也得陪您喝两杯。"

钟峻说："刚回来，酒就别喝了，陪韦市长聊聊天就好。"

韦本昌哈哈大笑："不喝酒，还是清醒一点好。你说的那个男歌手还在临海吗？"

阿薇参加选秀的时候，曾说过她在酒吧唱歌的时候，有一个男歌手说她的唱法不好，一辈子也唱不出什么名堂。恰好是他的话刺激了她，让她坚持按自己的唱法唱下去。她当场得到评委的鼓励，感动得热泪直流。

阿薇嫣然一笑，说："哪有什么男歌手？还不是现场编的故事。"

进了房间，几个年轻女孩已经在等候着了。酒席间没怎么喝酒。结束的时候，钟峻暧昧地说："打牌、打球、各类健身运动，请随意。今天封场，只我们几个人。"

2

连续数月的成交量下滑，房价降声一片，原来很多热资进入房地产炒房的，也纷纷撤出，投资房地产开发的机构，也都不愿继续投资。

梁亚没有资金进行后续开发，市里倒是网开一面，只要他能把土地转让，受让方立刻交上土地款，闲置费可以免交。四块地都不大，但加起来也有 40 亿元的土地款，市场下滑的背景下，根本没人愿意以原价接手他高价拍得的土地。

张守强对梁亚说："没钱动，就退给政府吧。"

"前期投入那么多呢，退回去血本无归的。"

"呵呵，你都要进棺材了，还在搽粉，别他妈死要面子了。断一条胳膊，强过把命搭上吧。我不能看着你死，我的钱还在你那里呢。"

"谁要进棺材了？乌鸦嘴。你是黄世仁啊？"

"我是，可你也没有喜儿抵债啊。"

开过玩笑，张守强说了自己的计划，梁亚的四块地，他全资投资其中的两块，仍由梁亚的团队负责操盘，并且团队除正常的薪水外，还可获得总销售额的 3% 作为回报。但如果达不到预期利润，则梁亚要将另外两个项目 90% 的股权作抵押。

梁亚说："没问题。只是，另外两块地我也没钱做啊。"

"那这样吧，以尚鲨公司 17% 的股权作抵押。另两块地你退了，重新拍卖，鸿安公司买回。退地的损失，鸿安公司支付给尚鲨公司。"

"你这不是四个项目都参与了？你小子资金还很宽裕啊。"梁亚的话酸溜溜的。

"你想，凭你的能力，操作四个项目不成问题，鸿安公司又有这个资金实力，为什么不合作四个项目呢？我省心，你赚钱。临海已经连续三个月，土地零成交了，这会有什么后果？大家都知道，住宅供应量从现在到明年，将是持续减少、加上现在房价呈下降趋势，估计该是抄底的时候了。就算不是，开工量减少、开工速度放慢，是会等来春天的。而且，我看过临海近期的成交量，比 2003 年'非典'期间还低，这是不对的，过了这段时间，大家都习惯了'限购'之后，成交量肯定会增长。"

"那你为什么不四个项目全做？"

"啥意思？帮了你，你还不领情，给你留两个不行？"

"真那么好心？就冲你说出上面那段话，典型的技术派。不是你的风格，绝对是姚雨虹的分析。鸿安公司在一个城市一下子新增四个项目，人力成本、管理成本，我有数。凭鸿安公司现在的专业水准，虽然有姚雨虹、许柯，目前这种市场环境下操作起来也有不小的难度。这就是你不做四个项目的原因。做不了，还想赚点钱，就送了我个顺水人情。”

“我就是东郭先生，你他妈的就是那只白眼狼。行吧，反正你也不想领我的情，算你说得对。”

梁亚利用与韦本昌的关系，将重新收回的两块地底价做低，同时设置条件而不让其他房企参加。这两点不难做到，房地产市场不景气，土地流拍严重，尚鲨公司又放弃了土地保证金，韦本昌也好说话。

退回的两块地，很快就被重新挂牌，张守强顺利如愿。然而，房地产形势却没有像他们分析的那样短时间内回升，价格依然“跌跌不休”。

张守强跟郭枫啸说：“市场这么差，借给梁亚的钱，不会回不来了吧？”

郭枫啸笑笑：“你是希望市场好，他还得上，还是希望市场不好，他还不上？”

张守强苦笑：“市场老这么差，都赚不了钱啊！”

“我们还撑得住。梁亚如果还要借钱，还借给他，不过不能太痛快。”

“行！我听你的。市场这是怎么了？按你原来的分析，成交量下滑这么久，也确实应该反弹了啊？”

“游行长把2009年的行情比喻为‘电击’过的‘心脏病人’，病入膏肓，电击后过于亢奋，是假象，其实本身并没有好转。2008年4万亿元刺激计划的‘后遗症’也来了，实体经济未好转，银行惜贷，消费上不去，房地产也难以独善其身。”

3

临海南部海边，本是上万亩防护林，阻挡从海面上过来的潮湿空气与狂风，很好地调节了临海的气候。大炼钢铁时期，大部分树都被砍了。20

世纪 80 年代，市里有个退休老领导，在解放战争时期丢了一只胳膊，用仅剩下的一只胳膊，带领大家重新植下一片防护林，成了临海的“袖珍保护区”。

保护区地势平坦、开阔，有沼泽、浅水、林木，不失为一方宝地，是临海的骄傲。约定俗成，历届市领导都不去破坏这片“净土”。

保护区不能破坏，可周边的荒滩、沼泽地，并不属于保护范围。罗杰做副市长时，对其心痒难耐，准备将其与周边几个散落的居住区整体改造，挖掘其潜在价值。

2006 年，政府推出的第一个地块就被郭枫啸的海都公司拿下，开发了“海之林”，共两栋高楼，A 栋下面是酒店，上面是写字楼，B 栋是高端公寓。

规划刚出，还未施工，A 栋就整体租给了临海市商业银行。后来，整体销售给临海市商业银行，银行付了部分现金，余款用股份作抵。2008 年，临海市商业银行上市，郭枫啸由此成为最大的个人股东，但股东结构中他用了多个名字代持，内中交易鲜有人知晓。

游弋的办公室，位于顶层，层高近 5 米，落地窗户可 180 度观海。他与郭枫啸坐在窗前，边品茶边闲聊。

游弋说：“春天置业的收购没什么大碍，这么大一笔资产，你给了雨虹，还有海都中心，也算尽了做哥哥的心了。依凡没意见吗？”

郭枫啸说：“小虹对春天置业的感情比对海都公司深，当年，她把在海都的股权无偿转让给我，就是想把春天置业做强做大。她的心，比我还大。有这在前，依凡能有什么意见？而且，依凡也不是小气的人。再说，我在里面不还保留了一点股份吗？”

“很好啊！和则两赢，斗则两输。有多少企业传承不下，就是因为后人骨肉相争。你开的价李聿修很满意。得义者，终得利，是为大商。下一步，就看对尚鲨公司的收购了。”

“游行长，我总觉得梁亚背后还有人。”

“计划总是可变的嘛，且看看再说。”

游弋漂亮的女秘书敲门进来，说钟峻到访。游弋问在哪里，秘书说在楼下前台。游弋说让他进来。

郭枫啸站起来，说："我先走了。"

游弋说："现在下去，有可能会在电梯相遇。你先到里屋吧，估计他也没啥大事，待不了多久。"

《临海晚报》经常组织经济类、房产类论坛，钟峻总会邀请游弋参加，所以两人交往较多，但也没什么深的私交。这次他带着梁亚一起过来，梁亚与游弋也认识，但不太熟，此次有资金上的事相求，就拉了钟峻一起。

听完梁亚的诉求，游弋说："我们愿意与尚鲨公司这样的大公司合作，对大客户，我们有专门的绿色通道，审批时间快、利率低、发放额度高，这点请 Dana 放心。先按正常程序提交各种资料吧，我交待一下，加快。"

梁亚连连称谢，说："游行长这几天抽空，到琴瑟会坐坐，我做东。"

游弋嘴角动了动，算是笑了："都是老朋友，不必了。钟总知道，我很少应酬的。他那会所，我也知道里面门道不少，我只去喝过两回茶。"

钟峻笑了，没说话。梁亚说："也是，晚上抽时间多陪陪嫂子。相比之下，我们都太俗，太俗。"

钟峻说："什么嫂子？游行长一直单身，'钻石王老五'。"

梁亚尴尬地笑笑："对不起啊，莫怪莫怪。"顿了一下，他又说："不知游行长喜欢何种类型的？我看是否有合适的，也算促成一桩好事。"

钟峻说："Dana，游行长什么样的类型没遇到过，还用得着你？我们该告辞了，不打扰游行长了。"

钟峻与梁亚离开后，游弋对郭枫啸说："这个梁亚，说话不知轻重。"

"所以我说他背后可能有人。"

"要么一眼看到底，要么深不可测。"

"我相信是前者。"

游弋摇摇头，说："梁亚是个聪明人，他的尚鲨公司发展模式很好。要不，我也不会让你有收购尚鲨公司的想法。"

郭枫啸说："也许吧。"顿了一下，他又说，"梁亚说的也是。你也该寻个合适的了，太压抑，容易生病。"

"什么压抑啊，我是正常人。十多年来，也谈过四五个，长的五六年，短的只几个月，总是抱着结婚的目的开始，不合适，我也没办法啊。"

"哈哈！我一直以为游行长是'怪老头'呢。"

游弋也大笑："这么多年，你一直以为我不正常？"

郭枫啸不笑了："你要真是怪老头，我真的担心你的计划不正常。"

游弋说："我不是'怪老头'，你也不是'酒神仙'。'防于此，必疏于彼'，乐韵没看错你，罗市长也没看错你。"

郭枫啸笑了一下，又马上收回笑容，说："市场不景气，我心里也发虚。借给梁亚的钱越来越多。"

游弋半睁的眼睛睁开了，轻轻一笑："顾虑太多，会放不开。做事也不要苛求万全之策，哪有什么万全的？做，就有风险。做了才可能有胜算，不做就只能落败。"

郭枫啸松口气，说："早就没什么顾虑了。"

游弋说："一口气砸五辆车，我就知道，血性的'郭少'又回来了。"

郭枫啸临走时，开玩笑说："你的秘书不错，近水楼台，就收了吧。"

六　宽恕

1

郭厚平听说郭枫啸要兼并春天置业，担心他太激进，把持不住，打电话劝他要收敛。

郭厚平说："我当年垄断临海的货运时，多年过于顺利的生意，让我的'自信'膨胀，听不得反对意见，生活在'自信'的虚幻中。1996年，很多国外的、香港地区的货运公司开始收缩，我在扩张，高价收编了一些集装箱、车辆和仓库等，可很快就赶上了亚洲的金融危机。当危机快过去时，我又在1999年低价出让，开始收缩。一扩一缩，货运业务急剧恶化，所以我才转身地产业。是盲目的自信，让我对趋势的变化失去了感觉。地产行业，现在趋势怎么样，我不是太了解。虽说富贵险中求，可也得谨慎，要多听不同的意见。"

放下电话，郭枫啸跟孟依凡说了父亲的想法。孟依凡说："正在进行的对梁亚的投资，是要激进还是要收敛？"

郭枫啸说："老子曰：'将欲夺之，必固与之。'自然是要激进了。"

孟依凡点头道："上天欲使之灭亡，必先使其疯狂。我不激进，他如何疯狂？"

"知音说与知音听，不是知音不与谈。"郭枫啸笑完，又叹了口气，说：

"果真疯狂，后果会是什么？房地产，会杀人的。"

沉默了一会儿，孟依凡问："知道'囚徒博弈'吗？"

郭枫啸一脸疑惑："当然知道了，不就是'纳什均衡'吗？我还看过电影《美丽心灵》呢。"

孟依凡说："嗯。如果两个囚徒可以串供，他们最好的策略就是都选择抵赖。可现实中，博弈的参加者是可以串供的，为什么还不合作呢？那次海都公司与大成集团竞拍土地，政府是规则的制定者，海都公司与大成集团就是两个囚徒。"

2

2006 年，"海之林"旁边，两个地块推出，底价分别是 4 亿元和 8 亿元，海都公司做了仔细的可行性分析，如果保证 30% 的销售毛利，就算有黑马杀出，那么两块地的心理价位也不能超过 6 亿元和 11 亿元。

协议拿地时，几个有意向的关系不错的开发商，为求得在土地势力划分中的最大所得，会组织起来划分各自的势力范围，商量一个能够接受的价格，然后瓜分土地归属，退出的将会在下次得到机会，这样就可以维持利益的均衡。这是开发商应对政策的一种潜规则。

虽然这次是拍卖，但潜规则的道理是相通的。提前划分好，就不必自相残杀，最后以小的代价取得土地。

如果没有黑马杀出的话，基本上结果都是按潜规则确定的。深谙此道的许柯，自然是提早就互相通了气，做足了文章。各方利益，甚至包括政府在内，都已考虑过，打过招呼。临拍卖前，许柯得知大成集团可能会参与，但分析其出手可能性也不大。

自从罗杰任副市长之后，黄兆安失去了原来的政府资源，也失去了原来那种大开大阖的气势，长时间待在澳大利亚，很少回国。

两块地，先拍的一块是差的。如之前所约，几家开发商象征性地举了几次牌之后，就放弃了。就在拍卖师喊出“4.2 亿元，3 次”，准备落槌之际，大成集团的“666”号突然举牌应价。

现场很快变成“591”与“666”之争，4 亿元的底价迅速飙升到 6 亿元，这是海都公司预期的价格，再超过一点点，就准备撤出了。

拍卖场上鸦雀无声，都屏息观战。价格是海都公司举起来的，“666”保持沉默。许柯不知大成集团会不会跟进，心中也有些紧张。

“心之湖”的 2 000 多亩地，当时最强劲的竞争对手就是大成集团。当年，大成集团就喊着要不惜一切代价狙击海都公司，一定要拿下的那个地块最终也成了海都公司的。

许柯估计，大成集团只是想提高拍卖价格，抬到高位后再撤出，重重地闪一下海都公司，让海都公司高价吃下却难以消化。如果猜测没错，就“以彼之道，还施彼身”，提前撤出，让大成集团骑虎难下。

拍卖师叫到第三次，“666”号牌子又举起来，喊道：“加 3 000 万元！”一次加价的基价是 500 万元，3 000 万元是将海都公司往绝路上逼。

如果再举一次，估计大成集团不会跟进，地就是海都公司的了。价格太高，海都公司没有信心做好。放弃，还有一块更好的，即使实力如大成集团，也不可能在这个区域以这么大的代价拿下两块。所以，下一块地，海都公司还有机会。

许柯请求暂停两分钟，他电话请示郭枫啸，郭枫啸说现场全凭他做主。

放下电话，许柯决定撤出！就算大成集团真的想要，那也只能如大成集团所愿了。

暂停时间到！当拍卖师喊出“6.3 亿元，3 次”时，场上所有的目光都转向了海都公司。

许柯转了一下手中的“591”号牌子，轻轻放下。

锤子重重落下，全场掌声雷动。

第二场拍卖开始了，与前一场如出一辙，“666”与“591”轮番举起。海都公司没了退路，必须接下。大成集团也很难受，一旦高价吃下两块地，会消化不良的。真是一场心理大战！

此轮，加价幅度变小，速度变慢，号牌变得沉重。现场每个人也都感觉到来自空气中的压力，让人难以呼吸。

当价格由7亿多元的底价慢慢升到11亿元时，大成集团故技重施，一下子加了5 000万元。

海都公司再一次提出暂停。大成集团肯定希望海都公司跟进，他们在赌海都公司志在必得，可也担心骑虎难下。

许柯想，如果一点点跟进，就明显地表明了要拿下的意图。因为价格已经够高了，要拿下，就不愿意多付出，只能一点点加价。如果大幅度跟进，就会让大成集团摸不准海都公司拿下这块地的决心，从而打乱他们的部署。

两分钟后，许柯没有犹豫，果断举牌，再加5 000万元。此时，全场愕然，连拍卖师都出乎意料地合不上嘴巴。

大成集团也提出暂停，两分钟后，决定放弃。

许柯汇报了拿地的整个过程，郭枫啸笑着说："漂亮！价格比预想的高了一点，也总算出了一口气，打出了海都公司的血性。就当花钱做了宣传，值！"

"大成集团的地价也不低，位置又不如我们，按大成集团的做法，会做高端。我们跟着走，吃不了亏，所以我现场才敢以这么高的价格拿下这块地，赌他们不敢吃下两块地。"许柯还有些兴奋。

郭枫啸说："跟着他们走，我们的胜算有多少？我可不想跟着别人走，看别人的眼色。我们要制定自己的游戏规则！"

"自己的游戏规则？"

"规则是强者制定的，是维护强者利益的。与强者对抗，按他们的规则，竞争还没有开始，就胜负已定了。规则的制定者不怕弱者跟他竞争，怕的是不遵守原有的规则，更怕的是在另一种规则之下竞争。"郭枫啸慢慢地说。

制定规则是每个企业都想做的，可怎么做？

郭枫啸接着说："你的分析是对的，大成集团并不真心想拿地。他们没想到会让我们给‘闪了腰’。我找个中间人探一下，如果他们真不想做，我们就以他们拍卖的价格接下那块地。”

许柯胜利的兴奋荡然无存：“为什么？”

“这样的话，我们在同一区域就有四个项目，酒店、写字楼、商业、住宅，各种业态都全了，区域就由我们垄断了，我们就有了完全的话语权。而且，我们可以凭原来两个项目的低地价拉低整体地价，制定我们自己的游戏规则。”

许柯明白了“郭少”并非只是个酒鬼。

谁曾想，壮志未酬，郭枫啸的发展之路却因举报罗杰的事件而中断。

3

孟依凡说：“当时，大成集团与海都公司最好的选择是，大成集团退出，海都公司兵不血刃，海都公司甚至可以给大成集团一点补偿。这样海都公司代价最小，政府获利最小，大成集团获纯利。如果海都公司提前知道大成集团参与，会提前串通吗？”

郭枫啸摇摇头。孟依凡问：“为什么不会？”

“彼此不相信。”

“对，互不信任。纳什的理论中，每个人都追求最大利益，却没有人主动改变策略以获得最大利益，这是个人理性与集体理性之间的矛盾。如果再遇到类似场景，会不会合作？”

“肯定会。”

“难说。理论上，如果是无限期合作，双方考虑长远利益，会合作，但只要是有限次的合作，合作就不会成功。”

“为什么？”

“合作十次，第九次参与的人就会不合作，想趁最后一次大捞一把。如果都料到第九次不合作，很可能在第八次就采取不合作的态度……一直到从一开始就不合作。现实中，旅游景点做生意的骗子多，就是这个道理。”

郭枫啸来了兴趣，说：“现实中，合作随处可见，是什么原因呢？”

孟依凡说：“美国一位科学家为了研究合作问题，组织了一个‘重复的囚徒困境’游戏：100人参与，每人都扮演一个囚徒，把自己或合作或背叛的选择输入电脑程序，他们的选择就会成双成对地被融入不同的组合。如果两个程序已交手多次，则双方就建立了各自的档案，以记录与对手的历史交往。他们自己也通过多次交手树立或好或差的声誉。虽然如此，对方的程序下一步将会如何举动仍然极难确定。游戏中，每个人每一次都要在‘合作’与‘背叛’之间做出选择。与‘囚徒困境’的不同在于他们不只玩一遍，而是玩300遍。它更逼真地反映了具有经常而长期性的选择。你猜最终的胜利者采用了什么样的策略？”

郭枫啸兴趣已经很浓了，他试探着说：“合作？”这毕竟是对合作的研究，而且孟依凡又是在回答“为什么合作”的问题。可是，想到是讨论对梁亚的投资引出这个话题的，又觉得不可能是合作。

孟依凡问：“游戏中，对方的程序下一步将是合作还是背叛，极难确定。你不管对手作何种举动，总是采取合作的态度吗？”

郭枫啸一想，又说：“总不会是背叛吧？”

“那不是与‘囚徒困境’一样吗？这个试验还有什么意义？再说，不管对手作何种举动，总是采取背叛的态度吗？”

“太复杂了吧？要看对手的历史记录，可记录也不总是合作或者背叛单一的啊，怎么判断？合作与背叛，每次都各有50%的概率，有些像猜石头剪刀布啊。”

孟依凡笑了：“没那么复杂，游戏最终的胜利者采用了最简单的策略：一报还一报。找另外更多的人重复玩，结论仍是如此。”

“一报还一报，说明什么问题呢？”

“一报还一报的合作风格，是善意的，又是强硬的。‘善意的’是说总以合作开始，会在下一轮中对对手的前一次合作给予回报。‘强硬的’

是说总会以背叛来惩罚背叛过他的对手。这有点像‘以其人之道还治其人之身’，也有点像孔子说的‘己所不欲。勿施于人’，同时又要求每一个人‘人所不欲勿施于已’。这种策略替代了背信弃义，使选择这种策略的个体能够生存下去。如果不太合作的想侵犯和利用他的善意，策略强硬的一面就会狠狠地惩罚他们，让他们无法扩散影响。就是这种策略，才导致了社会各个领域的合作。”

郭枫啸在仔细琢磨孟依凡所说的，过了一会儿，孟依凡说：“这个理论的结论是：具备四个特点的人，总会是赢家，那就是友善、强硬、宽恕、简单明了。”

郭枫啸说：“我明白了，可与我们讨论的问题有什么关系呢？”

孟依凡说：“当然有关系。做个好商人，首先是友善，不在对手背叛前背叛，这点你做到了。然后是强硬，对背叛的对手，要坚决地‘一报还一报’，这点，你有时还不够。赢家的第三个品质，是懂得宽恕，强硬之后，对手必不敢再背叛，此时要终止报复，才会维持合作。回到梁亚的话题，他不以善意始，我们是要以强硬终吗？”

郭枫啸说：“你是想说以宽恕终止？尚鲨公司的规模越来越大，我担心到了‘大而不能倒’的地步，我们根本控制不了。连第二步强硬都无法实现。”

“梁亚是贪婪的，他不会停止。扩张得越大，他越自信，就越相信他能掌控不断扩大的规模。什么叫‘大而不能倒’？变由内生之时，再大，也要垮掉，甚至也只需一根稻草而已。”

郭枫啸说：“最终如果是宽恕，那这个过程还有何意义？”

“孙子曰：‘不战而屈人之兵。’有必胜之实力，才能让对手屈服，才能做到不战而胜。实力从哪里来？不报复、不强硬，对手如何知道？宽恕的基础，是强硬。”

“最终我要宽恕？梁亚举报了海都公司和罗市长，琪琪死时不见了的玉佛也与他有关，你让我宽恕？”

“子曰：‘以直报怨，以德报德。’”

七　玉佛

1

1994年，郭枫啸到云南，一个偶然的机会，接触并迷上了翡翠。翡翠的生成条件极为苛刻，只能在低温、高压、强烈挤压的构造带中才可能生成。从缅北到青藏高原及云南横断山脉，是全球板块活动最强烈、地质构造最复杂的地区。印度洋板块与欧亚板块撞击，将洋底的玄武岩破碎、挤压，推向地球表面，发生高压重结晶作用。

地质学家研究翡翠的化学成分几乎经历了一个多世纪，虽然早已经得知它的化学成分，但仍然没有人能解释清楚翡翠千差万别的颜色的成因。

玉器投资中真正具备保值和增值作用的只有翡翠，它的硬度仅次于钻石，这让它在东南亚很多地方被当作货币使用。中国玉石中硬度最高的和田羊脂，只在软玉之列。

越了解翡翠，郭枫啸就越着迷。

这之后，他几次前往云南的翡翠交易市场，甚至还在原产地缅甸呆过很长时间。但是，他只是看，从来没敢出过手，一块石料，动辄就是几十万上百万元，像他这种没有经验的，根本不知道它的价值。翡翠原石的淘汰率极高，几乎四分之三的石头开出来是完全要废弃的，能卖钱的只占四分之一左右。这样一来，不在成品阶段交易，而是在原石阶段交易，就加重了买方和卖方的博弈心理。

郭枫啸不出手，但他一直在了解。当地人告诉他，买方对一块石头的估价，是根据它内部的质地计算将来可以出的成品的价格来逆推，不懂成品价钱的人就不可能知道原料价钱，知道成品价钱但不懂得做货的人也不懂得原料的价钱。行话叫“未算买，先算卖”，但变数存在于每个细微的变化中，无论是剖开还是没剖开的翡翠毛料，购买价和实际价都有偏差。

他看到很多人在“赌石”，有完全没打开就贩卖的赌，也有打开后交易的赌。他发现当地人喜欢第二种赌，几乎不参与第一种。因为对当地人来说，他们更愿意看到石头，凭对其产地、成色等的经验来判断其价格，而对外地人来说，无论打不打开，反正不具备判断的经验，都是赌，所以不如不打开就赌来得更刺激。

郭枫啸亲眼看见，有一个来自中国北方的小伙子，拿了 80 万元买了一块“赌石”，一块完全没有打开的“赌石”。其实，在他买下这块石头之前，已经流过十几个人的手了，但大家都没敢解开，都怕一旦解开，价值不大，砸在自己手里，原样买卖，获利比较有保证，这其实也是赌石的规律。可这小伙子年轻气盛，买下后，当场打开，结果能用的只有一点点，价值不足 10 万元。

郭枫啸也亲眼见过有经验的商人看走眼的。那是一个香港玉器行的老手，花 600 万元拍下一块十几千克的翡翠毛料，没有外皮包裹，基本上是十拿九稳。然而，切开后，他大失所望，内部的绿比外部看到的淡了许多，这一点点差异，就让 600 万元的翡翠瞬间缩水了一半，只值 300 万元。

待的时间长了，郭枫啸也经常去逛成品店，那些外表装修豪华，带有红外线监控，柜台上一溜射灯，还提供滤色镜验货的玉器店，一上午，即使根本不上品的镯子、观音什么的，也能卖掉几十件。他觉得做成品生意好，虽然赚得不是太多，但稳当多了。

再多待一段时间，他知道了，其实真正的好料，不在那些外表考究的市场里，都在一些当地人手中，一个不起眼的小院里，可能有几百千克的好料。

他与当地工匠合作，凭自己的美术功底，设计款式，因为任何翡翠都不会完美无缺，加工者要针对它的隐含缺陷，来考虑后期设计走向，以把玉石的缺点掩饰掉，让它最终无可挑剔，同时尽可能减少材质的磨损。他的工作就是针对每一块翡翠的特点，设计出不同摆件、挂件。

翡翠即便到了成品阶段，也仍然存在“赌性”，因为交给不同的工匠，效果是不同的。经验老到的工匠，石头过手就能知道“石性”，知道一块“石头”如何雕琢能发挥它的最大价值。而经验缺乏的工匠，有可能把一块好“石头”做砸在手上。这是翡翠从原石到成品，完成升值过程的最后一个环节。这一点，必须由当地人完成。

说是合作，其实郭枫啸就是当地人聘请的设计指导，他并没有赚到什么大钱。

直到有一天，他发现了一种完全“通透”的翡翠石料，这是缅甸矿工在老场挖出的一种叫做“玻璃种”的原石，没有人知道它到底值不值钱，因为它全然违背了人们对翡翠“翡”和“翠”的颜色传统认知。它并不被收藏行家认可。

郭枫啸随便问了一下价，那个卖家笑了笑，说你要看上了，就 8 000 元一千克。他拿在手里，触感冰冷，和所有玉石相同，它会吸收手指的热量。凭直感，他觉得值这么多钱，就将价格压到了 7 000 元。

回来后，他指挥工匠将这块石头打磨成了大小不一的各种成品，拿到明亮的光源前照射，这个小东西会出现通透的白色光泽。他被这种似水的颜色给惊呆了。

他想，不管这东西到底值不值钱，至少它是真正的翡翠。他找到那个卖主，又以同样的价格买回几块石头。

在这些石料中，他看出了一块宝贝，通透如水的玉中，有一道光圈，微微泛黄，黄中还有一个小小的深褐色的点点，他在阳光下足足看了半个多月，最后请有经验的老工匠雕刻，又足足雕了两个月，最后雕成一个翡翠弥勒佛，头部有光晕，额头有天眼，一切浑然天成。这块透亮的翡翠，异常显眼，雕完后，他自己留了下来。

不到一年，有行家认为这种完全通透的翡翠，永不退化，是价值最高的翡翠之一。他手里的石料，每千克涨到了近50万元。那块小小的玉佛挂件，更是有人出到了200多万元的天价，可是真正见过它的人并不多。

这个行业里，谁混得久谁就有人脉，就会有生意做。因为“诚信”是这个行业最看重的，而诚信是需要时间来证明的。与郭枫啸合作的当地人是这行的老手，自然遵守着诚信的行业准则。所以，郭枫啸收购的那些石头，他说当年没看上眼，成了宝贝之后，照样不取分文。就这样，郭枫啸买的那些石料，以及加工好的成品，都成了他自己的，他卖掉了没加工的石料以及加工好的成品，回临海了。他稀里糊涂地赚了第一笔大钱。

那件玉佛他没卖，送给了琪琪。

2

孟依凡摆弄着手里的玉佛，晶莹剔透，是梁亚当年送给她的。

那天，她整整花了一天的时间，买各种梁亚喜欢吃的食材，然后精心做了一桌丰盛的晚餐。他回来时，她用布罩捂住他的眼睛，灭了灯。

她点上蜡烛，让他揭开面罩。看到桌上的晚餐，他兴奋地直问是什么特殊的日子。她不告诉他，只说：“子曰：‘民可使由之，不可使知之。’”

饭后，她说今天是他们认识两周年的日子。梁亚说：“真对不起，这么好的日子，我却忘了，也没什么准备。”

她说：“与你在一起，每天都是好日子。”

他想了想，找出这个玉佛，她一看就喜欢上了。

他说：“玻璃做的，不值什么钱。改天送你个翡翠的。”

她摇摇头，说：“这个就很漂亮。”

离开梁亚的时候，她留下了梁亚给的所有的东西，只带走了这个。既然是玻璃的，带走不会有什么负担。而且，无论是什么材料，既然雕成了佛的形态，便也有了佛的一点灵性，到了她的手里，便是一种缘分。

后来，她没怎么将这个玉佛放在心上。直到那天，郭枫啸喝醉了，她从他手里拔出琪琪的照片，发现照片中的琪琪佩戴的玉佛，简直与她的那个一模一样，她才找出来，仔细收藏。

她不知道这种佛挂件是不是都是玻璃的，也不知道是不是都是从生产线上下来的而有很多，更不知道她的这个与琪琪戴的是不是同一个。

今天，郭枫啸说琪琪的玉佛与梁亚有关，也许真的是同一个。她了解郭枫啸，做什么事都是谋定而后动，中学时要报复经常揍他的同学如此，在缅甸做翡翠生意时也是如此。他说与梁亚有关，那就肯定是了。可琪琪的是翡翠做的，而梁亚说给她的这个是玻璃做的，怎么会是同一个？

梁亚真的与 14 年前琪琪的绑架案有关？

第二章

起承转合之起

一 恐惧

1

1983年，郭枫啸与妈妈、妹妹在老家。爸爸在千里之外的临海市，做自己的公司——世都货运。杨乐韵，刚刚大学毕业。

临海市，改革开放后第一批沿海开放城市，起初货运行业整体水平不高，活累利薄，还得打来打去抢业务。郭厚平是退伍兵，公司的骨干也都是老战友，心齐拳头硬，两年就打下不小的规模。

可是，公司的两辆大货车刚刚发生车祸，套牌、超载，与另外几辆车连环追尾，三死七伤。郭厚平赔光了所有财产，还欠银行的债。他看着面前的杨乐韵，柔弱、娇小，当场就拒绝了她的入职要求。货运是苦力活，不用什么大学生，更不用女大学生。

她说："我能帮你把世都公司做大。"

"世都公司已经够大了。"

"你就不想做老外的业务？"

郭厚平说的"大"仅是人多而已，而大额业务多是涉外业务，利润高，但基本都在我国香港或国外公司手里。没办法，郭厚平不懂英文，看不懂也谈不拢。

郭厚平答应了，告诉她工资很低，工作很累。说完又加了一句："哪一天你有了更好的去处，随时都可以离开。”他不相信她真的能待在这里。

她在办公室打杂，没什么主要工作，却什么都做。她很快就熟悉了公司的业务，给郭厚平提出一套建议，制定了规章制度，来控制支出，提高效率。

郭厚平的战友们都是大老粗，自由散漫惯了，哪受得了一个小女孩限制这限制那的，都来找郭厚平发牢骚，有的甚至当面顶撞她、骂她。

杨乐韵从来不生气，只是一遍遍讲道理。这些道理郭厚平都懂，也知道她做得对，有时碍于兄弟情面，也说她几句，让她别弄得像是阶级斗争。她又反过来说，如果想将公司做大，就必须按照现代企业的管理机制来运作；否则，只能停留在手工作坊阶段，永远靠出卖苦力赚钱。

卖苦力，是郭厚平的痛点。他不想这样，也不想让兄弟们这样。

说服不了她，郭厚平就去说服那班弟兄。他们虽是粗人，可也都讲义气，有血性。看到公司被她做得红红火火，待遇都比以前提高了，很快也就服气了。

杨乐韵懂英语，会谈判，开始以价格优势从香港的公司、新加坡的公司等大公司手里争夺涉外业务。弟兄们跑起货来不要命，又讲信用，很快就抢了几个大单。

郭厚平的日子好多了，不再去为了每一个单争得头破血流，也不再为了每一个单彻夜不眠地排队。找上门的客户越来越多，国内的、国外的……生意越做越大。两年后，郭厚平垄断了临海市的货运。

郭厚平庆幸有她，更担心她有一天会离去。他不只一次听说有国外同行要来挖墙脚。

如果她要离开，他无法阻拦，不仅因为曾经的承诺，更因为他根本开不出足够的价码来挽留她。

他担心她走后公司会陷入困境，所以未雨绸缪，出国考察，恶补各种管理知识，把公司的业务几乎全交给了这个柔弱的女孩。结果，她融入了公司，真心将公司当成了自己的。

郭厚平听说一家新加坡的货运公司来挖她，就找她谈话，希望她能抓住机会。其实，他想探探她的想法。

她淡淡地说："我还想有一天从他们公司往咱们这里挖人呢。"两个公司从营业额上比，差了不止百倍。郭厚平没想到，她外表如此柔弱，说出的话却这样豪气冲天。

对脾气！他对她刮目相看。一拍桌子，立马要给她加薪。这一年来，公司还清了债，赚了比发生车祸前更多的钱。关键是，公司有规划了，更有前景了。他早就想跟她商量如何能长久地留在公司了。

她笑而不语。他愿意拿出一部分股权给她，她还是微微一笑，没有说话。一再试探，她才玩笑似地轻轻说："为什么要留下？我又不是老板娘。"

看着她微笑的眼神，他的心在剧烈地颤抖，这不是一句玩笑。他说不上喜欢她，但知道要把公司更好地做下去，确实离不开她。可想到远在家乡，还有深爱的妻子和一对儿女。他沉默了，不知是拒绝还是顺应。她也没再继续说下去。

事情既然开了头，两人单独待在一起的时候总会有很多别扭，情绪也在慢慢地发酵，产生着微妙的化学反应，终于有一天，感情不可避免地爆发了。

郭厚平告诉杨乐韵，如果离婚，财产要给妻子一半，给子女留一部分，算下来，没多少。她说："我就是你最大的财产！"

更出乎郭厚平意料的是，杨乐韵还说不要孩子，而是抚养他现在儿女中的一个。

2

20世纪80年代末，杨乐韵就偷偷地在从事证券交易了。1990年，上海证券交易所成立后，她更是大量投资股票。

郭厚平不同意，觉得投机性太大，与自己的性格、经商的理念都相差太远。在杨乐韵的一再要求下，两人达成协议，不动用公司的财产投资股票，只动用私人财产，而且任何时候投入股票的资金，不能超过财产的一半。

如同股票上市初期，拥有股票的人不知不觉资产就翻了几倍几十倍，杨乐韵也不例外。她没想到股票升值这么快。股票的升值，让杨乐韵将主要精力都投在了这上面，郭厚平不懂，也就由着她。

杨乐韵的心随着资产的升值变得越来越大，她从股票交易中看到了资本的力量，改革开放给了临海市遍地的投资机会，她将原来投于股票的一部分资金抽出来，转而做“高利贷”和其他投资生意。

郭厚平看到杨乐韵是天生的商人，有着先天的投资意识和经营头脑。可不知道为什么，他觉得这些钱得来得太容易，尤其是与他以前流血流汗赚的钱相比，简直就是从天上掉下来的，他觉得是在犯罪，是在冒犯着什么。

他把想法跟她说了，劝她见好就收，后果是引来她的微笑，带有嘲讽的微笑。

杨乐韵说他太落伍了，有些投资虽然没有法律保障，但是合乎市场经济原理。他反问她难道放“高利贷”也是应该的吗？她说反正没有去偷、去抢，只是利用多余的资金，帮助了一些急需资金的人，而且借她钱的人并没有去做违法的事情，为什么不可以呢？

郭厚平说服不了妻子，干脆不再过问，两人分头经营自己的事业，互不干涉，但都会将自己的经营状况清楚地告诉对方。他也说不清是为什么，可能是心中互不服气，想比一下究竟谁选的路是对的吧？而赚钱多少，似乎就是判断的标准。

3

1992 年，“南方讲话”刚发布，先知先觉的杨乐韵没在意郭厚平的反对，就杀向了海南，做从未做过的房地产开发生意。

下半年，郭枫啸大四实习，杨乐韵让他到海南帮忙。他带上了琪琪。

一上大学，郭枫啸就与琪琪热恋，所有的空闲时间，几乎都在陪琪琪。可杨乐韵却经常拉着他参加一些企业会议和商务会谈，还教他如何做管理、做投资。杨乐韵不只一次向他表达，家族企业的未来，要靠他。

郭枫啸说："我只会花钱不会挣钱，不是做生意的材料。再说，公司的生意有你和爸爸就足够了。"

杨乐韵说："市场竞争越来越激烈，要保持不败，就绝不能靠打打杀杀那一套。"

"那靠什么呢？"

"孟子说：'劳心者治人，劳力者治于人。'我告诉你，劳心者治劳力者，劳资者治劳心者。你爸不懂，你一定要懂。"

郭枫啸在海南也没什么事，每天就是接待全国各地数不清的客户，然后就是收钱。房子真的是好卖，啥都没有呢，一张图纸，甚至圈下一块地连图纸都没有，冲客户一比划，就能收一堆钱。那时还没有各种银行卡，也没有按揭贷款的概念，客户都是提着一袋子一袋子现金过来，一次性付款。郭枫啸从没见过那么多现金，银行每天都安排押钞车来取钱。

收完钱，就是不断地改合同，不断地转手。有的房子都能转二三十次之多。钱太好赚了，他问杨乐韵赚了多少钱？

杨乐韵说："不知道，反正普通人一辈子也花不完。"

郭枫啸等于是带着琪琪去海南度了个假。他是学油画的，在海边写生，大海是背景，琪琪是主角。后来他爬上大山，与黎族人交朋友，黎族的服饰、纹身绣面都让他与琪琪着迷。

琪琪说要在祖国所有大好河山前留下自己的画像。什么房地产，与她无关！

他的悠闲，却让杨乐韵深感遗憾。她觉得是琪琪的柔媚，消磨了郭枫啸的锐气和盛气。她曾经对琪琪说："只有你的柔媚，才能把一个不羁的'郭少'变得如此儒雅。"

说的时候，似乎是在夸奖琪琪，可郭枫啸知道，杨乐韵并不喜欢琪琪。

郭枫啸回大学之前，杨乐韵对他说："男人，要有杀气。你表面的样子骗得了别人，骗得了你自己，却骗不了我。你骨子里有你老子的嗜血本性，如果不是琪琪在你身边，你会纵马挎刀，驰骋商场，指点江山，睥睨众生。你内心一直有这种渴望。"

郭枫啸说："挎什么刀啊，渴什么望啊，这样挺舒服。我只想有琪琪。"

4

1993 年 6 月，郭枫啸大学即将毕业，国务院突然开始整顿海南房地产。

这一轮房地产开发热潮只持续了短短的两年不到，就以一堆死账而悲壮落幕。残酷的现实，让不少人在发财梦醒之时已体无完肤。

杨乐韵做不下去了。银行逼债，客户退房，合作伙伴撤资。纸面上的财富，一下子全部蒸发了，很多人逃离了海南，她却继续待在那里。

10 月，郭厚平跑到海南，发现杨乐韵竟然在蹬三轮卖货，她不想回来，说海南还有机会，她要在跌倒的地方重新爬起来。郭厚平含着泪，硬硬地把她拽回了临海。

郭枫啸还记得那个秋风秋雨的愁人之夜。飒飒秋雨中，瘦小的杨乐韵被高大的郭厚平拥着，更显单薄。她憔悴得让人心疼，风中翩舞的片片落叶，更添一种凄凉之美。

棵棵干枯的树干，挺拔刚烈，准备迎接那风刀与霜剑。

杨乐韵，她能接得住那刀那剑吗？

郭枫啸猜测，好强的杨乐韵，心情肯定是落寞的。商场滚打十年，从未失败过的她，不甘心以这样的惨败收场。

杨乐韵回来了，可心却永远留在了海南。她一天天干枯下去，重新做股票做投资，也不再兴致勃勃地炫耀结果了，而是默默地任数字增加。那一堆堆的数字，缺少了她注入的精魂，变得枯燥乏味。与她共同话语本来就不多的郭厚平，也不知如何开解她。她身体状况越来越差，加上银行不断调查，债主不断追债，她倒下了。

后来，郭枫啸问爸爸：“阿姨赔了多少？”

郭厚平说：“够普通人两辈子还的。”

回答完后，郭厚平又说：“家中的钱足够还债的了。”

“那阿姨为什么要自杀？”

“她太刚。太刚则易折。”

5

杨乐韵虽然做房地产项目才一年多，但气魄确实够大，她一手打造的海都房地产公司不但在海南开发了好几个项目，还在四个城市开了项目公司。

四个城市项目公司的法定代表人都是最早跟着郭厚平做起来的弟兄，他们愿意跟着比自己还年轻的嫂子去赚钱。

其他城市的房地产泡沫没海南那么严重，多少还赚了点钱。可如果与母公司合到一起计算，四个公司就全都赔得底儿朝天。

杨乐韵去世后，银行说海都公司可以注销了，欠的钱也可以当作死账处理。那一年，海南房地产泡沫破裂导致的银行坏账有上千亿元。

郭厚平问是否有利息？银行说没有。

郭厚平说：“公司不注销，所有的债全部我来还。”

银行觉得他疯了。他说他本来就是疯子。没疯的是，他不拿货运公司赚的钱来还，只是留着“海都”的壳，等以后再做房地产时由海都公司来还。海都公司的法定代表人变成了郭厚平。

郭厚平找来那四个兄弟，还有一直跟着他做货运的赵金龙，六个人，当年一起来临海闯天下。

老大郭厚平说：“海都公司所有的债务，都由我承担。四个兄弟呢，把债务剥离出来，给海都公司，各自赚的钱各自留着，重新注册一个房地产公司接着干。”

四个从不流泪的兄弟，都流泪了，都不想做房地产了，都愿意跟着老大继续做货运。

郭厚平说："乐韵说了，房地产以后肯定还要发展。也许三年，也许五年。留得青山在，不怕没柴烧。再说，以我们的能力，货运也就做到这个地步了，很难再进一步发展。"

四个人离开临海，回原来的城市继续做房地产，他们相信大哥的话，相信能东山再起。大哥的货运，本来也是从惨遭灭顶之灾中重新做起来的。

走时，已是初冬，风很大。六个人顶着风沿着海边走了很久很久，他们想起了十多年前刚来临海，也是这样的天气。六个人被这一片"酒色的"大海给迷住了，那储满了"酒"的大海，涛声澎湃着的，是热酒在燃烧。波浪翻腾着的，是酒后的激情。

酒色的大海，低沉、激昂、有力、执着地拍打着荒凉的沙滩，在有些迫不及待地召唤着他们，又似乎是在向他们发起挑战。每人一瓶白酒下肚，把空瓶狠狠地扔向大海，躺在沙滩上，齐声唱着"向前向前"，内心潜在的征服欲油然而生，他们要向大海宣告他们的到来，他们要在这里驻足，饮着酒色的大海，创下自己的天地。

荒凉的海滩，喧闹的海港，肆虐的海风，咆哮的波涛，疯狂的货运，如血的激情……抄家伙，抢地盘……兄弟六人，拉起一伙如同出苦力的弟兄。他们挣的每一分钱，都如同经过一场战斗，每一张钞票上都浸着血、浸着汗。

六个人走了很久，都没有说话。从海边回来，郭厚平送给四人每人一件皮大衣，说北方天冷。

6

郭枫啸看到过杨乐韵自杀前，留给郭厚平的一封信，有这样一段：

"厚平，我快要走了，尽管我还是如此不甘心。我要谢谢你当年收留了我，给了我一个如此大的舞台，让我的人生有了许多精彩。我们是商业上的伙伴，人生中的伴侣，但是我们一直都没有真正地融合成一个整体，这点，你和我都有感觉，尤其是最后的这几年。

“正因为这样，所以我将有限的时间都投入到了工作上面，直至生命的结束。只有这样，才能让我减少很多烦恼。虽然如此，但我还是要告诉你，我并没有后悔，没有后悔嫁给你，我还是要真心地感谢你。

“我们也许相爱，但我们从没有真正融入过彼此……让我们在另外的世界里，将自由归还给对方吧，虽然我们在今生也都从来没有失去过自由……”

作为一个丈夫，爸爸对妻子的关心远远不够，尤其是对她的内心，关心得更是不够。

爸爸的倔强和盲目自信限制了杨乐韵的发展。她的投资，得不到身边唯一的亲人的理解，这让她忧郁、压抑、郁郁寡欢。而郭厚平，却把这当作她因经商思路不同而故意表露的不满。

同样倔强的杨乐韵，不愿去解释，又将这种压抑，转为一种工作上的动力，过早地透支了健康。

海南地产的失败，摧毁了她在商业上的自信，也加剧了她健康状况的恶化。

郭枫啸想起她要离开的预言，也许她早就知道自己的健康状况了，之所以并不在意，就是想早早地得到解脱吧？

他痛恨自己当时为什么没有想到她透露的意思！

她与父亲的差距，无论是在经商上，还是在精神的深层上，都太大了。这种差距，让他们找不到可以交流、可以沟通的共同语言。在他，是根本没有想过，没有想过夫妻间还需要沟通；在她，是想过，想过两人需要更深层次的沟通，却无法找到沟通的渠道。

郭枫啸不知道爸爸是怎么想的。他回顾近十年，杨乐韵的精力全在赚钱上面，根本无暇顾及其他，与爸爸、与他似乎都没什么亲情。她对赚钱有与生俱来的兴趣。

就在郭枫啸觉得杨乐韵没什么亲情时，突然觉得，她非常孤独！刹那间，他明白了，她与爸爸，根本没有什么爱情。

是她，让爸爸实现了心中的愿望；是她，为了爸爸付出了自己的青春、自己的才华、自己的一切，包括生命。她，值得他、值得爸爸尊敬！

他从没喊过她“妈妈”，在她去世后，他想真情地喊一声“妈妈”。

对房地产的恐惧，在心底的“妈妈”声中，瞬间传遍郭枫啸全身。

二　重逢

1

1996年10月，郭枫啸的好朋友梁亚回到了临海。

梁亚的父亲是香港大亨，一手打造的LW集团，涉及贸易、航运、酒店、电子、房地产等多个行业，资产数百亿元，主要产业在香港，却长年生活在伦敦。即使回到香港，蔬菜也要从伦敦空运，有时土豆也从俄罗斯预订。

梁亚的父亲有一妻两妾，共有三男两女五个孩子，他是小妾所生，五个孩子里排第四，男孩里排第二，哥哥是嫡子。他和妈妈在家里地位不高。多亏他从小聪明伶俐，还比较受父亲疼爱。

从英国留学回香港后，梁亚主要负责LW集团在内地的电子产业。LW集团在内地的总部设在临海，梁亚先待在临海，前两年又到内地筹建新的电子公司。这两年，郭枫啸主要待在缅甸，研究他的翡翠。

从缅甸回来后，郭枫啸无所事事，偶尔心血来潮，就画几幅画。他的画很少拿出来，别人是否欣赏，无所谓，琪琪的好恶是他唯一的标准。

郭厚平让儿子到世都公司做事，郭枫啸对货运不感兴趣，说有龙叔在，帮不上忙。他注册了个精锐广告公司，琪琪负责打理，业务不用出去找，都是朋友送上门的。

梁亚请郭枫啸吃晚饭，饭后到临海最大的桔色酒吧听歌。

郭枫啸说：“吃饭可以，听歌就算了。”

“知道你晚上都是陪琪琪，但今天一定要去，唱歌的是我女朋友。就为我请个假吧。”

“Dana 哥，你女朋友太多了。要是每个都要我陪你听歌，那我不和你一样夜夜笙歌了？”郭枫啸打趣他。

梁亚性格张扬，热衷品牌，更热衷美女。几乎每次见他，都有与上次不一样的美女相陪。美女们除了身材高挑，都有两条匀称的长腿之外，无论长相还是性格，没有一点相似的。可能因为自己个头不高的缘故，梁亚喜欢长腿女孩，总是称美女为“美腿”。

“大佬，这个美腿真的不一样，我是真的喜欢她。要不，我也用不着请你一起了。”梁亚说。

郭枫啸给逗笑了：“去年那个，你不也说动真情了吗？”他是指梁亚在内地呆着时，几次通电话都说喜欢上了一个大学女音乐老师。而且，据梁亚说，在内地将近两年，只有这一个女朋友。无论他说得多么真情流露，郭枫啸都不太相信。

“两个都喜欢。真的。”

“下不为例。”

2

梁亚带着郭枫啸，迫不及待地赶到桔色酒吧时，夜场还没开始。俩人在包间里聊起了一路上的建筑。

“都是垃圾。”梁亚评价。

“垃圾？”郭枫啸从没想过这个问题。

“在西方，建筑是视觉艺术，能取得建筑师资格，就表明他已经步入艺术家行列了。看看国内，只会照抄西方的，到处是奇形怪状，到处是不伦不类。在英国，有个艺术理事会，不但决定着公共建筑，甚至决定着修房子这样的小事。”

郭枫啸笑了笑，梁亚好做惊人之语，发一通感叹并不表明他多么关心建筑，也不表明他对建筑有多么专业。

“当然，也不全怪设计师，官员也有责任。”梁亚接着说。

“香港的经济开始减速了，我老爸说内地发展正当时，虽然这几年经济受影响，但房地产肯定会被当作新的经济增长点。”

看来梁亚这次发一通评论，是有目的的。

郭枫啸问：“你准备长期在内地发展？想涉足房地产？”

“电子行业最好的时光已经过去了，房地产是下一轮经济热点。”

郭枫啸沉默了一会儿说：“前几年的海南房地产泡沫，很多人至今心有余悸。”

梁亚知道杨乐韵的事情，沉默了一会儿，说：“你老爸不也留着房地产公司吗？还不是在等机会？发展是一定的。我要做，肯定不做垃圾。你也算是搞艺术的，看着这些垃圾建筑，就不痛心？”

“我可没你那么高的觉悟。不花我的钱，也没人征求我的意见。”

“我做房地产，一定要征求你这个大艺术家的意见。”梁亚大笑。

郭枫啸没当回事，提起房地产，就想起杨乐韵在海南，意气风发，指着圈下的一大片荒滩，说：“阿枫，你爸爸在临海建立一个世都公司，我要在这里建十个、二十个世都公司那么大的海都公司。将来，这些都是你的。”

人已飘逝，言犹在耳。郭枫啸有些心痛。

见郭枫啸没说话，梁亚说：“枫啸，别人看咱们是‘富二代’，是继承老子的家产。咱们自己可是要做点事情出来。你在缅甸怎么发的财？你行的。”

“发财？碰巧了呗。”

3

DJ（唱片骑师）宣布最受欢迎的阿薇与阿丹即将登场，阿薇就是梁亚口中的女朋友。兴奋的梁亚拉着郭枫啸坐到了门口。

桔色酒吧的结构是一二层中间挑高打通，一层是舞池，舞池前方是舞台。舞池周边是散座，包房都在二楼，围着挑高的舞池一圈。他们的一号包房临窗，能将下面一览无余。

梁亚指着两个长腿美女，告诉郭枫啸，左边个子高的是阿薇。郭枫啸没在意他的话，看着右边的阿丹，呆住了。

“怎么了？”梁亚从没见过他对琪琪之外的女孩子这样，直直地盯着，像要把她吃到肚子里。

梁亚要给阿薇送花，郭枫啸说要给阿丹送。梁亚说阿丹从不接受别人送花，傲着呢。正说着，一号台就给阿丹点了10束花，阿丹还真拒绝了。

梁亚说：“一束300元，一送就是10束，这哥们，比我还烧包，也比我拗，我碰到他被阿丹拒绝好几回了，真是个‘花痴’。这阿丹也是，一束提成100元呢，也真舍得。”

郭枫啸看了看楼下一号台，正对舞台中间，大约在七八个人，有男有女，“花痴”是个小伙子，阿丹不收他也不恼，笑眯眯地冲台上鼓掌。

“我也给阿丹点一束，写上小德子送。”郭枫啸说，这是他的乳名。称呼把梁亚逗笑了，连声说好。

不出梁亚意料，阿丹拒绝了。第三次喊出小德子送花的时候，阿丹收下了。

梁亚拍拍郭枫啸的肩：“看不出，你也对美腿有拗劲。一会儿，我们四个一起吃宵夜。”

阿丹收下花后，二号包房又有人给她送花，一号二号两个包房隔舞池相对，看楼下的节目视线最好。阿丹连续拒绝五次。

两个身材高大、长相凶恶的年轻人跑上舞台，每人抱着两束花，献给阿丹，说是他们大哥送的。阿丹说她不收陌生人的花。

“那你认识小德子？”一个年轻人恶狠狠地问。

“谁是小德子？”另一个年轻人从阿丹手里夺过话筒，用同样的语气冲着台下大喊。

喊了三声，梁亚都拉住郭枫啸没让他下去。

两个年轻人狂笑。一个说：“小德子真他妈没种。”一个说：“听名字就知道是个太监，这年头他妈的啥事都有，太监也泡妞。”

郭枫啸说：“琪琪不让我打架，七八年没动手了。今天，要破戒了。”边说，郭枫啸边走了下去。这次，梁亚没拦他，跟在后面一起。

“看看谁是他妈的太监。”郭枫啸到了一楼，边说边笑眯眯地走上舞台。此时，音乐声已停了，他的声音虽不大，但都听得很清楚。

台下又上来两个年轻人，与刚才送花的一样的打扮。台下一片起哄叫好声、口哨声，夹着杂七杂八的脏话。

阿丹挡在郭枫啸身前，对台上抱花的年轻人说：“花，我收了。”

一个年轻人把阿丹推到一旁：“臭婊子，没你事。”

郭枫啸伸出食指，点着他的鼻子说：“把刚才放出来屁吞回去。”

“妈的，看不出，小太监还想冒充大尾巴狼……”

话还没说完，就仰脸摔在了台上，随着飞出的，还有一颗牙。郭枫啸揍在他嘴巴上这一拳，结结实实，力道不小。另外三个立刻围了上来。

郭枫啸躲开前面一拳，顺势抓住对方的手腕，一肘子把对方放倒，同时，向后一脚又踢趴下一个。几个动作一气呵成，潇洒利落。台下一片鼓掌声叫好声。

郭枫啸从容地转过头，冲台下微笑着点了点头。阿丹惊叫了一声，郭枫啸扭头看到第四个，抄起麦克风架子就抡过来了。郭枫啸闪开，刚才趴下的三个都爬了起来，有两个还摸出了刀。

没理会两个拿刀的，郭枫啸用胳膊挡住脑袋，两步逼到抄架子那人跟前，一把夺过，顺势抡圆，逼退两个拿刀的。

梁亚跑了上来，刚说了一句“好商量”，就见刚才被夺了架子那个，跳到台下，抄起一把椅子，跑上台冲着郭枫啸就扑了过去。

郭枫啸跳下台，在最近的桌子上抓起一个啤酒瓶子，磕掉瓶底，跳上台，揪住刚才骂阿丹的那个人，顶住他的脖子，尖锐的玻璃划破了那人的皮肤。台上的人全都僵住了。

围过来几个保安，喊着：“知道这是谁的场子吗？”

梁亚一转身，笑呵呵地说：“损失多少？我赔。”这种场合，保安一般不会动手，只会瞧着，等战事结束清理损失，有人赔偿就没他们的责任了。当然，要想让打架的人照他们开出的高额清单赔偿，就必须有一个能罩得住的人在后面。保安说谁的场子，就是问他们知不知道是谁在后面罩着。

“哪个‘疤癞眼’在这里照镜子，自找难看？你赔是吧？”台下一个人高马大的胖子说话了，话音未落，他就掀翻了一张桌子，桌上的酒瓶、酒杯等碎了一地，然后他又掀翻了一张。

叫好的起哄声音小了好多。

“大哥，停！我只赔台上的。”梁亚急了。

“大哥？大哥也是你他妈的叫的？”台上一个年轻人冲着梁亚吼道。

被郭枫啸顶住脖子的年轻人喊道：“大哥，把这俩小子给阉了，别管我。”

郭枫啸大笑：“你小子别激本少爷，十年前，你敢这么说，我现在就废了你。今天，看你小子有种，就放过你了。”说完一把推开了他。

几个人愣神的刹那，郭枫啸冲下舞台，朝着掀桌子的“大哥”就是一肘子。打架，郭枫啸最喜欢用的就是肘子和膝盖。“大哥”不猝防打了个趔趄，扶住一张椅子站稳后，随手就抡起了椅子。郭枫啸退后了几步，又迅速向前冲两步，跨上桌子，居高临下，一个劈腿放倒“大哥”，揪住他的头发，说：“留这么长头发，当自己是艺术家啊？”

“大哥”年纪和郭枫啸差不多，比他台上几个小兄弟大几岁。白白胖胖，像一只被剥了皮的白条猪，眼睛挺大，忽闪闪的，完全没有刚才在台下那股凶样。被揪住头发，脑袋向上，与郭枫啸对了眼，大叫：“枫啸，你不是在缅甸吗？什么时候回来的？”

郭枫啸仔细看了看，似乎是认识。

“我是‘瘦强’啊。”

郭枫啸认出来了，中学同学，张守强，那时挺瘦，不叫守强叫“瘦强”，几年没见，胖了一倍。这小子中学时代挨过郭枫啸几次揍之后，就成了郭枫啸的小跟班。

郭枫啸松了手，“瘦强”搂着他的肩膀上了舞台，说：“都是自家兄弟，一起到包房喝酒。”郭枫啸又拖过刚才骂“臭婊子”的年轻人，指着阿丹说：“向她道歉！”年轻人看着“瘦强”没说话。“瘦强”说：“自家兄弟嘛，算了。”

郭枫啸说：“今天的损失我来赔，他，必须道歉。”

“为了一个唱歌的，何必呢？”“瘦强”话没说完，郭枫啸又说了一句：“必须道歉！”

“我的面子也不给？”“瘦强”急了。他很要面子，尤其在小弟们面前。

郭枫啸摇了摇头。

“算了，不用道歉了。”阿丹在旁边说。可郭枫啸坚持。

骂人的年轻人不想自己的大哥难看，说：“反正也打不过你，我道歉。不过，你得让我知道名号。”

“想找回场子？郭枫啸随时奉陪。”

“郭少？”年轻人有点不太相信，又看了看“瘦强”。

4

郭枫啸中学在校园称王称霸时，动辄自称“本少爷”，所以得了个“郭少”的外号。

“郭少”英俊斯文，打架从不像他人那样野蛮。每次开打前，总是先在旁边吹笛子，如果弟兄们打得过，他就当看热闹了，而确实也有很多人把他当成是看热闹的。如果弟兄们吃亏落了下风，他就仔细地收好笛子，亲自上阵。

就这范儿，不光迷倒一批女生，连男生也奉他为校园偶像。多年后，临海市还有很多中学生，不管学习好坏，都热衷于吹笛子。也有很多中学生打架前，习惯性地先看看周边有没有吹笛子的。

“郭少”成了临海市中学生里的传奇，与他同时在校的以及他之后几年入校的，几乎无人不知“郭少”大名。

之所以是传奇，还有一个原因就是，很多女孩子追他，但他只对一个女孩子倾心，就是琪琪。现在，多情又专一的“郭少”，竟然为了一个酒吧的歌女大打出手，确实有点不合常理，也怨不得这哥们怀疑。

“瘦强”说：“是‘郭少’。”他平时也没少在小弟们面前吹嘘，说当年如何如何与“郭少”交好，如何如何与“郭少”称霸校园。

台下起哄声中，很快有人把舞台清理干净，整个酒吧似乎什么打斗都没发生一样。郭枫啸向台下看了看，一号台的“花痴”一行人已经离开。

几个人一起来到“瘦强”的包房，一聊，郭枫啸才知道，“瘦强”其实就是驻场看场的，除了保证不闹事之外，还有一个任务就是找机会挑拨纠纷，打起来后，再向挨打的一方高额索赔。

郭枫啸说他太缺德。“瘦强”说反正来这里的人也都不差钱，这是“劫富济贫，替天行道”。

“那今天该赔多少？”郭枫啸问。

“一家人还赔啥啊？我在这里看场，其实是在帮龙叔的忙。”

“哪个龙叔？”

“整个临海，不就一个龙叔赵金龙吗？所以，我说是一家人嘛。”

郭枫啸并不知道龙叔还干这个。“瘦强”说：“临海市的酒吧夜总会什么的，基本上都受龙叔的保护，他是整个临海市道上真正的大哥。”

郭枫啸突然问“瘦强”：“刚才一号台那个点花的‘花痴’是谁？”

“花痴？”瘦强大笑：“这个名字好，他叫廖聿修，的确是个花痴。”他接着说：“廖聿修是西郊一个电子厂的老板，做‘OEM 代工’，也就是俗称的‘贴牌加工’，手里有点小钱，又年轻帅气，喜欢漂亮女孩，传闻光生过孩子的就三四个，还有五六个没孩子的呢。”说完，“瘦强”骂了一句："他奶奶的。"

郭枫啸笑了笑，看了看梁亚。梁亚满不在乎地"啧啧"嘴："这小子对美腿比我拗，还比我'博爱'。"

临分手时，"瘦强"对郭枫啸说："在临海市，有什么消息需要咨询，只要跟我说一声，不管黑道白道，包你两天之内有结果。"

散场后，梁亚叫上郭枫啸约了阿薇一起吃宵夜，阿丹也被阿薇硬拉了来。梁亚与阿薇都看出来了，郭枫啸与阿丹原本就认识。

酒桌上，梁亚一本正经地说，让枫啸与阿丹做证，他要正式请阿薇做他女朋友。郭枫啸这才知道，之前，他不过是听阿薇唱了几首歌而已，根本不是女朋友。

他说："等你求婚时再请我们做证吧。"

梁亚没接茬儿，问"小德子"是怎么回事。阿丹说她与郭枫啸同乡，小时候就这么称呼他。梁亚想说"青梅竹马"，想到琪琪，就没说出口。阿薇不知详情，一句"你们是青梅竹马啊"脱口而出。

郭枫啸笑了笑："仅是两小无猜而已。"

5

阿丹是妹妹姚雨虹。看着妹妹，郭枫啸又回到了小时候。那时，兄妹二人对爸爸的印象就是墙上的照片，爸爸穿着军装，可神气了！

因为爸爸当兵，每次与小伙伴做游戏，妹妹都是警察，其他人是等着被抓的贼。她整天盼着爸爸回来，能够带一把真正的枪，好炫耀一番。

终于盼回了爸爸，他复员了，没有枪。爸爸在县城的百货公司做经理，妹妹没有了炫耀的资本，还成了被嘲笑的话题，她不愿搭理爸爸，觉得他真没用。

爸爸辛苦地工作，妈妈辛苦地种地，可是日子好不到哪里去，妈妈节省下好吃的给爸爸，爸爸又省下来给他们兄妹。只要妹妹喜欢吃，他就给妹妹留着。

有一天晚上，爸爸带回几个苹果，自己切了一块萝卜，说比苹果好吃。妈妈也吃了一块萝卜。郭枫啸吃了一个最小的苹果，剩下的都给了妹妹。妹妹边吃边说："爸爸真傻，萝卜哪有苹果好吃？"

个体经营一放开，爸爸就不甘心了。他辞职开了个批发店，从百货公司批发香烟、小家电，倒到乡镇、村里销售，什么紧俏，就倒腾什么。妈妈一个人在家种地，照顾他们兄妹。

不到一年，爸爸让妈妈到城里帮忙照看生意，郭枫啸与妹妹也跟着到城里读书。妹妹漂亮，但土气，很多男同学经常在她身后取笑她，每次都是郭枫啸在后面赶走他们。

批发店越来越大，爸爸的心也越来越大。他要到那个遥远的刚刚开放的海滨城市。

临走时，他跟妈妈说："守好这个店，我如果混不下去了，回来还有个养老的地方。"

妈妈起早贪黑，进货送货，洗衣做饭，一个人忙里忙外。好几次都有人要盘下这个店，妈妈总是一句话："这是我和老郭养老的地方。"

有一年多，爸爸一直没有回来过，偶尔寄封信，也是说一切还好，只是有些忙。有好几次，郭枫啸都看到妈妈躲到没人的地方，把信掏出来看了一遍又一遍。

爸爸回家了，送郭枫啸一台游戏机，送妹妹一把吉他。妈妈说："爸爸做集装箱运输生意，带回来的钱，足够盘下十几个同等规模的批发店。"

爸爸走时让妈妈把店关了，说现在的钱够养老了，让她好好休息。

这次，妈妈没有听爸爸的。她说生意有赚有赔，还是有个店保险。果然，不到一年爸爸就又回来了，说大货车因为超载而刹车失灵，过隧道时发生连环车祸，还死了人。他拿走了上次带回来的钱，还拿走了妈妈的积蓄。

又一年过去了，龙叔回来跟妈妈说："嫂子，大哥想离婚，他对不起您。"妈妈很镇静，说："让你大哥回来跟我说。"

爸爸回来了，他说："我又挣了点钱，比上次还要多。这一切，都多亏了她。"爸爸说得很简单。"公司这么多人，都指望着跟我吃饭，我丢不下。要让他们吃好饭，我离不开她。"爸爸有些语无伦次，妈妈知道"她"是谁，始终一言不发。

"这边的所有财产都归你，我在那边的房子、公司，算算折多少钱，给你一半。孩子的抚养费由我承担，一直到他们独立。只是，两个孩子，我想带走一个。"

妈妈说："我同意离婚。你那边，风里来雨里去，流血流汗辛辛苦苦挣下的财产，我不要。家里这点，够了。至于孩子，让他们自愿吧。"

当时，郭枫啸与妹妹都愿意留在妈妈身边，然而是妈妈最后把郭枫啸赶到了爸爸身边。妹妹跟着妈妈在老家，自作主张随了母姓。

6

郭枫啸要帮妹妹找工作，姚雨虹说大学读的是房地产专业，如果不去房地产公司，宁愿继续在酒吧唱歌。

郭枫啸不愿意接触房地产，可拗不过从小就疼爱的妹妹，帮她找了一家房地产公司打工。他不明白，家里人怎么都这么热衷房地产。爸爸一直留着海都公司，一直在关注房地产，进入房地产行业是迟早的事。

阿薇也离开了酒吧，进了梁亚的电子公司。一场打斗后没几天，桔色酒吧红透临海市的两个歌手都离开了。

姚雨虹先是做销售，不到半年，就在哥哥的帮助下成立了自己的房地产代理公司"优居房地产营销顾问公司"，公司设在临海市最高、房租最贵的"中天大厦"。

海南房地产泡沫后，尽管有国家不断规范房地产发展的各项措施，但房地产行业仍然发展缓慢。1997 年，受亚洲金融危机影响，房地产行业发展到了低谷。不过，代理行业却在低谷得到了迅速发展，也比之前几年规范了很多。

做房地产代理，实力很重要。优居公司刚成立时规模很小，姚雨虹却把它当作大公司经营：租金最贵的办公楼，行内一流的员工待遇，自己也是豪华座驾、名牌服装、高档提包……

不知是否得益于这个架子，优居公司取得了比一般同行快得多的发展速度。

1998 年，优居公司成立不足两年，就跻身临海市房地产代理行业二流水准行列，尤其是“世纪春天”成功之后，直逼行业两大领头羊联华公司和美业公司。

三　喜忧参半

1

1998 年全年都是中国房地产的春天，在住房市场化的刺激下，全年成交量超过了此前的最高峰。“世纪春天”取得巨大成功！

1999 年 5 月 7 日，天气很好，姚雨虹上班路上的心情也如初夏的阳光，暖洋洋的，很是明媚。

临海市，挺好！

她喜欢音乐，公司里到处都是轻音乐，走廊里、会议室里、办公室里……她觉得音乐能让人轻松、让人清醒、让人充满灵感。

一进公司，听到悦耳的音乐，她感觉自己的脚步就像在跳舞。突然，从前台旁边的沙发上站起一个年轻人，挺得笔直：“对不起，您是姚总吧？”

姚雨虹看了看他，西装革履一帅哥，眉清目秀，面如美妇，头发一丝不苟，身上还飘着淡淡的香水味。她皱了皱眉头，她不喜欢喷香水的男人。

他递过名片：“钟峻，《临海晚报》房产部记者。”

姚雨虹态度好一些了，她向来与媒体的关系融洽。没等她说话，钟峻就说明来意：“‘世纪春天’的成功很有特点，我想写篇专题分析。我约过廖总，他说具体操盘的是您。”

在姚雨虹办公室，钟峻说：“正式访谈之前，我想问姚总一个问题：

‘守株待兔’的故事，我们都笑那个农夫傻。假如第二天他去田头等，等到一只撞死的兔子，第三天等，又等到一只。我们还说他傻吗？”

“当然傻了。”姚雨虹不明白他想说什么。

“对，他把偶然当成必然，所以傻。‘世纪春天’招代理公司时，比优居公司规模大的公司都放弃了，在优居公司内部，我听说除了姚总，也没人支持拿下这个项目。但项目成功了，是不是偶然？即使成功两次、三次，是不是也是偶然？”

姚雨虹笑了：“看来钟记者是在拐着弯说我傻了。不过你的比喻并不恰当。”

钟峻说：“好的，不恰当，我再举一个例子。A、B两个项目找优居公司合作，甲经理经过缜密的市场调研，认为A项目有70%的成功可能，而B项目只有30%的成功可能，所以建议放弃B项目。乙经理没有调研，直接就投入到B项目中。结果，甲经理的A项目输了，乙经理的B项目赢了。作为公司的总经理，您奖励哪一个？”

“乙。”

“以成败论英雄。我觉得应该奖励甲，因为他进行了缜密的调研。企业应该给其他员工一个信号，做事要有准备，不要随意冒险。而不应该引导员工把冒险成功的偶然，当成一种必然。”

“钟记者不像是做新闻啊？”姚雨虹勉强挤出一丝笑容。

钟峻笑了：“对不起，姚总。我大学是学工商管理的，现在做房产记者，我想找到与同行不一样的角度来做专题。”

“既然您学的是管理，那么应该知道，企业经营，时刻都面临风险。什么都不做，没有任何风险。所以，就算是冒险，也无可厚非。更何况，‘世纪春天’这件事并没有冒险。”姚雨虹说得斩钉截铁。

“没有冒险？联华公司、美业公司，还有优居公司自己的市调报告都不看好。我可不可以认为是除了姚总您本人以外整个行业都不看好。这不算冒险？不是偶然？”

姚雨虹笑了："钟记者，你还不是一个合格的记者。同样一个决定，在不同的时间做出，对或者错的性质就不一样，带来的结果就会不一样。"

"时间？"钟峻有些迷糊。

"市调报告是1998年3月19日之前做的，我的决定是这一天之后做的。这一天，你做记者的，不会不知道吧？这一天对房地产的影响，你跑房地产的记者更应该知道。"

钟峻想了想，恍然大悟："'两会'！姚总，我明白了。"说完，他又感慨："姚总，我虽然接触地产行业才一年，但采访过很多所谓的业内大佬。说实话，我觉得他们的成功真的是偶然因素多，或者是赶上了好时机而已。您是业内真正的智者，与您交流，我学到了很多。"

姚雨虹说："我们谈话之前，你不也认为'世纪春天'是偶然吗？所以，他们的偶然，只是表象，背后都藏匿着必然。一年后，我们再来交流这个问题，你的认识肯定会不同。"

看着钟峻若有所思的样子，她又进一步说："钟记者，就算你说的，我参与'世纪春天'是冒险，那也只是'术'的问题。'世纪春天'对优居公司来说，却是'略'的问题。我承认，当初决定做这个项目，有一丝丝冒险的因素，但是，这个险不得不冒。即使失败了，我仍然认为参与是对的。"

钟峻说："对，企业经营，没有十足的稳当，总是有冒险的基因。"

"作为追赶者，有些险，不得不冒！去年国家取消了福利分房，一年来，各部委不断下文件，鼓励全面实行住房商品化。机遇面前，主动冒险，值！也许优居公司做大了，就不会冒险了，就会以稳为主了。"

"有您的掌舵，优居公司肯定会做大的！不过，我觉得，无论做多大，您内心还是喜欢冒险的。"

姚雨虹没有回答，郭枫啸的电话打来了，他提醒妹妹参加他的订婚酒会。酒会设在爸爸别墅的庭院里，姚雨虹不想见爸爸，可内心深处又渴望见到爸爸，她不知见到时会如何。

2

“山湖别院”7号庭院里，男男女女，三三两两，泳池边、草地上，相谈的热情丝毫没有影响到姚雨虹。她的心境有些沉闷、压抑，甚至感到窒息。

她跟哥哥打了招呼后，找了个不惹眼的角落独自坐了下来，她想到了家乡的妈妈，妈妈说什么也不愿意来临海。

“外面，是男人的世界。明白了这点，你将来就会幸福。”看到从小就与男孩子一起争强好胜的姚雨虹，妈妈没少用这句话劝她。

爸爸带着哥哥离开的那一年，姚雨虹10岁，已能帮着妈妈照看小百货店，进货摆货了。12岁那年的一个夏夜，有个经常来买东西的斯文男人撬开窗户爬进来，压在妈妈身上。听到妈妈的呼喊，姚雨虹用一直放在床头的大木棒，打破了他的头，那人从窗户跳出去后，妈妈抱着她痛哭。她觉得自己长大了，要保护妈妈一辈子不受欺负。

中学的时候，她那两条健美的长腿和浑身散发的栀子花般的香气，总是吸引一群男同学如蜂蝶般围绕。在她的眼里，斯文的男人与猥琐的男人，本质上没有什么区别，都有一种男性先天的优越感，这种优越感让他们以俯视的态度来恣意地欣赏女性的外表。她对此非常不屑！

她用特有的冷漠，将他们全部拒于门外。

大学毕业后，她决定到那个遥远的城市。它种在姚雨虹心中十多年了，很长很长一段时间里，她对它有的似乎只是仇恨，她曾经无数次幻想过那里的一切，那里的肮脏、那里的奢靡、那里的堕落、那里的灯红与酒绿。可后来，原来的仇恨在慢慢地消失，它似乎有一种魔力，在吸引着她，吸引着她来探个究竟，吸引着她想立刻就融入它。

她甚至每天都能梦到它，梦到自己就在那里，梦到自己在那里实现了所有的梦想。她对去到那里甚至有些迫不及待。

她要看看，那里究竟有什么让爸爸抛弃了患难多年的妈妈。她还要让妈妈知道，这个世界，不仅仅是男人的，同样也是女人的！

闯荡前，妈妈再一次拿那句话来劝说她。她问妈妈：“你把外面的世界给了爸爸，你得到幸福了吗？”妈妈说她得到了。从妈妈的眼神里，姚雨虹确实看到了幸福。

姚雨虹不明白！

很多人都说临海市养男人不养女人，是属于男性的。

男人要的是征服，是成功，这里为男人提供了实现梦想的舞台。女人要的是美丽，是娇宠。这里的压力，不能给女人带来美丽；这里的气质，不会娇宠女人；这里的财富，让每个女人都没有安全感。

每天，姚雨虹将“中天大厦”——这个男性城市里，最高、最阳刚的建筑——踩在脚下。每天，她都喜欢在窗口向下俯视城市的芸芸众生，与车水马龙。每天，她都愿意在窗口向南眺望辽阔的大海，很多次疲惫时，都是大海给予了她新的力量。

妈妈不想她为事业去打拼，只想让她早早嫁人。漂亮的外貌，小有所成的事业，在别人眼中，姚雨虹风光无限，到哪里都是中心。很多女孩都对她艳羡有加。可她，很少有时间考虑嫁人的事情。妈妈与爸爸共患难却没有共荣华，事业有成的爸爸最终选择了离开妈妈，可妈妈却从没有说爸爸不对，也从来没有忘记爸爸。提起爸爸，妈妈还总是饱含深情地称呼“老郭”，姚雨虹总觉得妈妈的痴情有些可悲，可她又找不出理由说妈妈的做法不对。

年轻时的爸爸有貌，中年以后的爸爸又有了钱，最终怎么样？还不是将痛苦留给了妻子与女儿？受妈妈的影响，她从来没有觉得爸爸是个坏爸爸，可就是这样的好人，也有抛弃贫贱之妻的举动，还让她怎么相信其他男人，怎么能轻易地将自己交给一个男人？

在情感世界，她把自己深深地层层包裹。虽然，偶尔，内心深处也羡慕其他女孩的出双入对，也渴望像同龄女孩一样，累了时有一个臂膀用来休息，甚至还可以撒撒娇。

3

“在这发呆。想谁呢？”是阿薇。深V的黑长裙，衬得肌肤赛雪，在灯光下闪着晶莹的光芒，半裸的酥胸和红红的嘴唇，透出一点点野性。

姚雨虹问：“梁亚呢？”

“那边。”阿薇往泳池边人最多的地方指了一下说，“阿虹，找个男朋友吧。这么多精英，你一个也看不上？”

每次见了姚雨虹，阿薇的第一句话差不多都是劝她找男朋友。阿薇是爱情至上。

“我已经够忙够沉重的了，你就不能让我轻松一点？”

“有了爱情，你就轻松了。爱情，多么美好啊！啊……啊……啊……”阿薇扬手，唱起了歌剧。

姚雨虹打断她，笑着说：“对我来说，爱情就是脂肪，多余的脂肪，是累赘。”

“不！不是脂肪，是美容品。再说，就算是脂肪，也没什么不好。这个城市多浮躁啊！有了脂肪，重一点，没什么不好。要不，一个人，太轻了，很容易漂走。”

“事业是水，只有有了事业，爱情之花才会艳丽无比。在没有事业之前，我宁愿轻轻地、自由自在地飘扬、飘扬……”姚雨虹没有唱歌剧，夸张地做起了诗朗诵。

两人正说笑着，过来一个年轻人：“对不起，打扰二位了。我叫许柯，跟龙叔做事，他常提起姚总。平叔特意安排我来照顾姚总。”

许柯高高的个子，不胖，很结实、很精干。给姚雨虹印象最深的就是宽阔方正的大嘴巴，她想，估计这大嘴巴能把他自己的拳头放进去。想着，她不由地向许柯的手看去，还真是，一双手，虽然肉乎乎，但是不大。她不由得微笑了一下："谢谢！不用了。"

许柯被姚雨虹的笑给灼得呆了一下，回过神来之后，说："我去给您拿瓶矿泉水吧。"

许柯刚走，梁亚就来了，阿薇把他推开："那边有好多'名流''美腿'，你不和他们应酬，过来掺和啥？"

"我找雨虹，也是有业务上的事情嘛。"

阿薇一努红红的嘴唇："又是业务。"

梁亚对姚雨虹说："我们要开发一个新项目，正在找代理公司。"

前几天，阿薇跟姚雨虹说了，梁亚把电子厂交给她管理，自己去了大成房地产公司，任副总经理。大成集团要开发新项目，想邀请优居公司参加竞标。

大成集团几乎垄断了临海西部和南部的所有房地产项目，在行内素有"西南虎"之称，有成熟的销售队伍，所有的项目从没与代理公司合作过。

"你们不自己销售了？"姚雨虹问。

"我们最近有多个项目要同时启动，销售人手不够。优居公司操盘的'世纪春天'很成功。"梁亚还想继续说下去，被几个朋友给喊走了。

许柯端着两瓶矿泉水走来，说："姚总，平叔想请您到屋内谈谈。"

姚雨虹接过水，犹豫了一下，说："对不起，我还有点事情，现在过不去。"

许柯点头离开了。阿薇说："平叔？是不是枫啸的爸爸啊？多少人想认识他都没有机会呢。梁亚与枫啸这么多年的朋友，也没见过平叔几次，更从没单独交流过。你不是事业至上吗？多好的机会啊！"

姚雨虹说："梁亚爸爸的生意不更大？再说，梁亚舍得把你撇在这儿，我可不舍得啊！"

"谁说我舍得了？"不知什么时候，梁亚又来了，一起来的，还有廖聿修、钟峻。

“干嘛偷听我们的闺房私语？”阿薇嗔怪。

姚雨虹没想到钟峻也来了，冲他点点头。

梁亚说：“我与钟记者在香港就认识，那时他还是香港大学的学生。他极力推崇‘世纪春天’的操盘思路，说要写一个案例分析，是他让我来找雨虹的。”

阿薇噘了噘嘴，看也没看钟、廖二人，转身走了。

4

钟峻又叫来几个房产商，其中有几个项目也在西郊。姚雨虹本想独自在角落清静一下，这倒好，让钟峻一折腾，给搞成小型房产论坛了，而她，则成了主角。

她问梁亚：“怎么这么多房产商参加酒会？”

梁亚说：“枫啸的老爸今天要宣布进军房地产业，邀请了好多地产媒体、地产商参加，你不知道？枫啸说，与他们多接触，对你的业务有好处。”说着，他转头四顾：“枫啸呢？”

钟峻说：“我与几位房企老板交流过，包括梁总，都认为‘世纪春天’在市区设立第二卖场，是神来之笔，能不能请廖总、姚总简单介绍一下。”

姚雨虹还在想梁亚说的爸爸要进军地产业的事情，没注意钟峻的话。

看到她的神情，廖聿修以为她不想说什么，就说：“这是姚总的主意！你们想讨论专业问题，我刚入行，不懂。我想说说姚总，刚合作时，看她是个娇滴滴的大美女，我还有些犹豫，可不与她合作也不行啊，几个大的代理公司都瞧不上我们的项目。合作后，我才知道，姚总的专业比她的外表还要出色。我太佩服了！”

他的话引来大家的笑声。接着，廖聿修绘声绘色地讲起了与姚雨虹的合作。

话音中，掌声、赞叹声一片。钟峻说：“今天上午我采访了姚总，我说她是行业内真正的‘智者’。我们还是请这位智者说说第二卖场的设立吧。”

姚雨虹当时确实有些冒险，操作‘世纪春天’是将自己逼上绝路。她要挑战行业一流公司的地位，就必须打一场硬仗，完成行业内看来不可能完成的任务。这是很大的赌注!

现在，成功了，风轻云淡，大家一片称赞。万一失败，可能优居公司都无法在行内立足了。想想，她又有点后怕。

姚雨虹轻轻笑了笑，淡淡地说："没那么夸张，都是廖总的决策，我们只是服务的。"

廖聿修说："我哪有决策？我是唯姚总马首是瞻，我听您的。钟记者都说了，您是智者。跟着智者跑，没错！您还是说第二卖场吧。"

姚雨虹简单一讲之后，说："卖场的炒作很成功，也得感谢钟记者、感谢晚报啊。"

钟峻说："有话题、有观念、有价格，炒作的所有要素俱全，想不成功都难啦。"

现场的讨论中，西郊三个房产项目当场答应姚雨虹，交给优居公司代理，不用竞标。而梁亚，也表示会组织新项目的代理竞标，请优居公司一定参加。

5

郭枫啸走过来，大家都跟他打招呼，不认识的也相互做着介绍。

梁亚说："怎么一个人过来了？准新娘呢，怎么不出来招呼一下啊？"

郭枫啸说："一会儿就来。"然后，他招呼姚雨虹到一边："我看那个记者挺帅的，可以考虑一下你的个人问题，事业上也有帮助。我知道你一直想找个事业上有帮助的人。每一个相识的，都是一种缘分，不要错过了。"

"算了，不说这个了，我走了。"在感情的世界，姚雨虹一直小心翼翼，对身边每一个男人都异常冷淡。就算面对无话不谈的哥哥，也保留着这一块禁区。

她刚转过身，又回头问哥哥："爸爸今天要宣布进军房地产业？"

郭枫啸点点头，脸色有些凝重，爸爸想让他接管房地产业务，也希望妹妹能够加入。可他内心里，仍然在躲避着房地产。

姚雨虹没太注意哥哥的神情，问："今天不主要是你的订婚酒会吗？琪琪呢？"

郭枫啸说："琪琪出去了，手机打不通。"

四　意外

1

吃过午饭，琪琪去了常去的美容院，郭枫啸忙于布置酒会现场，没有像往常一样陪她。可一个下午，琪琪竟然没了音讯，手机关机，美容院说她已经离开了。

郭枫啸虽有些担心，但没往坏处想。梁亚一看到他，就把他拉到朋友堆里。

聊了没多久，龙叔在许柯的陪同下走过来，与众人客气地一一握手、招呼。梁亚介绍到阿薇时，龙叔连夸漂亮，还与梁亚开玩笑说：“我要再年轻 20 岁，非与你争一争不可。”

许柯拉过郭枫啸，说：“各条道上的朋友都回信了，没有琪琪的消息。”

郭枫啸的心一沉，看着许柯，希望他再说出点什么。许柯摇摇头，没说话。

龙叔大声说：“各位朋友，多谢赏光！若有招待不周，敬请海涵！我和枫啸还有点事，大家有什么需求，尽管跟许柯说。”说完，他拱拱手，笑眯眯地转过身，与郭枫啸一起向屋里走去。

姚雨虹并不在这一圈人当中，可她的目光一直没离开哥哥。哥哥突然沉重的表情，让她担心。

进屋一坐下，龙叔就用低沉的声音说：“不可能是绑架。”

龙叔与郭厚平一起到临海，他身材瘦削，个头也不算高，但当过侦察兵，下手快、准、狠，每次打架抢生意都紧跟郭厚平，冲到最前面。郭厚平垄断临海货运的时候，与龙叔一伙也成了临海最大的黑势力，尤其是龙叔。很多道上的人怕龙叔，却并不怕待人和蔼可亲且总是彬彬有礼的郭厚平。

但龙叔知道郭厚平的可怕。

世都公司崛起之前，临海国内最大的货运业务在“暴头”手里。有一次郭厚平的弟兄抢了“暴头”的活儿，双方互相抢夺多次了，也火拼过多次，互有损失。那次抢的业务有点大，“暴头”约郭厚平吃顿饭谈谈。

龙叔不赞成去赴“鸿门宴”，想花点钱，买个太平。郭厚平说：“今天太平了，明天呢？不还骑在我们头上拉屎？”

龙叔说那就多带几个人去，郭厚平说去多了不顶用，他一个人去，就算逃也逃得快。龙叔坚决不答应。

最后，龙叔跟随郭厚平一起赴宴，其他四个弟兄带几十人在饭店下面静候，藏起来，不声张。

郭厚平待人仗义，很多手下都是来临海后缺少一技之长，生存成问题而被他收留的。他经常说：“只要有力气，肯卖力，跟着我就有饭吃。”小弟们都愿意为他出力。

宴会上，“暴头”请了“乌鸦”调停，“乌鸦”一直以道上的“话事人”自居。“暴头”咄咄逼人，要求郭厚平退出货运行。郭厚平据理力争，仍然无效。

“乌鸦”说：“先来后到，是规矩。愿赌服输，也是规矩。咱们不能破了规矩。规矩破了，就乱套了。”听这话，郭厚平明白了，“乌鸦”是来给“暴头”压阵，让世都公司避让的。

郭厚平不答应。最终，只能武力解决。

两人对 18 人，一场实力悬殊的武斗。对方一色的片刀，也算训练有素。郭厚平和龙叔每人带了一把枪刺，能劈能捅，当兵的时候受过苦训，相当称手。

两人边打边冲出包厢，想退到门口，招呼外面的兄弟进来。结果，对方在包厢旁边的房间里还埋伏了20多人。郭厚平与龙叔被几十人挤在走廊里，浑身通红，有别人的血，有自己的血。

两人背靠背，看着对方人越来越多，龙叔有点绝望，说："平哥，死在战场上，还算个烈士呢。"

郭厚平冷静地说："我掩护，你冲！"没等龙叔说话，郭厚平喊了一声"冲"，龙叔在前，他断后，两人拼力砍开一条血路，郭厚平后背又挨了一刀，总算与龙叔冲到了楼梯口。

龙叔个子小，灵巧，郭厚平推他跳上楼梯扶手，他边向下滑边砍，一口气冲到大门口，门被反锁。他来不及多想，撞开玻璃，喊了一声"快救大哥"就倒下了。饭店外几十个生力军冲进去，战况立刻逆转。

郭厚平被砍了5刀，龙叔挨了3刀，"暴头"以及手下几乎无一幸免，个个挂花，被彻底打残！

"暴头"离开临海，货运业务被世都公司接管。

"乌鸦"退隐江湖。

郭厚平在医院躺了3个月。

2

杨乐韵加入后，世都公司逼走大部分我国香港地区的货运公司与国外的货运公司，将临海货运业务彻底垄断。之后，郭厚平基本就不太出面，除了老朋友，很多人也并不认识他，即使认识，也不太了解他。所以，临海黑道上的人都说："大混子怕平叔，小混子怕龙叔。"再后来，郭厚平担任了一系列协会、商会的职务，越来越像儒商，大混子也不怕他了。

可就算不怕，也不至于有胆量在太岁头上动土。

龙叔说："十几年了，我就不相信，在临海市，还有人敢绑架平哥的儿媳。"

凝滞的空气随着龙叔的话略微有些流通。郭枫啸站了起来，不是绑架就好。可再一想，绑架不过是想要点钱，如果是其他事情呢？他又沮丧地坐了下来。一会儿，又站了起来……

"是绑架。新手。"一直笔直地端坐中间，没怎么说话的郭厚平说出了他的判断。琪琪不可能不告而别。如果不是绑架，大白天的，连人带车，三四个小时，出什么事也瞒不住。

"真是这样，就好。"龙叔说。郭枫啸明白这话的意思。只要琪琪没事，绑架也好，赎金也好，根本不是问题。

压抑的气氛有所缓和。

在父亲和龙叔面前，郭枫啸没见过什么事情是无法解决的。可现在，自己的问题，却没有确切的答案。

龙叔的手机响了。"南边一个烂尾楼工地上，发现了琪琪的车，警察马上就到。"龙叔放下电话说。

郭厚平让龙叔去处理，郭枫啸不顾父亲的反对，跟着龙叔一起去了。

房地产刚市场化，郭厚平并没急于进入这个行业，海南楼市的伤害还在，他要观察观察。一年多了，他与政府的领导也多次交流，知道这次是真的要发展房地产业了。杨乐韵临死前的预言，是正确的。他要激活海都公司。

今天的订婚酒会，他要宣布大举投资房地产业，并宣布郭枫啸任海都公司总经理，也算是送给儿子的订婚礼物吧。

他想将海都公司做起来后就退休。落叶归根，他很思念老家的前妻，他要取得前妻的原谅，一起安享晚年。琪琪的意外，他有不好的预感。

计划要有变了。

3

庭院里一片掌声，郭厚平在几个人的陪同下，出现在场地中央。他腰板挺得很直，高大匀称的身材，与年龄并不相称，看上去似乎要年轻十几岁。

姚雨虹一直盯着爸爸，心跳得厉害。十多年了，第一次离爸爸这么近。

“郭枫啸呢？”姚雨虹听到身边人的议论。

“各位，很抱歉，今天酒会的主题有点变化。现在，我想请姚雨虹女士过来一下。”

在众人的目光下，姚雨虹不情愿地向场地中央走去。

“今天，我要宣布一件事情。”郭厚平停顿了一下，把头转向姚雨虹，没容她多说什么，就握住她的手，低声说：“一会儿，我再解释。”

姚雨虹听得出爸爸的声音有些颤抖，看到他的两鬓已经有了白发。她没有说话，任由他握住自己的手，眼泪快要流出来了，一声“爸爸”差点脱口而出。可同时，心中又有另一个声音阻止她喊出来。

朦胧中，姚雨虹听到郭厚平继续对着话筒说道：“从今天起，海都公司重新启动房地产业务。我代表海都公司正式邀请姚雨虹女士加入，享有与郭枫啸先生同样的股权。”

爸爸与妈妈离婚后，经常寄钱回来，每次妈妈都存好，说要留给女儿当嫁妆。姚雨虹恨爸爸，每次都说不要。妈妈总是笑着说：“长大了你就明白了，爸爸属于外面的世界，了不起，妈妈这里留不住他。”

爸爸没再回老家，哥哥经常回，也时常说起爸爸的事情。

优居公司成立半年之后，哥哥说公司是由爸爸出资成立的。她说早晚有一天要将这一切都还给爸爸，自己不想欠爸爸什么，也不想给爸爸补偿的机会。

这两年，姚雨虹慢慢从哥哥那里知道一些爸爸的创业史，加上自己的切身感受，其实她已经有些理解、原谅爸爸了。但是，只要一想起还在老家辛苦操劳大半生的妈妈，她就无法原谅爸爸。

“小虹。”十多年没听到过的熟悉的称呼，姚雨虹一震，眼泪差点流出来。

爸爸手举着酒杯，微笑着向她示意。她举起从服务人员那里接过的酒杯，与爸爸一起，接受大家的祝贺。

简单的仪式之后，姚雨虹跟着爸爸来到屋内。

宽敞的挑空大堂里，正中是一副楹联：“藏精明于深厚，养刚大以和平。”

睿智中尽显一份惬意，同时又藏有爸爸的名字“厚平”。还没来得及仔细看看屋内的陈设，姚雨虹突然意识到哥哥不在，她问爸爸：“琪琪是不是出事了？”

4

琪琪一出美容院，就连人带车被劫持了。

郭枫啸与龙叔赶到工地时，警察说绑匪挟持琪琪在一栋烂尾楼的八楼，不允许他们靠近。

绑匪要 30 万元和一辆车，能保证安全地离开临海。郭枫啸说只要琪琪安全，一切都没问题。

僵持了一个多小时，警察告诉绑匪钱和车都准备好了。琪琪出现在窗口，脖子上架了一把刀，看不到绑匪。

郭枫啸大声呼喊着，想挣脱龙叔，跑上前去。

琪琪似乎是听到了呼喊，向他的方向看了一眼，脸上还有微笑。这一幕，便长久地刻在了郭枫啸的脑海之中。

突然，琪琪与绑匪同时从窗口摔了下来。还没落到地面，郭枫啸就晕了过去。

噩耗让一向镇定的郭厚平也有些失色。他让其他人去照顾酒会上的客人，屋内只留下了龙叔、郭枫啸与姚雨虹。

从警察反馈的现场情况看，烂尾楼内，绑匪蹂躏过琪琪，反抗过程中，琪琪被掐死了。也就是说，大家在窗口看到琪琪的时候，她已经死了，是绑匪在后面撑着她。警察推断绑匪跳楼自杀，是出了人命，知道无法逃走后不得已的选择。

郭枫啸不相信，说琪琪在窗口，看到他了，还冲他笑了。龙叔说那是幻觉。

“不管怎样，你也不应该不爱惜自己的生命啊！你说我不会照顾自己，所以答应过我，要死在我的后面，照顾我到老。你为什么说话不算数了呢？”郭枫啸说。

一天来，姚雨虹的情绪变化很大，不知该如何安慰哥哥，也不知道在怨恨了十多年的爸爸面前，要不要叫一声“爸爸”。

“的确是个新手，没有人认识他。警察查到他的身份后，我再调查一下。”龙叔轻轻地说。

郭厚平已经恢复了平常的镇定。他问：“现场仔细查过没有？”

龙叔顿了一下，问：“您是说，琪琪常佩戴的玉佛？”

郭厚平点点头。

“现场和车上，警察都仔细搜过了，没有发现。”

“不可能无缘无故没有了。也许还有同伙。”

“我会盯着。”龙叔说。

“算了吧！”一直无精打采的郭枫啸说。

郭厚平看了看儿子，冲龙叔摆摆手，龙叔退了出去。

郭枫啸苦笑了一下，说：“小虹，对不起！让你来，本来是想一起高兴的。”还没说完，声音就哽咽了。

姚雨虹抱住哥哥，泣不成声。郭枫啸拍拍妹妹，说：“好好陪陪爸爸，他盼这一天多少年了。我没事。”他又对郭厚平说：“爸爸，我先回房间呆一会儿。”

郭厚平点点头，与姚雨虹一直看着郭枫啸上楼的背影。快到二楼时，郭枫啸转过头说：“爸爸，把准备好的鞭炮都放了吧！”

鞭炮声噼里啪啦响了好久，这本应喜庆的声音，让屋里的气氛更加压抑。鞭炮声中，夹杂着二楼郭枫啸沉闷的哭声。鞭炮声后，郭枫啸的哭声清晰地传来，像是虎啸，沉厚、孤独、痛苦。

郭厚平说：“哭出来就没事了。”说完，父女俩都沉默了。

过了好长一会儿，郭厚平说：“小虹，我知道你恨爸爸。”姚雨虹使劲地摇了摇头，眼前出现的是妈妈提前衰老的身躯。妈妈不愿意来，这里，既有她的牵挂，也有她的痛苦。如果不是因为爸爸的抛弃，妈妈怎么会衰老成这个样子？妈妈……

5

当天深夜，发生了美国轰炸我国驻南斯拉夫大使馆事件，很多人上街游行，警察忙着维持秩序，绑架的事就搁置了。后来，就当作偶然事件结案了。

郭枫啸在自己的房间里，关了电话。不回家，也不去精锐广告公司，那些地方，到处都是琪琪的气息！就算是在这里，他也能闻到那熟悉的气息，有几次，那气息让他迷迷糊糊中一阵惊喜，以为她又回来了。

他回忆过去的点点滴滴。有时，想着想着，就笑了；有时，想着想着，又哭了。

姚雨虹挂念哥哥，却没去打扰他，希望他能在安静中寻得解脱之法。她相信，时间能医治创伤。

一个月，张守强陪郭枫啸大醉过两次，他知道劝解无效，最好的办法就是一起大醉。只有醉，才能忘记痛苦。

第一次，郭枫啸浅唱低吟：“问人间，谁管别离愁，杯中物。”

第二次，郭枫啸大喊：“对酒当歌，人生几何！何以解忧？惟有杜康。”喊完后，又低吼“青青子衿，悠悠我心”，然后泪流不止。

一段时间之后，郭枫啸让张守强打听一下死掉的劫匪。半个月后，张守强回复说，时间过去太长了，只找到了劫匪的真实身份，一个刚到临海的打工仔，之前没有任何不良记录。也许真的是偶然劫持了琪琪。

一个月后，郭枫啸回了老家。家，多么美好！那一片原野，能把伤害疗好。

“经常去看看爸爸，他最大的心愿就是你能喊他一声‘爸爸’。我想把妈妈接来，一家人，在一起。妈妈肯定能原谅爸爸。”临走前，郭枫啸对妹妹说。

原谅？姚雨虹知道，妈妈从来就没有怨恨过爸爸，又哪里来的原谅呢？不原谅爸爸的是她，而不是妈妈。

世事茫茫大如海，人生何处无风波？

郭枫啸不知道，他做出回老家决定的时候，远在千里之外的孟依凡，正热切地做着到临海来的准备。

孟依凡也不知道，临海给她的，是一个与预想完全不一样的世界。

6

郭厚平还清了海都公司当年在海南的债务，银行早当作坏账处理了，他的诚信让银行大为吃惊。他做房地产，不想急功近利，想做长线。

临海市东北部以港口为主，货运公司和外贸公司较多，有山有水，居住环境好，但居住条件很差，拥挤的棚户区和低矮的楼房里住了数不清的打工者。区政府想分批彻底改造，可又没有那么多资金。

区长罗杰与郭厚平一向交好，郭厚平出主意说可以让开发商垫资开发。

罗杰说：“既垫资，利润又薄，区域相对封闭，又不是热点，谁愿意做啊？”

郭厚平说："我做。"他明白，改造完会腾出大片土地，不开发干什么？硬骨头啃下来，政府还能不给肉吃？

可现在，儿子不在状态，他有些担忧。他对赵金龙说了自己的想法。

赵金龙说："枫啸与琪琪的感情我们都知道，年轻人突经此变，伤心是免不了的。过段时间就好了，你也不用过于担忧。只是听说他嗜酒，酒易误事，这点不好。"

郭厚平说："阿龙，我看这个总经理还得你干，我们老兄弟还要一起再拼几年。"

"我就算了，做货运得心应手。枫啸很快就回来，房地产还由他来做。"

"他回来再说，眼前还是你。"

"要不，让小虹，她有经验。"

郭厚平摇摇头，他问过女儿，她只想做自己的优居公司。而且，他心里还有种感觉，女儿的性格与自己像，能创出一番事业。

郭厚平亲任海都公司董事长，龙叔做总经理，许柯做副总经理。郭枫啸担任副董事长的闲职。股份上，郭厚平60%，儿子与女儿各15%，龙叔10%。

在老家的郭枫啸知道爸爸的决定后，跟妈妈说不想参与房地产业务，从杨乐韵到琪琪，恐惧一直没有消失。他甚至觉得房地产是他们家的禁忌。

妈妈指着县城一片片楼房——几年之前还是一片原野，是郭枫啸梦中的故乡——说："你爸爸没错，连县城都到处盖房子，房地产能不值得做？"

最后，妈妈说："如果你觉得扛不住呢，就回来，啥也别干了。要是能扛得住呢，就回去，跟着你爸好好干。"

过了一段时间，张守强给郭枫啸打电话说，绑架案后，有人在那栋烂尾楼后不远处捡到一个手机，没有电话卡，推测可能是劫匪死前扔下的。这个细节警察并不知情，无从判断是否属实。

那时，一个初来的贫穷的打工仔，不可能用得起手机。

第三章

起承转合之承

一　新的

1

1999 年 8 月 15 日，琪琪百日之忌。郭枫啸回到了临海，他没有回家，直接去了 3 个多月没到过的精锐广告公司。

他给妹妹打了电话，她正与阿薇在一起。

姚雨虹到大成集团提案“乐然居”项目，结束后，梁亚告诉她：“我前几年在内地的女朋友来了，她不知道阿薇。现在就住在我另一套房子里，阿薇已经知道了。”

“两个我都爱。你能不能劝劝阿薇，让她别计较……”

姚雨虹愣了好大一会儿，吼道：“混蛋！”

她撇下梁亚，直奔阿薇的住处。阿薇并不是太伤心：“哭过伤心过，已经风平浪静了。”

“梁亚这个混蛋，吃着碗里的，还占着盆里的。分手，又不是没男人了。”

“谁是碗里的，谁是盆里的？为什么是我退出？我要继续战斗，让她退出。这点，咱俩倒是挺像，不服输！”

阿薇找的共同点把姚雨虹逗笑了。她本来想劝阿薇，没想到，自己倒被逗乐了。既然能苦中作乐，还不是很糟。

说完，阿薇又开始了她每次的话题，劝姚雨虹找个男朋友。这次，她还有了目标——郭枫啸。

她给好朋友分析，说谁都能看出来，郭枫啸喜欢姚雨虹，他们俩很般配。而且，他的家庭并不反对。郭厚平在酒会的宣布等于是认姚雨虹做了女儿，这只是第一步，目的肯定是想让她做儿媳。

郭枫啸的电话就是在这时打来的，他让妹妹到精锐广告公司。阿薇笑着让姚雨虹把握住机会，不要冷着一张脸，还做了几个撩人的姿势教给她。姚雨虹大笑。

英俊的“郭少”消瘦了很多，脸庞有了几条皱纹，苍老了很多。

姚雨虹看着精锐广告公司的陈设，与琪琪在时一模一样。她劝哥哥换个写字楼，这个地方，总会让他想起琪琪。郭枫啸拒绝了，理由恰恰相反，在这里，他会觉得琪琪还在身边。

郭枫啸放了很多鞭炮，炸完后那浓烈的火药味道，会让他想起小时候的春节，一家人在一起，没有孤独，没有悲伤，有的全是团聚的欢乐，是一种其乐融融的家的感觉。

刚来临海的几年，他经常一个人找个地方放几串鞭炮，然后贪婪地吸着充满火药气息的空气，沉醉在对家的思念当中。他想妈妈、想妹妹。有了琪琪后，他不再依恋于鞭炮爆炸后的火药气息，琪琪是他的所有，他也是琪琪的所有。

姚雨虹不想让哥哥这样伤感，就问起妈妈的身体。

郭枫啸说妈妈身体不太好，酒瘾很大，一天喝三顿，没有菜也喝。他想把妈妈接来，可妈妈不答应。

姚雨虹说，妈妈是借喝酒排遣孤独，无论是爸爸，还是他们兄妹，都有一颗不安分的心，而在不安分的背后，是妈妈比不安分更深沉的支持。

中午，姚雨虹知道哥哥要祭奠琪琪，就拿出准备好的酒和小菜。

姚雨虹不喝酒，郭枫啸与琪琪酒量不大，但喜欢品，琪琪办公室里就有一个酒柜，里面就像是中国传统名酒的博览会，其中不乏各地特别工艺酿造的酒。

姚雨虹特意带来一瓶茅台，郭枫啸隔着瓶子闻了一下，说：“好酒！我与琪琪去过赤水河，那里是整个中国的‘酒核’，与长江形成的丁字形区域，除了声名远播的茅台、五粮液、泸州老窖、郎酒、董酒外，还有习酒、尖庄等不计其数的地方酒，真是一个有人必有好酒的神奇区域。正是那里独特的气候、土壤、水质以及微生物群形成了这个神奇的区域，它如活化石般保存了中国酿酒的最高技艺。”

郭枫啸的眼神充满了神采，他望向远方，似乎还与琪琪一起停留在赤水河。

看着哥哥有点兴奋，姚雨虹准备开酒。郭枫啸拦住她：“琪琪最喜欢喝黄酒，而且今天没好菜，黄酒入口快，不需要好菜来配。”说着，就取来一瓶黄酒和一个铝制烫壶，说：“温黄酒不能用铁壶，黄酒中的有机酸、乙酸会腐蚀铁，使酒中的金属含量过高，降低酒质。”

姚雨虹说：“那我去买点姜丝、话梅加进去。”

郭枫啸摆摆手：“你不是好酒之人，所以不清楚，香味不纯正的黄酒，才需要加外物掩盖酒本身的味道。台湾水质不好，酿的黄酒味道不够醇厚，加话梅就是他们的习惯……”

郭枫啸的办公室里，摆着琪琪的照片，他在照片旁放上一杯酒，又放了几份小菜，吹了一会儿笛子，盯着照片发了一会儿呆，说：“琪琪肯定不想我意志消沉，她要我幸福，我幸福了，就是对她最好的回答。”

姚雨虹心中一喜，不知是不是妈妈的劝服有效果了。却听郭枫啸叹口气说：“可是，没有了她，我又怎能幸福？”

2

郭枫啸跟妹妹说，想先做个画廊，过段时间再参与海都公司的具体业务。

经营画廊是琪琪曾经的想法。起初，精锐广告公司有个平面设计师愿意画油画，琪琪想反正公司二楼有很大的空间，公司还有另外几个设计师喜欢画画，就开辟了一个地方展示，公司员工内部交流用。后来，有朋友来，居然看中几幅，买走了。这催生了琪琪开画廊的想法，可是国内没有成形的盈利模式可供借鉴，所以一直没有落实。

郭枫啸想培养年轻的油画家。按他自己的理解，挑选有潜力的，给他们租住地方和工作室，发保底工资，请他们去各地开画展等。他与他们签一个长期合约，漫长的期限以保证投资的回收，加上超过国际画廊惯例的销售分成比例，会让他的投入物有所值。

他看到一个年轻人画的一套画作，展示的是几年来对艺术的追求，一种流血流泪的追求、一种百折不挠的追求。他称这套系列是“摧残青春”。

紫红的底色，在郭枫啸面前化作了波涛翻滚的大海，悄无声息，那并不规则的色块，则化作了一条条鱼，跳起来，跌下去，再跳起来，再跌下去……他感到心中有东西堵住了，他想发泄，想淋漓尽致地发泄。

他想到了自己，想到了琪琪，想到了中学时代因琪琪而发生的改变，想到了对琪琪的思念。他想到了爸爸，想到了杨乐韵，想到了妈妈，想到了妹妹。

他觉得，不光是青春，其实很多男人，尤其是事业有成的男人，背后都有一个故事，那个故事里写满了沧桑，沧桑里有孤独、有失败，甚至有血、有泪。在青春期里、在现实中，每个人都曾经被碰得头破血流。

他说：“你的画还很稚嫩，用色的明暗透视也不够，但你对色彩很敏感，画中有感情、有观念，这些东西能够和人沟通，让人产生共鸣。你一定会成功。”

他以 30 万元将 17 幅画作买断，出了个画集，加上点评，开了个画展，结果，这些画以 200 多万元的价格卖出。

从那之后，有几个年轻的油画家与他签订了长期合约。

3

郭枫啸天天喝酒，一个人喝，约朋友喝，经常一喝就多，喝多了，就喊琪琪的名字。有时喝多了，还打声讯台，让接线员唱《甜蜜蜜》，那是琪琪喜欢唱的歌，人家不会唱，他就骂人。

有一次，一个接线员唱得和琪琪很像，他静静地听着，哭了。唱完后，电话里很静，他没有东扯西扯让电话持续的时间更长。他默默地挂了电话。

这之后，一闲下来，他都会打电话，让她唱歌。他记清了她的上班时间，几乎点遍了琪琪喜欢的所有的歌，而她都会唱。听的多了，他甚至怀疑是不是琪琪在给他唱歌。她唱他听，从不说一句多余的话，他很感激她。

1999年最后一天，全世界都在迎接千禧年的到来。晚上，“中天大厦”顶部的旋转餐厅，郭枫啸、姚雨虹、梁亚、阿薇、张守强五个人一起喝了不少酒，喝得最多的是郭枫啸。餐厅里正在开各种庆祝活动，满是欢快的人群，仿佛到了新千年就没有了烦恼。

郭枫啸曾与琪琪约定2000年1月1日结婚。他大喊大叫，加入到庆祝当中，尽情地发泄。他又打通那声讯台，本不是她上班，巧的是，同事去庆祝了，她没事就替了个班。他说，把他曾经点的歌全部唱一遍。很吵，听不清楚，可是他很高兴，大喊：“琪琪，新千年了，我们要结婚了！”他一遍遍喊着，周围好多人都以为他在给女朋友打电话，纷纷向他祝福。

那一刻，他真的把她当成了琪琪。他一遍遍说：“你在哪里？我现在就过去，向你求婚。”

姚雨虹抢过电话，说都是醉话，请对方不要见怪。对方说没关系，这是她接到的最浪漫的醉话。最后，她还祝愿郭枫啸能有情人早成眷属，说完就挂了。

郭枫啸醉意朦胧地对梁亚说，你一定要对得起阿薇，你们马上就结婚。梁亚与阿薇都苦笑，他们已经准备春节之后分手了。

梁亚的爸爸病了，医生说只有几个月的生命了。他想在生前把梁亚的婚事办了。他从不干涉梁亚与谁恋爱，也不在乎梁亚换过多少女朋友，但与什么样的女孩结婚，他绝对要干涉。

老人家知道阿薇，却并没把她当未来的儿媳看，不仅因为梁亚的女友更换频率高，更重要的是，要嫁入他们家族的"潜规则"之一，就是必须有一个"清白"的历史。而阿薇做过歌女，与别人同居过，是"不清白"的。

梁亚早就告诉阿薇，结婚是不可能的。阿薇想过离开，可无法挣脱。梁亚去大成集团后，她管理着梁亚的电子厂，没多久，就离开了电子厂，安心享受梁亚给的一切，心中知道这种日子随时都会戛然而止，表面上还要做出很幸福的样子。

梁亚好面子，也需要身边有一个美女来装饰。有时，阿薇想，自己就是梁亚用来炫耀的，和他穿的、用的、戴的奢侈品没什么不同。可是，她依然无法挣脱。

梁亚见过家里给他找的"门当户对"的老婆，虽不算漂亮，但也是身材挺拔、丰腴典雅，符合他的"美腿"的标准，而且出自香港豪门，家族财富强于梁家。本来梁亚还担心婚后老婆会严加管束，不能再花心了。谁知，她竟然答应婚后私生活各自独立，互不干涉。所以，就算这个婚姻是赴汤蹈火，他也有点在所不惜了。

看着郭枫啸的醉态，梁亚知道如果这时说将与阿薇分手，肯定会被他打残。

第二天，姚雨虹就打声讯台电话，找那个唱《甜蜜蜜》的，可她没上班。找了三天才找到，姚雨虹说要见她。对方问姚雨虹是琪琪吗，姚雨虹说不是，告诉对方琪琪已经去世半年多了。

她沉默了，礼貌地拒绝了姚雨虹见面的要求。

4

2000年，郭枫啸一直在外面跑，先是把当年与琪琪一起去过的地方跑了一遍，画了大量的油画。景观的中心都是琪琪，各种神态、各种服饰的都有，大海、大山，全都是背景。然后郭枫啸又是全国跑，画画，主角依然是琪琪。

他把这些画放在画廊里展出，非卖品。

回到临海，郭枫啸就喝酒，多是张守强作陪。他跟张守强说："别玩'黑社会'了，你心太软，玩不了这个。"

郭枫啸帮张守强开了个广告公司，以户外为主。公司不大，十来块牌子，位置都很好。原来的还没到期，后面抢着要位置的已经排上了，根本不愁没客户。张守强隔三岔五开着车到处转转，看看牌子是否受损，晚上是否亮灯，很悠闲。

郭枫啸在外地时，就让张守强帮忙打理精锐广告公司。

张守强在一块闲置土地临主干道一侧做了几块围挡，地卖了，开发商想用围挡做广告，又不想出正常的费用，就说地是他们的，围挡也应该是他们的，想低价买回。张守强有正规广告手续，坚持不卖。

一天晚上，开发商找工人想强拆，被喝完酒经过的张守强看到了，一个电话叫来一群小弟兄，开发商也叫来一批。

双方对峙着，连夜又来一伙人，冲到开发商面前，根本不顾忌拳棒是否有眼，乱打一气。开始张守强以为是哪个弟兄找来助拳的，仔细一看，有好多老头老太太，有的还带着大狗。

原来是这片地上的住户，因拆迁补偿问题一直没搬走。看外面来了好多人，还以为是趁夜扒房子的呢。

张守强一看，至少今晚，围挡是安全的，就自动站在住户一边，帮他们说了几句话，顺便狠狠地控诉了一下开发商，说他们就像半夜来拆围挡一样，就会半夜出门做生意——赚黑钱。最后，借着酒劲，张守强振臂一呼，报上姓名，说一定会给百姓撑腰。

第二天，给开发商护场的人找到龙叔，请他说句话，别让张守强掺和。

龙叔让许柯去处理。许柯知道张守强与郭枫啸的关系，对他还很尊敬。张守强酒醒了，也觉得昨晚有些太意气。不过，名号都喊出去了，不管更丢面子。他有些为难。

许柯出主意说，先安抚好拆迁户，帮他们向开发商要钱，然后再做开发商的工作。

其实开发商与拆迁户都想找台阶下，苦于无人搭台。现在好了，开发商卖龙叔面子，解决了拆迁事宜，尽快开工。拆迁户得了更高的补偿，也不继续耗了。张守强两头交涉，又顺利把围挡卖给开发商。皆大欢喜！

张守强帮拆迁户多争取了利益，自己没要一分钱，赚了个好名声。如火如荼的城市大建设，面临大量拆迁、改造，让张守强没想到的是，这件无心插柳的事，让他在政府、开发商、民间口碑中，成了解决“拆迁难”的专家，他的围挡广告随拆迁做满了全市。

钟峻想做个“拆迁”的专题，找到张守强，看能否有不同的角度。

张守强说：“媒体报道拆迁总是围绕拆迁款的多少来说，其实老百姓更关心的是迁到新环境，他们如何生活。”

张守强说：“正在拆的那片地，有个老王，一家三口住10平方米平房，摆小摊卖包子，好歹维持生活，用一套40平方米楼房补偿拆迁款。他自己算，原来家里就一个灯泡，电费几乎没有，水费也是公用，没几个钱。现在光灯泡就五六个，还有其他电器、水费、物业费等，没地方摆摊，断了经济来源，钱从何来？政府和开发商给的补偿挺高了，可他考虑的是后面的日子怎么过。”这样的例子，张守强扳着手指头一口气说了好几个。

在张守强的帮助下，钟峻找到几个拆迁户深入一聊，就做了《城建为民：

拆迁之后怎么办？》的专题。

罗杰刚提升为副市长，主管城建工作，正琢磨上任后的第一炮呢，一看晚报，立马召开多部门参加专题讨论会，并请张守强和钟峻现场发言。会议当场就确定，以后拆迁方案必须包含解决拆迁之后百姓就业的措施。

二　不顺

1

2000年春天，临海的房地产如同天气一样，一天比一天热。有钱的、有地的、有关系的，无论是否专业，都赶上了这拨开发潮，如火如荼。整个城市，变成了热火朝天的大工地。

不专业的开发商，将销售交给代理公司；专业的开发商，忙着拿新项目，无暇组织销售，将这一环节甩给了代理公司。一时间，新代理公司如雨后春笋，遍地开花。这是代理公司最好的时代，项目多得接不完；这是代理公司最差的时代，没有专业的竞争，只有虚假的宣传和越来越低的佣金点数。代理行业恶性竞争，良莠不齐，泥沙俱下。

优居公司在西郊发展得还不错，只是几个市区的竞标项目，不是被美业公司、联华公司强势夺走，就是被几个小的代理公司通过降低佣金，虎口拔牙给抢走了。

姚雨虹强调有节制地扩张，想在一片污水中洁身自好，提高专业能力，为代理公司树立专业典范。

优居公司的发展慢了许多。在推掉几个不合适合作的项目后，引起连锁反应，几个原来合作的房企有新项目，也不再与优居公司合作了。

代理公司主要的收入就是项目佣金，项目少了，很多员工离开了，或跳槽或自立新门户，自立门户的还从优居公司带走一批操盘手。优居公司人数锐减，规模迅速缩小。

一次例会上，陈若扬说：“优居公司在市区实力本就不如美业公司、联华公司，又将很大一部分精力转移到西郊，顾此肯定失彼。我建议公司战略方向从西郊撤回市区。”

进入西郊是姚雨虹的决定，陈若扬从一开始就不同意，现在又公然提出反对，她听出他的情绪，说：“既然已经去了，就不要再讨论是对还是错，关键是如何走好。这种鱼目混珠的状态不会持久，我们就要扎扎实实做好专业，市场正规之后，再伺机扩张。”

陈若扬说：“不扩大，公司都没了，专业有啥用？在狼群中，最安全的就是与狼一起嚎叫。现在，就是要不择手段，就是要抢，扩大规模！”

姚雨虹说：“你的做法，像是三级片演员，等成为明星了，再想把脱下的衣服一件件穿回来，穿得再好，也有人把当年的‘一脱成名’拿来说事。”

陈若扬听出了姚雨虹的怒气，笑了笑说：“姚总，做人可以傲，但做生意不行。”说完就离开了会议室。

没多久，直接与优居公司合作的西郊的三家开发商，联名向姚雨虹投诉，说优居公司将他们的客户都引导到“乐然居”成交，要求解除合作。投诉书还附带一份名单，是在这三家交过订金、最后在“乐然居”成交的客户。

他们怎么能准确地拿到名单？跟踪客户流程的执行者，是优居公司不是开发商啊。姚雨虹马上就明白，有内鬼，而且很可能是陈若扬。

姚雨虹把投诉书给了吴静敏，说了自己的猜测。

陈若扬看完吴静敏拿来的投诉书，说：“我早就跟姚总说了，什么‘关门捉贼’，把其他客户当傻瓜，肯定会露出把柄的。”

“关门捉贼”“擒贼擒王”是姚雨虹给“乐然居”提案的名称。

吴静敏说：“我虽然不专业，但知道大成集团评价姚总的提案，说先抛出客户共享的诱饵，再利用利润诱惑，一剑封喉。非常高明！”

陈若扬说：“我赞赏方案，却不同意客户共享，这对另外三个项目不公平。”

“所以，你就举报？”

“你……”陈若扬顿了一下，摆摆手，“算了，小吴，说实话，我是替那三家鸣不平而已。”

“你就是想放弃西郊，回到市区？”

“这两年我负责西郊，不是都像老廖那样愿意多给佣金，我的收入直线下降，都快揭不开锅了。”

“待遇低可以跟姚总提啊，你这样做太不地道了！”

“地不地道我也管不了，我想跳槽，劝你也考虑一下后路吧。”

2

一年前，陈若扬参加大成集团新项目“乐然居”的竞标说明会，回来说：“梁亚看重‘世纪春天’，就是暗示采用与之相同的营销策略。”

姚雨虹说：“大成集团在西郊有大量忠实拥趸，是天时；丰富的经验是厮杀市场的利器，是地利。有这样春天置业无法比拟的优势，为什么还要用相同的策略？优居公司要做的是‘人和’：调整产品，使之与客户需求吻合。所以，‘世纪春天’没有任何可借鉴的价值！‘乐然居’不能按大成集团的思路做成中低端，要做西郊最高档的住宅。”

陈若扬说：“对大成集团来说，面对西郊更容易，舍易而取难，是想将重点挪到市区，然后图谋全国。现在市区很多人对西郊的认识，是春天置业，而不是大成集团。卧榻之侧，岂容他人鼾睡！大成集团就是想牺牲眼前利益，低价快速完成销售，在市区内造影响，积累品牌效应。”

“弃己之长，这是在赌气。”

“开发商是制定战略的，做项目前都经过深思熟虑。我们是制定战术的，一定要与他们的战略合拍。如果不合拍，怎么合作？以后的项目我们还敢不敢插手？还有，做高端就要增加成本，多大的利益诱惑才能说服大成集团？”

“战略不对，所有的战术都是错的。现在，就是如此。只有反客为主，他们才会重视，合作才会更愉快。更何况，我们的建议完全是从项目出发！成熟的开发商会听取的。”姚雨虹说完，也直言如何改进还没考虑成熟。

制订竞标方案时，优居公司曾经负责“世纪春天”的策划经理林国容被竞标的最大对手美业公司挖走了。姚雨虹知道，美业公司绝不是想进入西郊，其目标是大成集团未来在市区的“棋局”。

“世纪春天”打破区域市场限制，进入市区，也成功让优居公司实现“战略突围”。如果优居公司拿下“乐然居”，将垄断西郊，完成新的战略布局，两年之内追平甚至超越美业公司也很有可能。

美业公司想拦截！

以己之长，攻敌之短。美业公司想打败优居公司，最优秀的方案是弱化“世纪春天”的影响，利用丰富的操盘经验，拿下项目。最便捷的方案是挖到操作“世纪春天”的人，使自己也具备优居公司的优势，同样的平台，美业公司更具竞争力。

姚雨虹说：“想赢得与强者的战争，就必须出险招，以彼之矛，攻彼之身，令其防不胜防。我们要想冲击第一阵营，就必须来一场肉搏战，在短兵相接中击败对手。”

理想归理想，激情归激情。市场竞争，销售速度比销售价格更重要。没有速度的支持，所有的利润不过是纸面上的数字游戏。销售速度是支持“乐然居”改造最有利也是最重要的点。

而价格与速度是成反比的。现在，姚雨虹既想提高售价，又想加速销售，简直是痴人说梦！

姚雨虹决定在正式提案前，内部来一场竞标演习。A 方案不改造产品，模仿林国容做一个美业公司可能做出的方案。B 方案则按对项目改造后的想法做。

B 方案输了。

A 方案细节考虑充分，利用大成集团即将进军市区的战略，在市区展开推广攻势，以较低的成本，低价快速完成销售，将项目做成进军的前奏。

相比之下，B 方案，就项目而论项目，虽有较高的利润支撑，但对于有长远战略思考的大成集团来说，仅仅一个项目的利润，而不考虑后续发展，显然难以被采纳。

而且，没有足够的客户群支持，就无法解决销售速度。这就是“高利润”后面的“高风险”。

姚雨虹说：“A 方案再完美，也是在美业公司的思维上做出的，在这个思维方向上，优居公司的操盘控盘能力肯定不如美业公司。对抗，并不是想放弃 B 方案，而是要找出不足，尽快弥补不足。只有出奇，才能制胜！”

3

去大成集团提案的前一天，姚雨虹说 B 方案没找到如何“出奇”，所以采用更加细化的 A 方案。提案由姚雨虹亲自主讲，陈若扬和吴静敏做助手。

大成集团会议室里，林国容代表美业公司在提案。外面，陈若扬打开电脑，问姚雨虹要不要再看看演示文稿？姚雨虹说不用那个方案。陈若扬蒙了，有种不被信任的感觉。

林国容满面春风地走出来，看到姚雨虹三人，热情地打着招呼。陈若扬低声说：“混蛋，故意信心百倍，让对手以为提案很成功，还是我教的呢。关公门前耍大刀。”

看着姚雨虹瞪着他的杏眼，陈若扬意识到第一次在她面前爆粗口，赶紧打住。

姚雨虹的提案非常简单，只有 4 页。分发下去后，大成集团的几个高管已经表现出不屑的神情。梁亚仔细翻看着。

姚雨虹说：“做这 4 页结论之前，我们进行了大量的市场研究、产品定位分析，工作并不比 100 多页的提案少。”

100 多页，是她猜测的美业公司的提案分量。她不只要打动大成集团，还要打击美业公司。

“第一部分是‘关门捉贼’，第二部分是‘擒贼擒王’。先说第一部分……”

“关门捉贼”强调“客户共享，不错失任何一个客户”。姚雨虹在白板上画出“乐然居”，以及优居公司已在西郊签下的三个项目的位置。“乐然居”在中间，另外三个在周围成鼎立状。她利用独家代理优势，将客户全部往“乐然居”引导，这对另外三个项目有些不公平，但“乐然居”做高端产品，形成差异化之后，就可以与其他三个项目互补，做到客户共享。

姚雨虹继续说：“按我们对市场以及客户群的研究，项目最适合针对西郊高端消费者。如何抓住他们？就是第二部分‘擒贼擒王’，共四个层次。第一，西郊当地人建了密密的筒子楼，租给打工者，却没有适合自己的高档房子。他们渴求高档住房！他们要求不高，有点绿化和商业配套设施，就完全满足了。以大成集团在西郊的地位，开发这样的住宅，足以得到追捧，抢得高端市场第一口汤。”

此时，姚雨虹眼前又浮现了初入西郊时的情景。

四五层高的楼房，嘈杂的街道，横流的污水，不干净的小吃店，霓虹闪烁的便利店，挤满闪着怯怯眼神的打工者的工厂……还有趿着拖鞋、穿着睡衣的当地人，吃完早茶，剔着牙悠闲地在不太宽的街上闲逛；还有那大红大绿、金碧辉煌，用俗气彰显着自己的不凡的酒店……

姚雨虹仿佛又闻到了那股奇怪的味道，臭臭的，臭得很暧昧。说暧昧，是因为臭中又夹着一股说不清的香味。臭味像猫屎，像臭豆腐；香味像奶油，像松节油。那是西郊众多工厂排放出来的气体的混合味道，压迫式地往鼻孔里钻。

与市区相比，西郊是另一个世界。

随第一层次而来的，是第二层次，即产品改造，小高层、大户型、欧式园林。

第三层次是成本与价格。姚雨虹做了假设，如果面对市区的年轻人，他们看惯了高档住宅，要求高，所以必须在规划、户型、配套等方面增加成本。如果按优居公司的提议改造，每平方米成本增加250元，售价却可以每平方米提高800~1 000元，20万平方米的规模，利润增加多少？

“大成集团是西郊最大的开发商，客户基础深厚，为客户做好房子，是大成集团应尽的责任！面对客户，可以用最少的推广手段、最快的销售速度，得到最好的销售成绩。如果面对市区白领，他们不知道大成集团，势必会让推广费用大幅攀升，减缓销售速度。”

“第四方面，大成进市区开发，一定是做高档住宅，获取超常利润！西郊高端人群对市区高端人群的影响力，绝对比市区年轻白领还大！因为同一层次人群的精神需求可以产生共鸣！如果做低端，只会名利皆空！”

“就像是水中的鱼，看似在一个水域，其实各有各的层次，深水鱼、浅水鱼，每个层次互不干涉，各取所需，互相绝缘，却又自得其乐。了解了这个水域的深水鱼，到了旁边的水域当中，同样了解深水鱼的特点。反之，如果了解这片水域的浅水鱼，就以为也了解了这里面的深水鱼，就是错误的。也像登山，站在3 000米高峰峰顶的人，比6 000米山峰站在4 000米山腰的人更了解6 000米峰顶人的感受。”

“所以，面对西郊高端客群，才是为未来更好的演练！”

提案将现在与未来联系在一起，又结合大成集团的独特优势，顺带还批判了假想中的美业公司的提案，逻辑严谨，滴水不漏。

4

姚雨虹把投诉的事情跟哥哥说了。郭枫啸的建议是尽力挽回合作，实在不行就放弃，甚至放弃西郊。保证跟大成集团的合作，并跟随大成集团进入市区。

他还说，之前进入西郊的“战略突围”，本身就是错误的，失败是必然的，与投诉无关。姚雨虹大惊，这是她没想过的结论。

郭枫啸进一步解释，西郊的确是一个新的战场，谁开辟早谁获益。问题是进入一个未开发市场是需要实力的，而优居公司并不具备这样的实力，优居公司只能是一个跟随者。而做拓荒者的结果，就是顾此失彼，在市区内的竞争力减弱。

他告诉妹妹，成熟的市场虽然竞争激烈，但利润丰厚，不能轻言放弃。在这一点上，美业公司和联华公司看得更准，都在等着对方去开垦市场，自己去做一个收获者。

“爸爸说的？”姚雨虹问。

郭枫啸说是。这其实是他自己的想法，那天在妹妹办公室，他就想阻止，看她踌躇满志，就没有说出口。他再一次劝说妹妹回到爸爸身边，姚雨虹没有答复。

骄傲的姚雨虹没有去尽力挽回，她不承认做错了什么，合作也就随之结束了。廖聿修的两个项目都不大，也已售完，这样优居公司在西郊就只有一个“乐然居”，而大成集团下一步的开发重点也转移到市区。

不管她当初的战略突围是对是错，最后不得不重新回到市区。

有“大师”跟姚雨虹说，她属虎，2000 年是龙年，虎遇龙，必有一斗，必须想法消解，解后就会大顺。至于如何破解，大师则说天机不可泄露，有缘才行。她知道只要给的钱足够，就是有缘，天机就可以泄露了。

当着“大师”的面，她说：“你的天机是狗屁，愿放就放，不愿放就憋着。”说完，直接就让“大师”滚。气得“大师”用发抖的手指着她喊：“冒犯天灵啊！会招报应的！”

看着气愤的“大师”，她笑了。她敬畏天灵，但不敬畏可以用钱买到的天灵。如果天灵可以用钱买到，那么与世俗又有何区别？这种鬼话，她才不信呢。

就算是有什么龙虎斗，她也要斗过龙。

5

为改善东西狭长的交通，临海市规划建一条横贯城市东西的快速路——滨海路。规划一出，各房产公司就在路两侧寸土必争，有七八个项目准备推出。

大成集团在市区的开山之作“海名苑”，在滨海路南侧，是市区最大的项目，各代理公司垂涎不已。“乐然居”完美收官，优居公司获得优先代理权。

梁亚任“海名苑”项目总经理，在向姚雨虹介绍完项目后，他说准备回香港按父亲的意愿完婚。

姚雨虹没听解释，说：“Dana，阿薇爱情至上，她那么爱你，你忍心分手？”

“我把我们住的房子、她开的车，都过户到她名下，还给了她一笔钱。”

“你以为钱能弥补她受到的伤害？”

“雨虹，不是所有的女孩子都和你一样骄傲，把钱财看得那么淡。阿薇接受了，还很开心呢。”

“你还想让她寻死觅活？你这个混蛋，她是爱你，所以才假装开心。”

从梁亚办公室出来，姚雨虹拨通阿薇的电话，阿薇轻描淡写，说在外地散心呢，没事。

“真的没事就好，就怕压在心里。”

“我早知道没结果，却偏要飞蛾扑火。没办法在一起，也无所谓啊，毕竟爱过，快乐过。不是说‘不在乎天长地久，只在乎曾经拥有’吗？”

“要是我，明知没结果，干脆就不开始。”

“有时，我也很羡慕你，羡慕你的自由自在，没有感情的束缚。我不行，我的感情如果没有了依托，我会感觉全世界都没有意义。”

“依托也得实实在在。依托在虚无缥缈中，就会理想有多高，跌得有多惨。”

阿薇笑了：“再惨我也会爬起来。我说过，我俩最大的共同点就是不服输。”

梁亚结婚没多久，他爸爸就去世了。梁亚只得到了 LW 集团在内地的电子厂，在家族的产业中只占极小的部分。爸爸临死前特意跟他说，内地房地产大有可为！让他在各地以投资建电子厂的名义，低价拿地，然后从银行贷款，改变土地性质做房地产开发。他岳父也是相同的意见，还答应会在财力上帮助他。

梁亚想先做完“海名苑”，以此奠定在临海地产圈的地位，然后再自己做。他要赶在滨海路通车前将“海名苑”推向市场，既抢占先机，又能尽早去开创自己的事业。

时间，是梁亚全力争取的资源！

虽然有阿薇的事情，但姚雨虹明白，生意场上，不能完全感情用事。她想做海名苑。一条路，绝对可以带动一个区域！海天一色、自然环境好，通车后的升值将会创造超额溢价。所以，她建议做高档，不要抢时间，等通车后再销售。

梁亚想的是，做高档，规划、园林、户型等，光大成集团内部就牵扯多部门联合作业，还涉及很多合作单位和政府部门，协调起来费时费事。如果做不好，挑剔的高端客户是不会买账的。如果不考虑太多细节，在通车后的远景的诱惑下，低价格绝对能迅速完成销售。

姚雨虹劝梁亚：“为股东争取最大的利润，才是职业经理人该做的。”她倔强地说，如果不同意她的思路，她宁可放弃合作。

陈若扬在“海名苑”看到了机会，他最擅长的就是低价快速完成销售。他做了一份方案给梁亚，表明想担任“海名苑”营销总监。

他一上任，就取消与代理公司的合作，组建了自己的营销团队。

优居公司的优先合作权没有任何意义，姚雨虹失去了扩大优居公司最好也是最后的机会。

回到公司，吴静敏把几份辞职报告递给她，她看了看，轻轻地说：“好，不用面谈了，全部批准。”

很多房地产公司都知道，再好的代理公司，真正拿得出手的也就那么几个项目组，甚至就那么几个人。所以，合作时，选择公司重要，选择好项目组更重要。

经过上一轮辞职潮的优居公司还未复原，又遭重创，缺人、缺项目，几乎要从头做起。

最近一年，姚雨虹几乎没接触过项目。一年，足以使得她远离操作层，很多合作的房企，仅仅把她当作一个花瓶老板，而不知道她也是行业的佼佼者。

先机已失，优居公司陷入困境。

三　醒

1

“海名苑”要抢时间，就要最快完成拆迁。梁亚找张守强帮忙，张守强还为郭枫啸加了个条件：整合推广由精锐广告公司做。

他不想郭枫啸整天如酒鬼一样，想借此“逼”老同学一把。

2001年秋天，滨海路通车倒计时，各种报道不断，全市都翘首以盼。沿路好几个项目都想把档次做低一点，价格定低一点，赶在通车前卖完。本想争取时间、低价快速完成销售的梁亚，结果很可能被同质化竞争拖入销售缓慢的境地。

时间不等人，市场不等人。梁亚要寻求新的突破，只要做出一点差异化的东西，凭大成集团的江湖地位，就足够支持比竞争对手快的销售速度了。

拿什么突破呢？地段是死的，规划和户型修改起来太麻烦、周期太长，只有环境了。梁亚想到了郭枫啸曾经谈过的岭南文化：“岭南文化一直被视为边缘文化，这是用传统中原文化的标准来看的。其实，岭南地区依山傍海，河汊纵横，文化一直离不开江海水运，喜流动，不保守。加之近代通商，得风气之先，生命力与日俱增。房地产中，岭南文化主要靠岭南园林来体现，岭南园林追求自然，崇尚平实，与北京皇家园林、江南园林并列为中国三大园林流派。”

梁亚决定主打岭南园林，突出岭南特点，不但能在众多欧美风格中突围而出，而且适合来临海创业的年轻人的内在气质，这正是“海名苑”的目标客户群。

即使用岭南园林吸引眼球，想在通车前完全做出来，也是不可能的。如果只完美展现局部呢？梁亚相信郭枫啸能实现。

郭枫啸不想管，他只想让琪琪在画中将全国的山水走遍。

张守强说：“枫啸，你对琪琪的感情，我们理解。可一个大男人，总得有点事业吧？你是大少爷，不知道没有钱的苦，我经历过。所以，我知道有钱的好处。如果我有机会自己做开发，拼了命也要做好。”

梁亚说：“天涯何处无芳草，大丈夫何患无妻？守强说得对，男人还是事业为上，事业是 1，其余都是 0。”

张守强说：“就是嘛。俗话说：‘十步之内，必有芳草。’你现在，就是缺少发现的眼睛。”

郭枫啸说：“你们皆无情，眼中只有钱。与你们谈感情，不足道也。”

可朋友的忙，还是要帮的。他盯着面前的一叠图纸，很快就有了想法。

他指着图纸，这里设置一个通道，面对大海，将工地与客户隔离。他说：“客户看不到嘈杂的工地现场，只能看到用精美图片布置的通道。通道一直延续到一个挑高的约三层楼高的景观长廊，长廊前面是大海，侧面是山，后方是漂亮的岭南园林景观效果图……”

敞开的长廊里设置一长排咖啡桌，坐在舒适的沙发上，吹着海风，啜着免费的咖啡，看着大海和群山，又有夸张的景观效果图展现着未来的生活梦想，加上销售人员目的性很强的引导，一般客户都会陷入到催眠状态，接受看到的和听到的一切。

讲完，郭枫啸又指着长廊尽头说：“这里做两个样板房，有落地窗迎向大海。前面是催眠，这里是脑海中梦想的现实。有了这些包装，没有多少客户能够抵挡得了诱惑，别说没买房子的，就是买了房子的，也想再来购置一套。”

梁亚心中一盘算，完全可以在通车前完成，部分实景做不出来，就需要一流的平面设计把生活梦想超真实地提前展现。

郭枫啸提出了“大视觉”观点，说要将绘画、视觉融入中国传统文化，并且与建筑结合。他对梁亚说：“你当年说到处是建筑垃圾，的确是。这些建筑垃圾将我们本该有的审美敏感钝化，对我们整个民族的审美趣味造成致命的缺陷。视觉是有力量的，是能够改造与之接触的人的气质和文化品格的。”

梁亚说：“我早就说过，做房地产一定征求你这个大艺术家的意见。现在就聘请你做大成集团的视觉顾问。”

郭枫啸说：“还是给我点自由吧。”

2

继旧城改造之后，罗杰将又一轮城建热点放到了西郊，迁离工厂，腾出大片土地进行房地产开发。

海都公司经过短短两年的高速发展，已成为东北部的房地产老大，因为有山相隔，总觉得与市区不相容，所以也盯上了西郊。其他各大房企也闻风而动，而大成集团，不想其他大房企染指它的根据地。

通过各种关系找罗杰的很多，有给这个房企递话的，有推荐那个房企的。虽然大成集团最被看好，可罗杰迟迟不明确表态。

黄兆安知道“一朝天子一朝臣”的道理，通过中间人表态，这么大一片地，任何一家房企都吃不下，可以分成若干项目，让更多房企进入，共同开发。当然，大成集团还是希望开发最大、最好的地段。

罗杰对郭厚平说，其他地方早就有三四千亩的项目了，临海最大的也不过几百亩，从城市发展与房地产发展趋势看，大项目肯定是方向。所以，西郊几个工厂迁走后，推出的第一块土地就是2 000多亩的大项目，这是临海从未有过的巨无霸，他问郭厚平敢不敢操作。

郭厚平说："敢！只是，敢的不只是我，黄兆安肯定也有这个胆量。"

罗杰说："平叔，你能拿出多少资金？"罗杰比郭厚平小十几岁，干街道办主任时，世都货运是他辖区的交税大户，他就称郭厚平"平叔"。罗杰做了区长后，郭厚平让他叫"老郭"，罗杰答应着，但一直到做了副市长也没改口。不过，有外人在场的时候，他就称"郭总"。

"一亿多元吧。"

"想拿到这个项目的房地产公司，必须一次性交足土地款。这个条件，估计还感兴趣的就没几家了。"

"是没几家！我也没兴趣。罗市长，你疯了吗？"郭厚平的反应很正常。房企一贯操作思路是大家各展神通，通过各种资源拿到地，再把地抵押给银行，拿到钱投入前期开发。其实前期也没多少，也就做个规划，交点配套费。开工以后一边是建筑公司垫资，一边"卖楼花"收购房款。基本上一本万利，最大的本钱就是人脉关系网。

现在，竟然要一次性把土地款给付了，哪有这么玩的！

罗杰解释了他的想法，首先，一次性交款土地便宜，西郊会是未来城市发展的重点，无论是做项目，还是转让土地，升值潜力都不可估量。其次，土地出让金将是政府重要的财政收入，并且不列入国家预算，由地方政府支配，可用于改善市政公共配套设施，拿下这个大盘，政府对这些配套建设项目的政策就会有所倾斜。最后，海都公司一次性缴纳土地款，表明罗杰并没有私心，会堵住别人的嘴，而且以后政府再推地，让开发商交足土地款，没人会说不。

郭厚平说："2 000 多亩，再便宜也得七八亿元。我想办法吧。"他知道这是帮罗杰树威信、拿政绩，帮了，与罗杰的关系会更上一层楼。更重要的是，再与政府相关部门打交道，罗杰就是通行证。这点对郭枫啸以后也会有很大帮助。

郭厚平计划把股市的资金转一部分出来，然后再向银行求助。一找银行，巧的是，杨乐韵自杀后，那个说欠账可做死账处理的海南省分行行长，已升为国家总行领导，到临海检查工作时，对海都公司坚持还账的事还有印象，说要树这样的企业为诚信标杆，一定要扶持，当场表示可以让海都公司申请信用贷款。

当年无心插柳的“疯狂”之举，几年之后竟意外地获得了 10 亿元的信用贷款。

海都公司拿下这个“巨无霸”项目后，罗杰出面在市中心协调了两个不大的项目给大成集团。

3

2001 年年末，央视《中国房产报道》有专家指出：2001 年房地产畸形过热，2002 年房地产将迎来寒冬，甚至崩盘。

这个节骨眼上，海都豪掷 7.5 亿元，拿下西郊 2 300 亩地整体规划权，以及缴纳其中 1 700 亩土地款，整个房地产市场都以为郭厚平又疯了。

土地款里不含的 600 亩地，是梁亚的电子厂。他找到郭枫啸，说了要自己当老板，做房地产开发的想法。

梁亚在说，郭枫啸在盯着琪琪的照片发呆。梁亚看了看照片，安慰了郭枫啸几句。他看到琪琪脖子上戴的玉佛，说：“这个佛挂件挺漂亮的，什么做的？水晶吗？”

郭枫啸说：“嗯，不值什么钱，好看罢了。”

梁亚点点头，说：“我刚才跟你商量的事怎么样了？”

“我再跟我爸爸商量一下，还有龙叔。我决定不了什么。”

“枫啸，都说咱们是‘富二代’。其实，咱俩不一样。你是，我不是。”梁亚停顿了一会儿，接着说，“我从小就知道什么事都要靠自己，自己不争取，我爸爸什么都不会给我，就算是给，也得被几个哥哥姐姐给抢了。你不用争，所有的东西，都在那里等着，你什么时候拿都一样，都是你的。”

郭枫啸把目光从照片上移开，笑了笑："把自己说那么惨，找同情来了？等我消息吧。"

琪琪戴的玉佛，梁亚见过，可他不知道原来这是琪琪的。

孟依凡来临海之前，梁亚的岳父（那时还是准岳父）的一个下属，负责梁亚岳父在香港地下钱庄的业务，也放高利贷，送给梁亚一个佛挂件，是催债时有人拿来抵债的，说是缅甸玉，值三四百万元。梁亚找人一鉴定，玻璃合成的。他的人就把那小子揍了一顿。梁亚问："谁有这么大的胆子到你那里行骗？"

"赵彦雄，赵金龙的儿子，给他放债主要是因为有他老子在后面。这个玻璃佛，是他老爸几年前花100多万元买的，也被骗了。仿得挺像，缅甸确实有那么一种玉，外表看起来像玻璃。"

梁亚约了龙叔出来，龙叔问有什么事，他说看到琪琪戴的玉佛了。琪琪死后，玉佛失踪的事，没几个人知道。梁亚一说，龙叔就明白了。

龙叔问他什么意思，梁亚说没别的意思，想留下电子厂自己做开发。看着龙叔微露杀气的眼神，梁亚说："如果我安全，一切无事。如果我有什么危险，自然会有人将信息告诉郭厚平。"

龙叔跟郭厚平说，2 000多亩海都公司自己做不了，最关键的问题是缺人，没有具备大盘操作经验的人。现在电子厂是梁亚的，梁亚不想把这块地划出来，他又是枫啸的朋友，干脆答应了他，既交了朋友，又减轻了负担。

郭厚平说这么大一块地要开发很长时间，电子厂的地块，可以放到后面再说，现在不着急做决定。

4

"海名苑"是精锐广告公司的第一个地产业务，郭枫啸想招一个有地产经验的客户经理。

一份简历吸引了他：孟依凡，没有任何地产经验，在临海唯一的工作经验就是声讯台接线员。那是他熟悉的声讯台，他有种预感。

透过接待室透明的玻璃门，他看到一个女孩安静地坐在里面，气质优雅、高贵、娴静，略带一点冷傲，却没有让人觉得遥不可及，也绝不拒人于千里之外。郭枫啸看了一会儿，她安静得如一尊雕塑，周围仿佛都在她的安静中寂静无声。

助理推开门，她站了起来，微笑着，整齐而洁白的牙齿，在灯光下，如同初春的草芽般直刺入郭枫啸的眼。刹那间，他被狠狠地击中，短暂地闭上了眼睛，琪琪的牙齿也是这样。他睁开眼，那微扬的嘴角，俏皮而又清纯，也与琪琪临死前窗口的那一笑是如此相似，他有些站立不稳，眼角有些湿润。他闭上眼，略微在门框上靠了靠。

“孟小姐，您好！这位是我们公司总经理郭总……”

听着助理的介绍，郭枫啸的情绪平静下来，他走上前。那略施粉黛的面庞，虽不是美得出众，却是优雅而知性。相比之下，临海常见的美女都太过庸俗。

“郭总，您好！”预感是正确的，唱《甜蜜蜜》的就是她。

来临海之前做什么？为什么在声讯台？为什么来这里应聘？从她断断续续的讲述中，他理清了她的故事。

多数人到临海，是为了淘金发财，她不同。她来，是为了爱情。

她是一名大学音乐老师，每天快快乐乐，无忧无虑。她没有爱情，却不担忧爱情。当缘分来到的那一天，她会热烈地去爱，无怨无悔，拿生命去爱。

在一次同学组织的聚会上，她弹了几首钢琴曲。他与她坐同一桌，她说喜欢花。聚会后，她每天都会收到一束花。之前也有送过花的，可在她沉默的回应下，鲜有坚持下去的。对他，也是。她不知道他做什么工作，长相也记不太清了。

时间长了，听同学说，他做电子产品，并不一直呆在这个城市。他出差到其他城市时，仍然让花店每天按时给她送一束花，他不想让她的案头有凋谢的花。

她慢慢地接受了他。在很多人眼里，两人的外表并不般配，但她不在意，她觉得他是一个珍惜生命、珍惜感情的人。等了这么多年，没有哪一个人能这么长时间如此默默地细心地对她。

公司让他回临海，他说仍然会每天给她送花。她说不必了，花已经在心中盛开了，远比花店里的繁茂。

习惯了他的呵护，她无法回到以前的无忧无虑，每天都在想着远方的他。他每天都给她电话，接一次电话，她的思念就会加深一分。

终于有一天，她无法忍受没完没了的思念，辞职了，她要去寻找她的爱情。她说要去看他，他很高兴。她没说已经辞职，想给他一个惊喜。

他陪了她一周，游遍了整个临海，吃遍了整个临海，她真的喜欢上了这个城市，不仅是因为这里的繁华、时尚、现代，更是因为这里有她的爱。

一周之后，他问她什么时候回去？她说想在这里找份工作，永远地陪着他。他高兴地抱起她，吻遍了她的全身。

之后，她白天出去找工作，然后回来给他做好饭，等他回来。更多的时候，她都是一个人吃。他忙，她从不抱怨。

一天，她接到一个电话，是他在临海的女朋友打来的，劝她离开临海，离开他。她惊呆了。他回来后，她问是不是真的，他承认了。他抱住她说爱她，她是最纯最真的。她想，就是因为自己的纯真，所以相信了他所有的谎言、所有的欺骗。她带上自己的物品，不理会他的挽留，离开了。

她斩断后路，寻找爱情，却收获了一颗破碎的心。这个美丽的城市，跟她开了一个莫大的玩笑。

承诺、誓言、鲜花、金钱、谎言、蜜语、眼泪，什么可以相信？为什么要将自己逼到悬崖？为什么几束玫瑰就将多年的爱情防线击溃？

细雨纷飞，柔柔地抚摸着她，从发丝到脸庞，直到脚尖，最后吸附在她的身体上，紧贴着，随她的呼吸而起伏。这个城市，不知多少次在这种时候倾下缠绵细雨，试图安慰受伤的女孩。不，不是安慰，是要冲刷掉那受到的伤害，冷却那曾经炽热的感情。

当一切风干之后，那受伤后的无助和无奈，真的能与风干的雨水一样，消失得无影无踪？哪怕只残留着一点点的痕迹，就足以穿透爱情的时空，将传说中的美丽，撕成条条缕缕。

她在雨中踟蹰，任由雨水纷纷。甩不掉缠绵的雨水，也甩不掉受到的伤害。

在她的眼前，雨越下越大，水位越来越高，淹没了整个城市。身边的人，都变成了一条条鱼，在水中游着，有的优美，有的笨拙，有的迅猛，有的胆怯，有的欢快，有的忧伤，有的向上，有的向前……

她在一个当地居民建的小楼上租了一个小单人间，只有一张床，没有单独的卫生间，能暂时栖身就足够了。她想找一份独立的工作，她不想也不能再指望任何人。

工作还没找到，一天晚上，她被查暂住证的吵醒。在要被收容的威胁下，她只得向房东求助。她没被收容。房东告诉她，凭她的容貌，可以住豪宅开靓车，过随心所欲的生活。看着房东淫邪的眼神，她害怕了，如果继续住下去，不被收容，也会被房东骚扰得无法安宁。第二天，她逃离了，连押金都没去讨回。

又一次流浪在大街上，她欲哭无泪。捏着瘪下去的钱包，她打电话给老家的朋友，借了5 000元钱。她不知道下一步该如何是好。这个城市里，唯一熟悉的人却欺骗了她。过街的地下通道里，有很多如她一样的年轻人，弹着吉他唱着歌，面前的纸盒也能收到一点钱。她也想这样，但始终没下定决心。

她应聘到声讯台，几个如她一样的年轻女孩，轮着班地陪那些打进电话的人聊天。没有底薪，只有随聊天的时间而呈不等比例倍增的提成，时间越长，比例越高。如何拖住客人多聊，是最基本的业务。

包吃包住，上一天班休息一天，有充足的时间去找新工作，挺适合她当时的处境。上班的时候，她将发型弄得乱七八糟，遮住半个脸，穿着肥大的外套，害怕把外表展示给别人。

那是不堪回首的时光。打进的电话，充满露骨的色情。为了生存，她忍耐着，无数次都想摔掉电话。她无法理解，身边的女孩，是如何让一个电话持续十个小时之久的。她觉得，待 3 个月，自己的精神肯定会垮掉。她不愿意聊那些话题，收入并不高。

每次歇班，她都到处去应聘，除了音乐，她几乎一无所长。当然，还有漂亮的面孔和苗条的身材，她拒绝了好多容貌带来的机会。

她真的发现，漂亮的女孩子，很容易立足。只是，她接受不了那立足的方式。

她只是愿意讲给他听，憋了一年多，家中的亲朋好友都不知道，在临海，又没有一个朋友，早想一吐为快了。

声讯台的一年多，她对声音很敏感。一张口，她就知道他是谁。她早就在猜想他是什么样的人了。

"你竟然能在声讯台坚持一年？"郭枫啸问。

"如果你走投无路，也能坚持下去。我安慰自己，就当磨炼忍耐力了。"

"你被录取了，客户总监，月薪 6 000 元。"

"我没有地产经验，也没有广告经验，为什么聘用我？就因为会唱《甜蜜蜜》？"

郭枫啸笑了，虽然第一次见面，但都知道对方是谁。他说："不是。因为你有一份诚实的简历，因为你有一颗没被污染的心，更因为你一直在坚持着你的诚实和纯洁。"

5

郭枫啸派孟依凡到大成集团送设计稿，顺便了解项目，他想到梁亚曾提过的内地女友，决定一起去。

一进会议室，看到孟依凡，梁亚愣了一下。郭枫啸介绍完，顺便开了一句玩笑："Dana，不要一看见'美腿'就恍惚。"话音没落，他就注意到孟依凡变了的脸色。

会还没开完，梁亚就借口有事先走了。

回公司的路上，郭枫啸问："你是为了梁亚来临海的？"

孟依凡说是。郭枫啸问："你了解他的家庭？"

"不了解，有什么特别的吗？不就是个高级打工仔吗？"

郭枫啸笑了："高级打工仔能住那么大的别墅？"

"他说房子是公司的，他只有居住权没有产权。"

郭枫啸说了梁亚的家族，说了阿薇，也说了家族给他的婚姻。他觉得不能让她什么都不知道。

到了公司，孟依凡提出辞职，经常与梁亚见面，就等于一遍遍把结痂的伤口撕开，甚至还要撒上一把盐，她受不了。

郭枫啸说："不要拿他的错误来惩罚自己。坦然面对，才说明你真的不在乎了。只有撕开伤口而不觉得疼，才说明你在感情上真的成熟了。如果不敢面对，这个伤可能会跟随一辈子。"

孟依凡问："你从琪琪的伤害中走出来了吗？"

郭枫啸沉默了，过了一会儿才慢慢说："琪琪从未离开我，她早已是我生命的一部分，在我的血液里、灵魂里。我活着，她就在。"

孟依凡也沉默了，第二天告诉郭枫啸她不辞职了。

郭枫啸留在临海的时间长了。没多久，他把广告公司主要交给了孟依凡，自己开始接触海都公司的地产业务。

四　海水火焰

1

房地产业刚刚发展，央视的报道让很多购房者心存怀疑。罗杰让媒体组织一个“临海城市论坛”，分析目前房地产走势，为房地产发展背书。党报《临海日报》不方便组织，就交给了《临海晚报》。

钟峻因几篇角度独特的大型报道，已升为房产版主任，论坛的组织就落在他头上。

罗杰讲完自己的想法后，介绍了国内著名经济学家、临海商业银行副行长游弋给钟峻，说围绕游行长的观点组织参加论坛的嘉宾发言。

钟峻意识到这是一次扬名的机会。他罗列出全国有影响力的专家、学者、大房企领导等名单，发动各种资源，甚至借用政府的名义，挨个邀约。

住房关系国计民生，全民关注，加上近期争论不断，所以本是一个城市规模的论坛，最终吸引了全国媒体，甚至中央级媒体的关注。不但罗杰参加，市长、副省长、建设部的一位司长都出席了论坛。

论坛上，游弋先说了此轮房价上涨的背景。2001 年中期，国家开始国有股减持，本想解放出一万亿元放入“蓄水池”，以建立社会保障体系，解决下岗工人生活，结果却成了股市下跌的引爆点。大量资金从股市进入楼市，加上银行大量资金介入楼市，土地炒买炒卖，房价地价迅速上涨。

然后，他说了自己的观点，中国房地产市场化刚刚开始，没有历史数据可参考，很多专家的分析都是借鉴欧美的房地产进程。借鉴过程中忽略了一点，就是中国人对房子的特殊心理依赖，这种依赖爆发的购买力是惊人的，是超过欧美人的理解的。更何况，房地产刚刚货币化，集中了40后、50后的养老需求，60后的改善需求，70后的自住需求，可以说是将新中国成立后几代人的购房需求的集中释放，这么大的需求，怎么能因为一点点上涨就害怕，就说要崩盘呢？最后，他的结论是：房价不但不会下跌，还要继续上涨。买房，要趁早。

论坛上虽各方观点有争论，但还是游弋的观点占了上风。

《临海晚报》围绕此次论坛，做了持续的报道，紧接着，又配合政府的西郊发展策略，对西郊未来的价值做了专题报道。

连续的房地产专业报道，让《临海晚报》的影响力超越了《临海日报》，而2002年的房地产，并没有像想象的那样崩盘。股市依然低迷，从股市里撤出的资金依然无处可去，只能往楼市里跑。房地产的发展，证明了游弋的观点是正确的。《临海晚报》随之声誉大隆。

市长指示，“城市论坛”要长期搞下去，一年一届，甚至两届。

钟峻心情好得不得了，之前几乎每个周末都去桔色酒吧，因组织论坛，很久没去了。他喜欢那里的氛围、那里的原创音乐、那里的酒、那里如他一样寂寞的人。

那原创的音乐，音调苍凉，经过了岁月的洗练和生活的历练，能够引起他许多共鸣；他喜欢那些唱着原创音乐的歌手，带着对梦想的追求，无羁地飞翔于音乐的殿堂。每当坐在酒吧里，他烦躁的心就可以在那些原创音乐声里安静下来，忘掉尘世的一切。

钟峻曾经对一个来自外地的朋友说：“临海年轻人多，压力大，所以就狂躁，就充满激情，就需要宣泄，就需要欢乐。这里如巴西狂欢节一样狂欢着的、舞动着的年轻人，用专业角度来看也许是不美的、不协调的，甚至是笨拙的，但他们是动感的、是美丽的、是发自内心的、是与色情无关的。在这里，疯狂是唯一的标准，尽情是唯一的目的。周末在这里放松压力，下周就会又投入到喘不过气的工作中。”

朋友对此很不屑。钟峻说：“这里也有‘一夜情’，比例还可能很高，但想想吧，可怜的年轻人，远离了父母，远离了亲人，独自在异地承受着如此大的压力，你如何忍心责备他们？因为自由，所以没有人关心别人的私事，你可以向任何一位你喜欢的异性表达情感，你可能会遭到拒绝，但绝不会遭到鄙视。这就是年轻的、自由的城市独具的魅力。”

与朋友聊着，钟峻就想到了自己。在这个城市，他没有时间听别人诉说心事，也没人有时间听他诉说。他孤独、寂寞，找不到依托，酒吧就是最好的载体。在这里，他不知自己已经有多少次“一夜情”了，但他知道都不是彼此的感情寄托，仅仅是满足需求的道具而已。

他说：“也许你会觉得很肮脏，我不觉得。”

朋友浅浅一笑：“堕落！以酒为酵母，催发着鼓胀的春情，亵渎着神圣的两性之爱。”

钟峻不置可否：“我们不需要争辩。你可以在五界之外，高高在上地嘲笑这里的每一个肉体，嘲笑这里发生的一切。但是，我无法拒绝，我需要它。”

2

钟峻又来到桔色酒吧，对这里的暧昧有些渴望。

坐在以前常坐的位子上，靠近角落，几乎能看到整个大厅，欣赏着激烈的原创音乐，悠然地呷着啤酒，随着音乐的节奏轻轻晃动着身体。他还记得，有一次正面对着的，是一个女孩美丽的侧面剪影，似曾相识。今天，他下意识地看了看，空着。

慢慢地，人多了，他留意着来来往往的男男女女。猛一抬头，吃了一惊，那张桌子，还是那个女孩，独自一人，陶醉在音乐之中，随着音乐轻轻晃动着身体。他远远地看着，像是看着一个有着些许野性的精灵。也许是一种直觉，她侧过头，向他瞧过来。

钟峻微微一笑，遥遥地举起了酒杯，她也笑了笑，慢慢举起酒杯。他仿佛听到两人的目光在空中碰撞，爆发出火花摩擦而产生的嗞嗞的声响。他触电般地站起身，径直走了过去，坐在对面，她点点头，送上一个微笑，红唇皓齿，冰肌赛雪，一个微笑让满屋粉黛黯然失色。

钟峻有黑暗中猛然间见到阳光的感觉，浑身的毛孔顿时张开，灼烧感从下而上，遍及全身。他伸出手，握住了她柔软细滑的手，她没有收回。他什么音乐也听不到。她又送上一个灿烂的微笑，站了起来，走向门口，他跟在后面。

出了门，钟峻说："我送你回去吧。"她点点头："我的车在那边。"

钟峻看了看她指着的红色跑车，说："美女靓车，我很荣幸。那是我的车，你前我后。"

两辆车，一前一后驶入了暧昧的夜色。钟峻的心情，如街道边的霓虹灯投射在车窗上的影子，不断变换着颜色。既紧张又兴奋，有一些迫不及待，还有淡淡的恐惧，以前也有过数次艳遇，但开着跑车的美女，还是第一次。她的身份？不像是老板，大概不是演员模特，就是某个富豪包养的情人吧？

"会不会有什么圈套？"念头一闪而过，很多诱惑后被勒索，甚至被逼出卖器官的报道涌上来，他打了个冷战，可实在无法抵抗那一次次由下而上袭来的灼热感。

当跑车进了五星级的假日酒店之后，他彻底横下了心。

第二天早晨，钟峻从疲惫中醒来，她坐在床头，优雅地吸着烟。

想着昨晚的经历，钟峻觉得这是所有"一夜情"中最美丽的一晚。看着床头颀长略显瘦削的后背，心中隐隐约约有种疼痛感。他坐起来，抱住她的双肩，从她手里接过香烟，摁灭在烟灰缸里，有些心疼地说："一大早就吸烟，对身体不好！这么瘦，以后别抽了。"

她笑了笑："你很会疼人。"

“只会疼你！有此巧遇也算有缘，我请你吃早茶。”

“好吧，房费我付，茶费你付，互不相欠。”看着钟峻慢慢地穿着衣服，她笑嘻嘻地接着说：“我想我会爱上你的。”

钟峻也笑了笑，没有当真，开玩笑说：“我已经爱上你了。”

她笑得更响了：“那就看我们有没有再见面的缘分了。”

“我每个周末都会在那里等你。”

钟峻一连等了四个周末，她却始终没有出现。第五个周末了，还去不去？天阴阴的，要下雨了。连续几天，每天都会下一场雨。

3

细雨给人缠绵浪漫的想象空间。钟峻没这种感觉，躲在高楼里，外面下雨也是茫然无知，经常是出来后才发现在下雨。街道上，没有漫步的诗情，没有人去欣赏细雨，更没有人去品尝细雨的味道。步履匆匆，永远是临海的基调。

一道闪电划过，刹那的光芒，让他犹豫了一下。越等不来，就越想她，越忘不了她。他忘不了那无尽的缠绵，像这柔柔的细雨，轻轻的、温温的，打开了他的心田。细雨的滋润，说不清的感觉。有时，他在心中为自己感到可笑，怎么就当真了呢？

细雨中，夹杂着很多好闻的气味，甜甜的、淡淡的，就像是她的体香。钟峻感到那股灼热感又上来了，他下了决心，开车冲入雨中。

还是那个座位，他一直盯着那张桌子，余光扫视着过往的每一个人，他期待着。不安的心情，让他怀疑可能真的有点爱上她了，他甚至担心她是在逢场作戏。

他想离开了，如徐志摩的诗中所说：“你我相逢在黑夜的海上，你有你的，我有我的，方向；你记得也好，最好你忘掉，在这交会时互放的光亮！”

他站了起来，以后也不再等了。这时，他闻到了期盼中的气味，她来了……

躺在钟峻的床上，她说她叫宋雪薇，大学学的是法律，成绩优秀，因为家中没有任何关系，毕业后只找到一份仅够糊口的工作。看到那些成绩一般、能力不如自己的女同学，或凭借家中关系，或凭借出卖自己，在她面前炫耀时，她决心改变一切。

辞职到临海，她找不到满意的工作。这里对她的关注，更多的是她的外表，而不是她自认为的学历与能力。她会唱歌，又漂亮，在一个交友俱乐部做主持人。类似的俱乐部很多，每个周末都组织会员活动，一些迪厅老板为了挑选歌手与舞者也会参加。两三场之后，她的表现得到一家迪厅老板的认可。

在那家迪厅，她爱上了一个驻场歌手。她唱歌是为了生存，他唱歌是为了生活。他有音乐天分，音乐是他的至爱。在浮躁的城市里，他的音乐梦想很难实现。他烦躁，经常与她吵架。每次吵完，她都会收拾好委屈的心情，迁就他。他就会抱住她说对不起。然后，她会心软，原谅他。

那天，又吵了，他不光恶语相加，还第一次打了她。她忍住眼泪，默默地整理被他摔乱的屋子，希望他能抱住她，向她道歉，她还是会原谅他。然而，他没有，大喊："歌妓，婊子，滚！"如此陌生、如此遥远的词语，竟然指向自己，而且是从自己爱着的人嘴里喊出来！她跑了出来，一个人在大街上。

一辆轿车在她身前停了下来。车窗里探出一张年轻男性的脸："要捎一程吗？"

她继续走着，走到车旁，听到车里传来英文歌曲"SAY YOU SAY ME"。她改变了主意，拉开车门。

车上两人无话，下车时，他说："等等！"她心里一惊。他取出音乐光盘："喜欢吧？送给你！刚到临海吗？这是我的名片，也许我能帮你。"她接过光盘和名片，他叫梁亚。

她来到桔色酒吧唱歌，没有了男歌手，总觉得少点什么。她拨了梁亚的电话，邀请他来听歌，他来了，给她送了好多花。

他们相恋了，可他听从了家里安排的婚姻。分手后，她常到酒吧，也会与偶遇的顺眼的男人过夜……

钟峻想起为什么对她有似曾相识的感觉，是在郭厚平别墅的酒会上，她陪在梁亚身边。她那时眼里只有梁亚，没有注意他。

他抓住她的手，她抽了回去："你给我掐灭香烟的时候，我很感动。从来没有人如此关心过我，包括我爱过的两个男人。如果我不说出我的故事，也许会得到你的爱情。可是，我不愿隐瞒，你是个好人，我不能骗你，我好怕再失败一次，我不能让你与我一起沉沦。"

说完后，她灿烂地一笑："我现在好开心，也好轻松。我会记得你的，但希望你能忘了我。

钟峻听了，有些愧疚，他可以与她在一起，却不想给她爱情，他只是贪恋那甜甜的、芬芳的肉体。可是，他的一个动作，几句话，竟然让她以为他可能给她真正的爱情。她如果知道了，今后还会向一个她爱或者爱她的人付出感情吗？

4

两人在酒店里吃早餐。略加修饰的阿薇，白天更显妩媚。

钟峻说："房间还没退。"一抹红晕飞上阿薇的双颊。

回到房间，又一番云雨之后，钟峻边用手在阿薇白皙的胸部画着圈圈，边说："我见过你，那年在郭厚平的酒会上。你是不是与姚雨虹一起，曾经在桔色酒吧唱过歌？"

阿薇先是吃惊，然后点点头："你是谁？做什么的？"

钟峻起身从包里拿出一张名片给她。阿薇说："你早就知道我是谁了？"

钟峻摇摇头："昨天你提到梁亚时，我才想起来的。"

阿薇起身去洗澡了，出来后，钟峻已穿戴整齐坐在沙发上。他站起来，抱着她，她没有回应，默默地任由他抱着。

钟峻问："姚雨虹是如何做起优居公司的？"

"怎么这么关心她？"

"不是关心，是职业病。"

阿薇说郭枫啸帮的。"一个女人，只要有娇嫩的脸庞，有鲜艳的嘴唇，有明亮的眼睛，就会有很多迫切的心等在那里，等着为她的一切埋单，除了婚姻。所以，你不必知道许多，也不必问许多，在一个女人身上，发生什么样的奇迹，都是正常的。"她说。

钟峻没有再问，他早就想到可能与郭枫啸父子有关。

"我这段时间一直在努力，努力与以前的生活告别。是你，给了我重新开始的勇气。虽然我知道你也许会离开我，但是，我还是要重新开始。"阿薇慢慢地说。

"那，你想做什么？"

"不知道。"阿薇摇了摇头，"就算重新去唱歌，我也要好好生活，凭自己的努力。"

"我正在筹备一个会所，主要是房地产业内一个聚会交流的场所，有没有兴趣帮我打理？"

阿薇说好。会所成立前，她又去桔色酒吧唱歌了。不是为了生存，更多的是一种追忆、一种再生。

这晚，她仍然在唱，为自己而唱。突然，一个身影，那么熟悉，抱着一束花，从台下向台上走来。近了，确实是姚雨虹。

姚雨虹拥抱了阿薇，两人泪流满面。

阿薇哽咽着唱完，鞠躬谢幕，她说："今天晚上，能与久违的朋友重逢，我很幸福，也很感动。是他，让我们在这里重逢。遗憾的是，这个场景，他，我所爱的人，没有看到。"

走出酒吧，阿薇问姚雨虹怎么知道她在这里？

姚雨虹问：“钟峻告诉我的。你刚才说到你爱的人，是他吗？”阿薇点了点头，姚雨虹又问：“他爱你吗？”

“不知道，我呢，爱情至上。只要我爱，就足够了。”

“真不明白，你为什么总是那么乐观。小心被爱情之火烧得遍体鳞伤。”最后一句话，她笑着说出来，也是对阿薇的提醒。

阿薇侧过头来看了看她，说：“我渴望爱情的火，就算被烧伤也无悔，我正好可以来个涅槃。”她兴奋得像个初涉世的小女孩。

阿薇又接着说，语音已不兴奋，隐隐带有一丝伤感：“其实，我也挺羡慕你在爱情上的理性的，我就不行，只要他能有一个瞬间令我感动，我就会爱上他。我挺佩服你的，把所有的心思都放在事业上，我要改变自己，抓住自己的事业。”

5

廖聿修在姚雨虹面前，说话早就没有了开始时的轻浮。他说：“四年了，像做梦。”

姚雨虹说：“发财梦！”

“是啊！多亏当年与你合作，要不，我可能做完‘世纪春天’就转做其他行业了。”

“今天不会是特意谢我的吧？”

“谢？恰恰相反，帮人帮到底，送佛送到西。我想请姚总再帮个忙！”

“帮什么？说吧。”

“春天置业同时做四个项目，没有得力的帮手，太累！我想请姚总过来，职位与待遇，你来定！做开发商，天地更宽。”

四个项目都在南部海边，原来是小渔村，旧村改造项目。拿下这几个项目都不是通过正常途径，说起来也好笑，都是廖聿修陪村支书打麻将打来的。旧村改造，村支书还是很有话语权的。

姚雨虹笑了：“海都公司做的不比春天置业小吧？我有15%的股份，你能给我多少？”

“你要愿意，100%都可以。你当老板，我打下手。”廖聿修开着玩笑。

几年的相处，姚雨虹感觉，廖聿修似乎并不像传言的那样好色。上一个项目开盘前，她与他在研究开盘方案时，有电话打进来约他一起吃饭，她在旁边能听得到他们的对话。

廖聿修说：“李局，实在抱歉，今晚约了人。”

“是与美女有约吗？”

“是的，是的。李局，我让人安排一下，我埋单，希望李局吃得高兴、玩得愉快。”

“既然与美女有约，那就饶了你。这次也不用你埋单了。”

“谢谢李局理解！下次，下次我一定安排好。”

放下电话，廖聿修若无其事地继续谈。到了晚饭时间，姚雨虹说：“廖总赶紧赴约吧，细节我们回去准备一下，明天继续交流。”

廖聿修说：“哪有什么约啊？应酬太多，想推就得找借口，什么开会啦、有安排啦，都得罪人，尤其是政府领导，每个都得重视，都想让你推掉所有事情去忙他的事情。只有美女这个借口既不得罪人，对方还无法去求证，说了谎也不怕揭穿，这是最大的好处。”说完，他又补充说：“反正大家都知道我喜欢美女，约会多少次都没问题。”说完大笑。

还有一次，姚雨虹到廖聿修办公室，敲门进去，一个很漂亮的女孩，坐在他对面。姚雨虹说一会儿再来，想退出去。廖聿修说这边已经谈完了。

那女孩走了后，廖聿修说：“做智能化配套的，知道我喜欢美女，却不知道喜欢什么类型的，这已经是第三个了，每一个类型都不一样。”

姚雨虹说：“他们挺傻，费这么大劲儿，一个就够了，廖总是各类型通吃。”

廖聿修笑着没说话。后来，他按正常的程序招标，根本没与那家合作。一打美女，一个也不管用。

在姚雨虹看来，廖聿修最大的兴趣，不是美女，而是产品。可能跟他之前是做企业的有关，他喜欢研究各种数据，研究户型。而她自己，也是专业型的，与他合作，她挺有劲。

“这个忙，我帮了。不过，我连代理公司都经营不好，怎么可能做好房地产公司呢？还是我打下手吧。”

廖聿修说：“再加三分之一的股份。”

姚雨虹转让了优居公司，她本想一个人加入春天置业，吴静敏一定要跟随。

五　入红尘

1

提案“乐然居”之前，姚雨虹不甘心 B 方案失败，一个人在公司苦苦思索，想通时已是晚上九点。吴静敏说廖聿修在会客室等了一会儿了。

廖聿修说：“只是路过上来看看，干脆一起吃饭吧。”

一出地下车库，姚雨虹就看到张守强在报刊亭前与人打架。报亭的主人是个跛子，因说话是四川口音，大家就用四川话中对跛子的称呼“拜哥”来称呼他。姚雨虹在这里订了几份刊物，也经常在这里买饮料。她下了车，张守强已把那人打跑。

姚雨虹说：“又欺负人了。”

张守强从地上捡起一本杂志，递给拜哥 15 元钱，说：“我买了。”又转头对姚雨虹说：“那小子买了这本杂志，翻了几下要往包里放时，封底夹在柜台缝里，撕破了，要退。拜哥不退，他就打人。正好被我赶上。”

拜哥想给他一本新的，张守强卷起杂志就上了姚雨虹的车，说：“有人请客，可不能落下我。”

姚雨虹一愣，张守强指着后面廖聿修的车：“我在书城就发现这小子了，买了几本书就溜达到这儿了，你不答应吃饭，他会善罢甘休？”

“中天大厦”对面是书城，姚雨虹问：“你去书城干什么？”

张守强板起脸，从包里掏出一副眼镜戴上，一本正经地说：“书城里美女多，我寻思着，假充下斯文人，说不定能给你找个知书达礼的嫂子呢。那小子好色，去书城也是想看美女。”

坐在后排一直没出声的吴静敏看着张守强的胖样，想到老家“猪八戒戴眼镜——冒充斯文”的话，禁不住“扑哧”一声笑了。张守强这才发现后座还有人，转过头，就着路边透进的灯光看了好半天，吸口气，转过身对姚雨虹说：“小妹啊，以后我不去书城了，就到你这做义工了。”

吃饭时，廖聿修拿出几本刚买的德鲁克的书，送给姚雨虹。

姚雨虹对张守强说：“廖总去书城目的与你可不一样。”

张守强说：“我也想买书啊，可我想看的，都没有啊。”说完，没怎么说话的吴静敏又笑了。

廖聿修对吴静敏说：“听小吴口音是安徽的吧。”

吴静敏点点头：“嗯。在黄山脚下。”

廖聿修说：“是吗？我老家也是安徽的，也在黄山下面。”

张守强抢过话头，说：“拉倒吧。二胡拉出笛子调——弦外有音，你这是见了美女，就醉翁之意不在酒啊。你不是江西的吗？”

廖聿修想说什么，没说出来，尴尬地笑了笑。

吃完饭，在饭店门口台阶上，吴静敏不小心崴了脚，一下子坐在地上。廖聿修与张守强都要带她去医院。吴静敏说去医院太麻烦，不如回家。

姚雨虹想她一个人，回去也没人照顾，就不顾反对，把她带到了自己家里。

她把吴静敏搀到沙发上坐下，让她把脚伸直，拿起靠垫把崴了的脚垫高。

吴静敏不好意思地想站起来，姚雨虹按住她：“崴了脚不能乱动。”

姚雨虹从冰箱里拿出一瓶矿泉水，用毛巾包起来，给吴静敏往脚上敷。吴静敏推开她：“姚总，没事的，自己按摩一下就好了。”

姚雨虹笑了：“一点常识都不懂。崴了脚最忌讳按摩，也不能热敷，那样会使血管扩张，不利于康复。冷敷使毛细血管收缩，减少渗血，能减轻肿胀和疼痛。”

“我看到很多人崴了脚都按摩的嘛。”

“24 小时之后就可以按摩或者热敷了。”

“姚总，我真想叫你姐姐。”

“我要真是你姐姐，可舍不得让这么漂亮的妹妹一个人到陌生的城市来。”

“你比我漂亮啊，不也是一个人在陌生的城市闯荡，还有这么大的公司？”吴静敏噘着嘴，像是在姐姐面前撒娇。

“看看，你噘着小嘴的样子，就和我不一样。你天生就让身边的人想照顾你。”她指着吴静敏的脚，“当年我崴了脚，冷敷一下，绑上袜子，该干什么干什么。”

她说的是当年在酒吧唱歌时，下台崴了脚，绑上袜子继续下面的节目。

“我得向你看齐，做一个不需要照顾的女强人。”吴静敏站起来大声说，还是像撒娇，疼痛让她咧了一下嘴，逗得姚雨虹也笑了。

“你笑的样子真美！”吴静敏说。她平常看到的姚雨虹，很少有笑容。

“你为什么来这里？”姚雨虹问。

“爸爸太宠我了，我不愿意老是被当成小公主，就一个人偷偷跑来了。先斩后奏。”吴静敏笑嘻嘻地。

“小公主？看来你爸是国王了？”姚雨虹逗她。

“在我家里，差不多吧。我妈和我从来都听他的。我到这里，是第一次挑战他的权威。”

“最后，还是你胜利了。”

“当然！当爸爸的，都疼女儿。我爸开始想让我回去，我不回去，他就老担心我钱不够花，跑过来好几回，每次都塞给我好多钱。”

“怪不得你对钱看得很淡。”提到爸爸，姚雨虹有些心酸。

吴静敏原来在一个模特经纪公司当模特，不愿意去陪老板、陪客户，所以被“打入冷宫”，老板不把她的资料给客户挑选。她没有业务，索性辞了职，到优居公司做前台。姚雨虹看她做事有条理又灵活，就让她做了助理。

吴静敏吐了吐舌头，扮了个鬼脸。姚雨虹又被逗笑了。

“小聂今天问我‘乐然居’提案的演示文稿有没有做好。”吴静敏说。

姚雨虹的演示文稿总是吴静敏给做，小聂突然问起，姚雨虹心中一动，林国容离开了，但他在优居公司肯定还有好朋友，会不会是小聂？

“反间计！”她说，“明天我把方案给你，做演示文稿。如果小聂要看，就给他。”

2

廖聿修说他与吴静敏的确是老乡，他有个老师叫吴中用，与吴静敏是一个小镇的。吴静敏说那是他的父亲。

廖聿修小时候家中条件不好，小学刚毕业，父母在外打工双双去世。他到了外公家里，在外公所在的地方读中学，吴中用是他的美术老师。

高中未读完，廖聿修看高考无望，也知道外公生活艰难，就辍学就业了。他做推销员，一次收到一万多元现金的货款。回途中，住在一个小旅店，那时一个房间都是与陌生人合住的。早晨醒来，他装现金的包里塞满了报纸，一万多元不见了。他报了案，那时也没身份证，同屋一起住的两个人登记的身份是假的。

回到厂子，这笔账没办法销了，就挂着账。后来“严打”，他因为这笔钱被判了10年有期徒刑。他去服刑，外公去山里采石场打工，坐在那里用小锤子一点一点把碎石块砸成小石子。服刑第二年，采石场放炮炸石头，外公腿脚不灵，在洞里没及时出来，窒息而死。3年后，他提前出狱。

回小城的路上，他遇到第一个认识的人，就是吴中用。他恭恭敬敬地跟老师打了个招呼，老师已认不出他，礼貌性地点点头。

中午在一个小饭馆门口，他与老板讨价还价，想用搬货物打工赚碗饭吃。又碰到吴老师，吴老师请他吃了顿饱饭。知道他的情况后，吴老师问他想做什么，他说想去临海，机会多，也不会瞧不上像他这样的人。

可是，他连路费都没有。吴老师带他回家，给了他300元钱，还给他找了几件衣服。吴老师送他一句话："无论什么时候，都不要做坏事。在外面待不住了，还回来找老师。"

靠着吴老师的这点接济，他来到临海，同时兼做几家工厂的销售，挣钱后他承包了电子厂，老板移民前又把工厂转给了他。他被评为临海优秀青年企业家，还有很多很多的荣誉。这一切，都源于吴老师，他一直记着吴老师的话。

他老家穷，很多人都在外面打工，也有受伤的，扔下的孩子如他当年一样，他就收养了几个，当自己的孩子一样。孩子们都叫他"爸爸"。有人认为那是他的私生子，他也默认了。大家都把他当一个"好色"之人，开始他还辩解几句，后来他发现"好色"之名其实是一个很好的挡箭牌。不但避免很多不必要的应酬，而且也能借此看清好多人的本质。

他回去找过吴老师，可吴老师搬离了那个小城。虽没找到，但他心中一直惦记着，想有时间回去好好找找。

吴静敏说："爸爸后来辞职了，在附近承包了座小山，种了很多经济作物，山上还有一个好大的画室。爸爸就是那山上的国王，生活很滋润。"

姚雨虹与吴静敏加盟春天置业后，与廖聿修三人去了吴中用的山庄。在山庄，廖聿修看了吴老师的画，说服吴老师在临海开个展。

3

郭枫啸看了吴中用的画，被里面那种与世无争的无为之气深深感染，他觉得画作中有一股完全不同的味道，它冲破了目前画界那外层包裹着的商业气息，柔柔的、完全自然的，却又是执着甚至是执拗地散发着自己的气息，与流行的急功近利完全不同。

郭枫啸觉得，在艺术逐利的当下，鲜有艺术家能如此完全地赤裸于自然之中，做一个大自然的赤子，去感知、去再现、去再造一个理想中的自然。正因为吴老师生活于大自然中多年，未沾染铜臭世俗之气，所以画作方能真切自然如此，有一种“采菊东篱下，悠然见南山”之“无我之境”。

他太喜欢吴老师的作品了，他要与吴老师一起做画展，一个是中国的国画，一个是西方的油画，一东一西的对话，在剧烈的反差中相得益彰。

有郭枫啸、廖聿修两个人形成的合力，画展推进得很快。随着画展时间的确定，吴中用却越来越局促。这种局促，不是紧张，不是胆怯，更多的是一个自然之子被强风吹进俗世中的不适。

这是郭枫啸的画廊成立以来规模最大的一次展览，郭枫啸倾注了前所未有的热情，精心挑选自己的山水画。

挑选的过程中，他又重新走了一次那曾经走过的山山水水，他所有的作品里，都有唯一的女主角。

画中的她的情绪，就是画外的他的情绪，他们一起哭，一起笑，一起感叹，一起疯狂。

与吴中用画作的恬淡无为、无喜无悲不同，郭枫啸的画作，幅幅都血肉丰满，幅幅都情感充溢。

与吴中用画作的道法自然、羚羊挂角不同，郭枫啸的一幅幅山水画，因琪琪的存在，充满了红尘气息，并因此而生动、温暖。

画展宣传册《对画·对话》的设计，由郭枫啸亲自操刀完成，可文案始终不理想。孟依凡看了每幅画后，主动请缨写文案。文字一出，郭枫啸拍案叫绝。

《对画·对话》中，称两人是：一入世，一出世；一狂，一狷。称两人画作是：一有我之境，以我观物，故物皆著我之色彩；一无我之境，以物观物，故不知何者为我，何者为物。对吴中用画作的评价是：画作中无我之境，唯人处静中方能得之。画中所造之境，合乎自然。画中所写之境，邻于理想，“寒波澹澹起，白鸟悠悠下”。

对孟依凡所作之语，吴中用深感不安，他从没想过自己的画作会有谁欣赏，也没想过自己的画作还要有何影响。他觉得孟依凡夸大了他画作中的“自然”。他知道，自己的画还没有完全到了无痕迹的状态，就是因为心中还有女儿。他答应开此画展，更多的是因为心爱的女儿。女儿，比他的生命还要重。

无论吴中用如何去评价自己的画作，他的画，在画坛上掀起一股新风，不但吸引了世俗之人，还吸引了好多佛道界中的画家，这些人认为，他的画作是儒释道的融合。

对郭枫啸的画，孟依凡更是仔细地品读，仿佛她也跟随着到了画中的每一个地方，仿佛她就在郭枫啸身边，看着一幅幅画作如何诞生。

看过之后，她为每一幅画作都加入了一句诗歌以作点评。

有欧阳修的诗句：“泪眼问花花不语，乱红飞过秋千去。”

有秦观之词：“可堪孤馆闭春寒，杜鹃声里斜阳暮。”

有李后主之词：“无限江山，别时容易见时难。”

有李后主的：“流水落花春去也，天上人间。”

也有晏殊之词：“独上高楼，望尽天涯路。”

还有从纳兰性德词中与白居易诗中变出的“山一程，水一程。悠悠生死魂入梦”和“风一更，雪一更。朝朝暮暮梦玉颜”。

孟依凡说：“郭枫啸的画作是画真景物、真感情。”

她最后以欧阳修的诗句作结：“人生自是有情痴，此恨无关风与月。”

从画里，她读懂了郭枫啸对琪琪的爱情。郭枫啸从她的文字里，明白她懂得自己对琪琪的爱。

很多看了郭枫啸画作的人，知道他与琪琪的故事后，再看编配的诗句，都不免为之落泪。

画展过程中，姚雨虹也忙前忙后，看到吴中用对女儿的怜爱，也想到自己的父亲，她有些原谅父亲了。

吴中用的画，道法自然，他的人，追随自然。他天天看郭枫啸的画，两人讨论艺术，也知道琪琪的事情，他对郭枫啸说：“自然中，生与死，都自有其本身规律，得之不以为喜，失之不以为悲，一切顺其自然。悲与喜，都是自设之牢笼，走出来，方有另一番天地。”

郭枫啸深以为然，说：“悲过喜过，也爱过拥有过，我已放下。”

4

阿薇给姚雨虹打电话说要与钟峻一起来看画展。他们的会所“琴瑟会”已开业，给她预留了一张会员卡，顺便带来。

姚雨虹陪他俩参观的时候，张守强、廖聿修这几天常到画展帮忙，恰好也在，几人就一起，边参观边聊。

先看的是吴中用的山水画，钟峻边看边感叹：“真的是大家之作！”

感叹的同时他还分析说，他看过很多画家的作品，无论是山水画，还是油画，无论是师法古代，还是仿效西方，都愿意向前看，自称有多少多少突破，有多少多少创新。真的是“不创新，毋宁死”，而其实，中国的山水画，更多的，应该向后看，从古代的传统文化中吸取营养，这是根！根壮了，才能长得高，长得茂。

吴中用的画，就是这样向后看的大作！

张守强说：“读书人就能瞎拽，向前看向后看的。‘诸葛亮焚香操琴——故弄玄虚’。实在点，你愿出多少钱买一幅？”

钟峻没说话，吴静敏说：“张总，钟主任可不像你，光知道钱。可惜我爸爸不在这里，要不，他肯定会把钟主任当知音的！”

张守强说：“他不谈钱，那会所是不是可以让我天天免费消费？这么小气，这里这么多人，光给雨虹带张卡。”

钟峻说：“张总什么时候去，都是最低折扣。”又对吴静敏笑道：“知音可不敢当！我只是瞎说。吴老师呢？”

“我爸爸清静惯了，不喜欢热闹！”

钟峻说：“应该的。看吴老师的画，就能想到他的为人。”然后，他对阿薇说："一定要求吴老师几幅大作挂到我们会所。"

张守强说："免了吧！你那里铜臭气太重，别玷污了吴老师的大作。"

钟峻说："免不得。我一是沾点吴老师的仙气，让会所别那么铜臭。二是还要把吴老师的画作带入红尘，去感化更多的铜臭之士。"

张守强说："道高一尺，魔高一丈。你那里是'屎壳郎打饱嗝——臭气熏天'。那铜臭气，比吴老师的仙气可浓多了。连我这样的，到了你那里，也得甘拜下风。"

边谈画，边说起吴中用"师法自然"的理论，姚雨虹说："自然，也可以理解为'有果必有因'，然后引申为我们所见之偶然，皆有必然。"说完，她看了看钟峻。

钟峻马上就想到他初见姚雨虹的那次采访，笑了笑，说："姚总真是好细心，还记得那次我们相约以后再讨论。我那时刚入行，见解肤浅。您说得确实很有道理。"

几个人说着来到郭枫啸的展厅。郭枫啸与孟依凡正陪着几个嘉宾，看到钟峻一行，就一起过来打着招呼。

姚雨虹说了钟峻对吴中用画作的评论。郭枫啸说："与吴老师相比，我这里俗不可耐，难入钟主任法眼啊。"

钟峻边看边说："大俗，然后才能大雅！郭总本是红尘中人，何必求那'畸人'之语？"

郭枫啸一听，愣了神，没明白，他看了看姚雨虹，也是一脸茫然。

郭枫啸身旁的孟依凡笑了笑："钟主任错了。郭总的画作，幅幅血肉丰满，超越红尘俗情。身在红尘中，心在红尘外，岂是'畸人'所能道尽？"

钟峻点点头说："这点评肯定是出自孟总之手了！"顿了一会儿，钟峻又接着说，"孟总只看到了郭总画作的表面，却没看到深处。"

"深处？"孟依凡不知什么意思。

"压抑！郭总一直在压抑着某种情绪，一旦爆发，不得了啊！是不是，郭总？"

郭枫啸只是微笑。钟峻也笑着说：“都是笑谈！随便聊聊而已。”

张守强说：“道士做法声——故作高深。”

临走时，钟峻选了几幅作品，想买回去放在会所。郭枫啸说他的就算了，可以拿几幅吴老师的。钟峻没再强求，送了郭枫啸一张会员卡，邀请他有时间到会所喝茶。

随着画展结束，郭枫啸也结束了到全国的旅行和作画。那些山水，已凝固在他的画作当中。

5

郭枫啸在临海的时间多了，与父亲也有了更多的交流。

郭厚平说起了当年那场车祸，相撞的两辆大货车，其中一辆车司机是他的老战友大老李，夫妻两人都在车上，当场死亡。

郭厚平说，大老李是战场上一起拼过命的弟兄，是做货运一起抡过家伙的伙计。车祸后，他不想再干货运了，想回家，回家守着老婆和孩子，过安稳的日子。他一闭上眼睛，就会出现大李车祸后血淋淋的场景。他想要放弃，可是，那些跟着自己出来的战友、老乡，那些来临海后新招入的同事，他们要生活、要养家，都不愿意他放弃。

就是大老李，当年在战场上也不只一次憧憬过以后过上什么样的好日子，甚至在车祸前几天，还跟郭厚平说，再拼几年，就回家享福了。过好日子，是老兵们共同的憧憬。

郭厚平跟儿子说，公司做大了，不是你强迫自己去获取更多，而是很多人在追逐你去获取更多。做事不只是为了自己，是为了那么多跟随自己的兄弟。想想，咬咬牙，还得继续闯！

郭厚平也提到了当年与“暴头”的血拼，他说：“谁愿意去打、去抢、去动刀子拼命？就是‘暴头’，他也不想啊。都不想，可还要打、还要拼，也是为了身后那么多兄弟。”

郭枫啸听出了父亲的弦外之音，他对房地产仍然处于半躲避状态。他说："货运，这几年都是龙叔在打理。货运养活这些人没什么问题，为什么非得做房地产不可？"

"货运已发展到了瓶颈期，房地产，才是下一个朝阳产业。我们这些做货运的老兄弟们，都只知道拼力气，没知识没文化。把海都公司的房地产做下去，做大，要看你和小虹的。小虹的脾气硬，想在外面闯。我还是希望闯几年后，她能回来。"

郭厚平说刚开始做货运时，大家都很齐心，做大了，就分成了几派。离开去做房地产的四个弟兄，都有一批跟随者，而且都能独立做事，他们各自发展，会有更好的前景。而龙叔，一直跟随自己，没有自己一派的小兄弟，他缺乏独自决断的能力。

郭厚平说："阿龙私心较重，对金钱有种与生俱来的贪欲。要用，还得会用，他只听我的。以后，与他相处，你得注意点。"

郭枫啸说："那就别用他了。"

郭厚平说："这里面有笔账，看你怎么算。想做房地产，就要有人去做。他跟我一条心，执行能力强，赚 100 万元就算他拿 30 万元，至少还赚了 70 万元。如果让别人去做，可能连 50 万元都赚不到。"

郭枫啸说："听说龙叔在道上的小弟不少呢，都把他当大哥。他很知道韬光养晦啊！"

郭厚平摆摆手，说："我也知道他在外面有些小弟，都是他收保护费啊，做小生意敛财的工具，不影响公司。他是我兄弟，他的忠诚，这么多年了，我不怀疑。倒是你，每天醉醺醺的，让我很不放心。"

郭枫啸没再说话。爸爸兄弟情分太重，竟没看到龙叔贪欲之外也具有杀伐决断的能力。爸爸不太会与亲人沟通，否则杨阿姨也不会那么早就去世。他笑了："入愁肠，酒未到，泪成行。何以解忧？唯有杜康。醉了，就不知道痛苦了。"

郭厚平摇摇头。

六　踏征程

1

海都公司拿下了超级大盘，但部分原来工厂的宿舍拆迁不动，老职工多，不愿意动。

郭枫啸问过张守强，张守强说这种老职工与普通的居民不一样，他们看着厂子一点点建起来，感情深，而且相互熟识，容易抱团，不好拆。

郭枫啸说，干脆你还继承你老爸的衣钵，做建筑得了。只要你能拉起队伍，我就把项目的建筑全交给你。当然，前提条件是，拆迁的事你得负责了。

张守强的爸爸原是开建筑公司的，在他高一那一年冬天，吃西瓜被西瓜籽卡住了，一咳嗽结果脑血管破裂，一命呜呼。他妈妈给他留下一笔钱就改嫁给他爸爸的司机了。

张守强没念过大学，又无一技之长。一琢磨，这事好，比做广告公司强，干拆迁稳当，也长久。他爸去世后，他一个叔叔回老家做建筑，现在不干了，手底下还有不少人，队伍好找。

他小时候经常在工地上玩，还指手画脚指挥工人干活，他爸说他天生就是干这行的料。再说，做拆迁确实不是个事，越来越不好做，还得罪人。

张守强很快就扯起一支队伍，先挂靠在正规建筑公司下，后来在郭枫啸的帮助下，拿到正式的施工资质。拆迁的事，也进展得极为顺利。

2003 年春节刚过，郭枫啸的母亲开始咳嗽，起初以为是感冒，没怎么当回事。可后来，又开始发烧，医院说是禽流感，要观察一段时间。

郭枫啸与妹妹一起回去看妈妈，却被隔离在医院外面。消息传到临海，郭厚平也坐不住了，立刻准备往老家赶。

回临海接爸爸的路上，郭枫啸接到梁亚的电话，说香港发现“非典”，不知传染源在何处，无药可医，死了好几例患者了，香港一片恐慌。现在，他也回不了香港了。梁亚还说，“非典”蔓延之初，就是被当作禽流感。

郭枫啸怀疑母亲是患上了这种罕见的病毒。如果真的是，那么治愈的希望就很渺茫了。

2

要回老家了，郭厚平如同新上门的女婿，念叨着不知该穿什么样的衣服，不知带什么样的礼物。郭枫啸不敢告诉父亲他对母亲病情的担忧。

一路上，郭厚平说一些郭枫啸兄妹小时候的情形，也絮絮叨叨一些与妻子的往事，语气中，充满了内疚。

郭枫啸听着，勉强做出笑脸，陪着他说说笑笑，他看得出，父亲的心情一直很好。有时，郭厚平看出郭枫啸的心情，就会拍拍他的手，沉默一会儿。这时，郭枫啸就觉得父亲其实已经知道了“非典”，也已经猜到母亲的病很重很重了。

郭枫啸有些心酸，几欲落泪。他希望这个旅途永远没有尽头，希望父亲的回忆永远没有尽头，希望一生沧桑的父亲晚年能够如自己所愿，与一生操劳的母亲安享剩余的时光。

然而，旅途是那么短暂，很快就要到家了。“近乡情更怯”，郭厚平也是。十多年没有回家了，离家越来越近，他也不再说话，显得有些沉重。

回到老家，郭厚平找到关系，进了医院，融着防护玻璃，看到病痛中更显老态的前妻。刹那间，他心头涌现的全是过去。他告诉她："出院后，就在一起，再也不分开了。"

从他的口型与手势中，她看懂了，微笑着点了点头。

几天后，卫生部宣布，国内发现"非典"，现有的药尚无法医治，政府正在举全国之力研制新药。然后，就开始了全国范围的隔离、防范，各地犹如进入战争状态。

一个月后，郭枫啸的母亲去世了。他眼看着父亲一夜间衰老了，头发花白，脸上有了深深的皱纹，原本高大挺直的身躯，已然佝偻下去，再也挺不直了，那个在商场叱咤风云、举重若轻、从容不迫的父亲，完全成了一个糟老头。

但是，父亲一滴眼泪都没有掉，因为"非典"，母亲的遗体并没有运回，父亲没能见上母亲最后一面。

郭厚平跪在那儿，抱着妻子的骨灰盒，一遍遍地抚摸，口中不停地说，一会儿是抱怨她走得太快，一会儿是深深的忏悔，一会儿是那彻骨的思念，一会又是对那本来似乎是触手可及的幸福生活的憧憬。

旁边的郭枫啸与姚雨虹，早已泣不成声。尤其是姚雨虹，她跪在爸爸面前，把头扎在他的怀里，多少年来，第一次喊出了"爸爸"。

听到一声"爸爸"，郭厚平再也控制不住自己的泪水，失声痛哭。郭枫啸扶起父亲，老人站起来，步履蹒跚，站都站不稳了。

"爱情需要不断地更新"，姚雨虹记得鲁迅曾说过这样一句话。妈妈虽然一直在老家，没有多少文化，没有多少见识，但是妈妈知道这一点。

妈妈知道爸爸的心大，知道自己跟不上爸爸的步伐，所以当爸爸要离开时，妈妈敢于正视这一点，敢于松开手中的线，给爸爸一个自由的天空。

姚雨虹想，如果当年妈妈不同意爸爸离开，也许爸爸就不会离开。这样的话，对爸爸而言，有如是一只被捆住爪子和翅膀的雄鹰；对在妈妈而言，有如是在守着一个没有灵魂的丈夫，他们也许都会没有幸福可言。

妈妈是聪明的，给了爸爸足够宽广的天地。正因为这种无私的爱，所以爸爸无论飞多高多远，在妈妈面前，始终都有种负罪感，始终对妈妈有种尊敬，始终是在仰视妈妈。

妈妈无私的爱，成就了爸爸，也成就了她自己。

丧礼结束后，郭厚平让郭枫啸兄妹回临海，他自己要在老家多待段时间。半个月后，郭厚平出现发烧症状，被送到医院隔离。又半个月后，烧退了，可郭厚平仍然被隔离。

3

“非典”期间，楼市停盘，无人看楼，人们上班之余都待在家里，很多单位干脆放假。一直持续到6月下旬，局面才逐渐得到控制。

这期间，经济严重下滑，各行业都受到严重打击。对房地产而言，由于2002年房价大涨，2003年年初，国家出台了信贷政策控制房地产行业，银根一断，使得这场天灾对房地产业的伤害更大。

房地产项目停工的不在少数。没有资金，“空手套白狼”的开发商更是举步维艰，难以生计。初干工程的张守强，施工一个别墅项目，老板就因为无法维持而玩了失踪，把个烂尾工地扔在那里。

张守强找龙叔与郭枫啸帮忙。龙叔通过朋友在国外找到了那个老板，可他说实在是没钱继续耗下去了。协商的结果是，将房地产公司连同项目与银行债务一起抵给张守强。好在债务不大，如果有资金做完项目，还是有得赚。

张守强知道消息后，坐在郭枫啸对面，很久没说出话来。

郭枫啸说：“别担心。要么把项目兑给海都公司，海都公司付你工程款，你继续做工程。要么你干脆把项目接过来，做房地产。”

“房地产没事吧？”

“没事，过了‘非典’就好了，这么多项目不都在撑着吗？”

“那好，我把项目接下来。我需要钱，早就想找机会自己做项目了，大不了我还做户外，还收保护费。”

郭枫啸拍了拍他的肩，说：“好。资金不足，就找我。要是撑不住了，也找我。”

又是“非典”，又是调控，海都公司此时的日子也不太好过，做这么大的项目，整体操盘规划如何？无论是郭枫啸，还是龙叔，都有种“老虎吃天——无从下嘴”的感觉。

姚雨虹虽说有操盘经验，可操作的都是小盘，超级大盘，她也没有长远的思路与战略规划。只是建议将大地块分成若干小地块，分别做住宅、商业、酒店和写字楼等。

她说：“200 万平方米，不就是 2 个 100 万平方米、4 个 50 万平方米吗？ 50 万平方米不就是 5 个 10 万平方米吗？一点点啃呗。”至于各地块之间如何联动、如何相互发生联系，她也不知道，她建议先做环境，再卖楼，然后就只能是走一步看一步了。

“非典”病毒无缘无故消失，郭厚平得以出院。医院无法证实他到底有没有患上过“非典”。

郭厚平了解海都公司的现状，倒不是十分在意面临的困境，从一无所有到现在，经历过太多的大风大浪，他同意女儿先做环境的做法。

海都公司聘请了美国一家著名建筑规划设计事务所，做项目的整体规划。整治项目中间的一块小洼地，改造成人工景观湖，挖出来的土在周边随意而为，成为一个个坡地。所有的建筑都围绕人工湖展开，动工时先做景观湖，以环境吸引人，然后再卖房，这与市场上普遍的“卖楼花”的做法恰恰相反。

已有“临海地产第一文案”之称的孟依凡，将项目命名为“心之湖”。

“心之湖”规划推进的同时，郭厚平拜会了罗杰，建议政府能将项目周边的基础配套设施尽快完善起来。第一，这是购地时政府承诺的；第二，“非典”之后政府也需要以基建来带动经济增长。

而罗杰想得更远的，是如何用房地产来带动临海的经济整体腾飞。“非典”影响近半年，人们减少或停止购物、旅游和会议等活动，相关行业大萧条，同时又顺着产业链上下左右扩展，影响甚大。2003 年上半年全国城镇登记失业人数近千万人，还有大量因为“非典”失去工作的农民工，没有就业拉动，也是不小的社会问题。“非典”之后，人们会去旅游、去购物，但不可能把上半年没吃的、没玩的再吃回来、玩回来。不过，有些影响是可以弥补的，比如买房子，是可以将上半年的购买力集中在下半年释放的。

罗杰准备以政府名义聘请几个顾问，为临海市建设出谋划策。郭厚平与已是临海商业银行行长的经济学家游弋，都是顾问团成员。

鉴于就业对维护社会稳定的意义，中国政府再一次提出扩大内需、增加投资，把带动经济增长的重任放到了房地产行业。

2003 年 8 月 12 日，国务院下发的“18 号文件”指出：房地产业关联度高，带动力强，已经成为国民经济的支柱产业。

国务院第一次将房地产业提高到支柱产业的地位！

文件一下发，整个房地产市场就像打了鸡血一样，整体亢奋，全民购房，房地产又开始了一轮快速发展。

罗杰的顾问团也因“18 号文件”而得到市政府更多的关注与支持。罗杰准备大干一场！

4

被逼入房地产行业的张守强，稀里糊涂地发了大财。他的别墅因工程质量好、价格适中，仅仅两个月左右就被哄抢一空，甚至想给自己留一套都没来得及。他半年多来一直紧锁的双眉一下子舒展开来，没事就找郭枫啸喝酒，一喝酒就感谢，把郭枫啸都感谢得快吐了，郭枫啸说：“你没见过钱啊？就这么点出息？至于天天把感谢挂嘴边上吗？”

张守强仍然笑呵呵的：“哥，你就是我的贵人，让我做建筑，然后又让我做房地产，每一步都让我迈向光明。我这是‘老鼠掉进了米缸里——

因祸得福’啊。我准备找临海最好的摄影师，给你拍一张大照片，挂在家里，早晚都要拜一拜。”

郭枫啸抓起桌上一本书，扔过去，说：“你找死啊！”

张守强捡起书，读道：“一生至少该有一次 / 为了某个人而忘了自己 / 不求有结果 / 不求同行 / 不求曾经拥有 / 甚至不求你爱我 / 只求在我最美的年华里 / 遇到你……”

郭枫啸一把夺过，仔细擦了擦，小心地放好，没说话。这是琪琪留下的书，他今天刚看过，一急没小心扔了出去。

张守强说：“我想把广告公司关了，就做房地产了。”

郭枫啸说：“把广告公司并到精锐广告公司吧，我把精锐广告公司送给依凡了。”

张守强说：“行！依凡还在海都公司做吗？”

孟依凡已经是郭枫啸在海都公司的助理了。

“不做了，她只做广告。”

张守强说：“只做广告，有些大材小用了啊。”

郭枫啸说：“你以后会明白的。”

2003 年年底，郭厚平出现了咳嗽、呼吸困难等症状。医院检查说是治疗“非典”期间，因紧急治疗，大量使用了激素类药物，导致身体病变，免疫力降低。这种情况在很多“非典”治愈者以及疑似患者身上出现，被称为“非典后遗症”。

医生说，目前没有办法治疗，只能靠吃激素维持。郭厚平拒绝了医生住院治疗的建议。

罗杰听说之后，找了一个老中医，帮他调理，不用服用激素，效果还比西医治疗效果好。不过，中医也无法根治，只能改善。

郭厚平明白这种结果之后，并不担忧，他说，是时候颐养天年了。他决定回老家去，住在老房子里，种种菜，养养花。

回老家之前，郭厚平想聘请一个有地产操盘经验的人担任“心之湖”

项目的总经理。

郭枫啸想，招一个项目总经理，不给他管理的权力吧，他不一定长期留在这里发展，只求短期效益。这么大项目，五六年也做不完，光想短期效益可不行。如果给他权力，留下来了，他还真有点担心。爸爸回家后，一个龙叔，已经够让他担心的了。

他跟爸爸说："小虹的营销能力完全没问题，是一流的。她答应给我推荐一个合适的营销副总，再有她出出主意，营销肯定没问题。营销做好了，做项目，不很容易吗？廖聿修不就是这么做起来的吗？"

郭厚平说："以前我不懂房地产，身边很多朋友做房地产都发展得不错，我就以为这是一个门槛很低的行业，只要有点资金，就可以做好。"

郭枫啸说："房地产的门槛主要就是资金。迈过这个槛，确实很容易。"

"正因为觉得门槛低，所以我当初没多想就接下'海都'这个资不抵债的空壳。现在，越琢磨越觉得这个行业不简单。小虹了解营销，可她了解房地产吗？"

郭厚平似乎是自言自语，让郭枫啸很茫然。经常在开发商面前激扬文字，指点江山的姚雨虹，到了爸爸这里，竟然被怀疑为不懂房地产。

郭厚平的眼神镇定而睿智，接着说："你说房地产的门槛主要是资金，有钱了真的就可以搞好吗？临海市，还有好多城市，很多烂尾楼，都不是因为没有资金才烂尾的，相反，很多要么是银行要么是大国企投资的，而且也都是与一流的代理公司合作。这说明什么？说明有了钱并不能解决所有问题，说明即使懂了营销也不能说懂房地产。"

郭枫啸以前没想过这个问题，细一想，确实是这样。

郭厚平又问："房地产的分工是不是很多、很细？"

郭枫啸谨慎地说："确实分得很细，从大块上来讲，有拿地、投资、规划、开发、施工、营销和物业管理等，这么多块块里面又有很多小块块。"

"是啊，这么多块块，就需要很多人在这整个过程中，充当不同的角色。需要的人多，就可能忽视一些工作，形成短板，产生断层，影响整个项目。

不但是影响，有些断层很可能是致命的。古语说‘土木不可轻动’是从风水学上讲的。从现实意义上讲，也有一定道理。房地产是个很复杂的工程，不是解决了资金问题就能做好，也不是懂得跑手续或者懂得营销、懂得规划、懂得工程就可以做好的，没那么简单。”

郭枫啸从没想过这些，他问：“那您的意思是，我们在房地产方面的业务要收缩？”

郭厚平笑了：“不会，我想把它做好。你认为只要有了资金、拿到项目，加上高强的营销能力，就能做好。可我觉得我们没有什么优势。营销在房地产开发整个环节中占多少？顶多 30%，也就是说，就算小虹做到极致，还有 70% 的问题不了解，要去摸索去学习，我们有时间吗？市场不会给学习机会的。我们还是要做我们擅长的，借助他人完成我们不擅长的。”

在郭厚平的解释下，郭枫啸总算明白了。郭厚平想做项目的投资商，负责对好的项目进行资金投入，获取投资收益。他并不想在开发环节投入过多，开发环节交给专业的人士去做，让他们去获得专业收益。至于投资比例和具体运作模式，视具体项目而定，他可以负责全部资金投入，也可以投入部分资金。

“所以，聘请一个合格的项目总经理，我负责资金，他负责拿地、跑手续、规划、施工、控制工期等，每个环节，我都允许他带自己的人，给他充分的权力，让他把项目完全当成自己的。条件只有一个，我的投资能获得理想的收益。至于奖励，我可以拿出利润的 20% 给他的操作团队，甚至更多。”

无论对哪个项目总经理来说，这都是天上掉下来的大馅饼啊，能把他给砸晕了。

“你是不是觉得我们吃亏了？”郭厚平问。

郭枫啸点点头。

“海都公司在我们手里，只是一个空壳，是死的，产生不了太大的价值。要挖掘它的价值，就需要投入很多，还不能保证最后的收益。我交出去，交给能发挥它价值的人，就盘活了整个海都公司，我也轻轻松松获得了收益。”

郭枫啸听明白了：“杨阿姨曾经跟我说过，现在呢，是‘劳资者’治‘劳心者’，‘劳心者’再治‘劳力者’。我们就是‘劳资者’，并没有吃亏，这就叫多赢。”

郭厚平点点头：“你杨阿姨很多心得，你都要好好琢磨，那是我们家的财富。货运，我早就不大管了，只是投资收益，一切有阿龙。你呢，少喝酒，多参与房地产业务，有事与阿龙多商量。如果需要我拿主意，就找我；如果不需要，如何做，你们商量着办。”

郭厚平还让罗杰多照顾一下郭枫啸。

罗杰很看好郭枫啸，说郭厚平是当局者迷，并不真正了解儿子。

郭厚平笑笑：“罗市长不要惯坏了他，我不在的时候，希望您能替我多管教管教！”

“管教倒是不敢啊！枫啸有什么事，尽管来找我就是。”

七 牛刀初试

1

2004年年初，海都公司在市区东北部拿下一小块旧改用地。龙叔想在“心之湖”大盘间隙打个时间差，快进快出。

此时，“海名苑”大获成功，岭南园林成为行业教科书，功不可没。郭枫啸感觉艺术不但能应用到房产中，而且能创造价值。他想拿这小块地做艺术试验，项目命名为“雕塑花园”。

艺术实验？没人支持！包括姚雨虹。她觉得这样虽然有属性、有卖点，也直指目标客户，但圈定的目标客户范围太小，项目的呼吸空间太逼仄，憋得难受。照此操作，走个性路线，注定销售速度不会太快。

郭枫啸却认为，就是要让人们得到艺术的熏陶。社区里到处是雕塑，每个入户大堂里也都有画作。无论雕塑还是画作，都是名作的复制品，小孩子们从小就会接触美的事物。在这里，会得到独一无二的美学教育。他要打造一个“都市新人类理想的艺术之邦”。

他还要在里面建一个画廊，不仅有画作展示功能，更是提供一个休闲的交流艺术的场所，有咖啡馆、茶室、餐厅、雪茄屋、红酒吧。

姚雨虹劝哥哥不要做这样的尝试，说那是个寄托无限美好理想的乌托邦，所面对的客户注定是都市里“另类”的少数人，不会成功的。

郭厚平从商人的角度看这个楼盘，不赞成。可看到儿子想做地产，从失去琪琪的悲痛中走出来了，就不想打击他。

“海都公司以后的发展，你要多想想。艺术，是方向吗？”郭厚平问。

“我哪知道什么方向不方向啊？喜欢而已。方向这么大的事，有你和龙叔呢！”郭枫啸轻描淡写，有些心不在焉。

“我说过，原来打打杀杀那一套，肯定不行了。海都公司是你和你妹妹的，你们决定它以后的方向。”

“小虹还行，我不是做生意的料。”郭枫啸笑了笑。

“小虹做代理的时候，冲着领头的打，就像我当年做货运一样。可是，她太刚了，这又有点像你杨阿姨。做生意，要进退自如，刚柔并济。你在缅甸的生意就做得特别棒！谨慎、大胆、诚信！刚做生意就知道有进有退，而我，是做了多年之后才知道的，你比我强！而且，你骨子里面也还有我的血。”

“缅甸？梁亚也这么说，我那是碰巧而已。”郭枫啸随口说，之后又收起满脸的不在乎，说：“老子曰：‘揣而锐之，不可长保。’让人觉得很优秀，不是件好事情。琪琪要不戴几百万元的挂件，能被人盯上吗？”

郭厚平听出了什么，沉默了一会儿，说：“不说琪琪，说你。你怀疑什么？”

“没有啊！”

“都是跟着我出生入死的弟兄，不要有任何猜忌！”

郭枫啸点点头：“我什么都没说，我只想做我的艺术。”

郭枫啸对艺术倾注的热情高于对商业的，他把精锐广告公司的画廊也搬到了“雕塑花园”里面。在楼盘发售之前先开张了画廊。

“雕塑花园”市场关注度很高，全市乃至全国的奖牌拿了不少，几乎每天都要接待全国各地的来访者，甚至艺术味设计感十足的楼书，都被建设部下属部门当作中国房地产发展一个典型案例，拿到日本等国与同行交流，可是其销售却一直陷入停滞，一个怪现象是：它获奖越多，知名度越高，买的人越少。

龙叔跟许柯说：“枫啸只知道艺术，搞的那个‘雕塑花园’，叫好不叫座，你调查一下看到底怎么回事。”

许柯做过市场调查后，说：“很多人都说太阳春白雪了，哪怕自己是硕士、博士，或是留洋的博士，住在里面也会觉得自己是个白痴。所以，大家都敬而远之。”

2

孟依凡给郭枫啸讲了个故事：有个酒鬼跟神父说：“我祈祷的时候总想着喝酒。”神父让他在上帝面前忏悔自己的罪恶。另一个酒鬼跟神父说：“我喝酒的时候还在祈祷。”神父称赞他是上帝的好孩子。

讲完后，她说：“都是喝酒与祈祷同时进行，不同的说法，结果就不一样。你呢，别说做艺术，就说做房地产项目，只不过是要用艺术赋予楼盘不同的个性。”

孟依凡建议把项目从艺术“乌托邦”中跳出来，只赋予一种人文的意境。她重新给项目确定了广告调性：面朝大海，春暖花开。

郭枫啸很熟悉这八个字，海子的诗，琪琪很喜欢，他们考入大学那年，海子卧轨自杀，但他的诗歌却在大学生中由流行至泛滥。琪琪大学时经常在海边背诵海子的诗，她曾经说，将来就要过“面朝大海”的生活。

想到琪琪的话，郭枫啸觉得这八个字，就是琪琪想要的，也是他想要的。

他问孟依凡：“你喜欢海子的诗？”孟依凡点点头，拿出一本绿颜色封皮的旧书，说还有这本，梭罗的《瓦尔登湖》，海子自杀时身边四本书中的一本。

孟依凡告诉郭枫啸，她不但想好了“雕塑花园”的调性，连“心之湖”也想好了，就是“诗意地栖居”。她进一步解释：“梭罗的这本书，值得每位热爱生活的人去品读，那是与自己心灵的一次交流。”

她为“心之湖”规划的楼书文案，开篇序言的题目就是“诗意地栖居”，正文写着“每个人，都拥有自己的‘瓦尔登湖’。在匆忙的生活中，有一个只属于自己的地方，退回到心灵的最深处，安静地待着，什么事都不做，什么事都不需要做，什么话都不说，什么话都不需要说，什么问题都不考虑，什么问题都不需要考虑……将紧攥的手松开，你就拥有了全世界。”

整个楼书就像是一篇与心灵对话的散文，清新、恬静、温馨、平淡。从中，郭枫啸看到了孟依凡那宁静的心，在崇尚财富、物欲横流的时代，她却守护着自己的精神家园，保有一颗不功利的心。

郭枫啸整整看了一晚，读了一遍又一遍，边读，边在纸上勾画。黎明来临时，他已将楼书的设计规划出来，他选用牛皮纸来印刷，整本楼书，就是一本散文集。

“心之湖”的第一篇广告，标题是“心灵企盼宁静，身体却过于匆忙……”

广告吸引了大批客户，在拆走的工厂废墟上，一个心灵的瓦尔登湖正在绽放。楼书被疯抢，成了房地产文案的教科书。

对孟依凡来说，她用心地写着楼书，买房者将“心之湖”当成了“瓦尔登湖”，而她已经将郭枫啸当成了自己的“瓦尔登湖”。

梭罗说过：“你耗尽半生一直寻觅不到的东西，有一天却在饭桌上和它不期而遇。你寻找它就像一个梦，而一找到它，你就成了它的俘虏。”

孟依凡来临海寻找爱情，却被爱情刺得遍体鳞伤。在声讯台，她与郭枫啸不期而遇，当她知道琪琪已经去世半年多，她震惊了，没想到浮躁的社会里，还有如此情深的男人。更没想到，后来竟然会来到他的公司，真的就像是一个梦。一见到他，她就知道，自己已经成了俘虏。

后来，梭罗的《瓦尔登湖》成了中国房地产文案工作者的必读书。同时，一起成为教科书的，还有《格调》，一句经典的“小心你的房子，他使你的社会等级一目了然”，与“诗意地栖居”一样，直到所有买房者看了后想吐，才退出大大小小楼盘的楼书与报纸广告。

3

2003年下半年，国家为促经济发展，鼓励民间资本投资。结果，半年多的时间，整个中国大地一片投资热，热过了头，引来2004年针对投资过热的调控。电力、钢铁、石油和煤炭等几个重要投资领域对民营资本关上大门。在浙江、江苏、广东、山西等地，大量的民间资本找不到出路。

股票下跌、期货尚未普及，只有不动产一条路了。天生逐利的资本，显然看到了。以温州商人为代表的“炒房团”席卷全国，从一线城市到二线城市，甚至到三线四线城市，整栋整栋横扫，无论是住宅，还是商铺。

“炒房团”引起房价上行，越上行，进入的资本就越多。在温州商人的示范效应下，普通购房者也觉醒了，加入买房大军。有买房的，但更多的是炒房，房子在他们手里基本上不超过3个月，就迅速出手。

购房需求突然扩大，开发的速度根本跟不上，很多房地产项目要么加价销售，要么划片地，规划还没批下来就开始收钱销售。

聚钱的速度，远远快于建房的速度，所以大量资本的买断式炒楼，很快就制造了市场上楼盘的短缺。

临海是各方炒房团热选的城市，无论什么样的项目，从2003年下半年开始的半年多时间，基本上销售得一干二净。张守强的别墅卖完后，独立操作了一个小项目也卖完了。

2004年春的一天，郭枫啸接到罗杰的秘书的电话，让他准备临海市房地产基本资料，一个小时后赶到市政府第三会议室。

在政府主办的针对温州商会、山西商会的招商会上，商会老板们对投资买楼很感兴趣，罗杰临时决定给郭枫啸半小时，介绍一下临海房地产整体情况。

郭枫啸重点讲了西郊，那是罗杰打造的重点，符合政府的发展思路。

会后晚宴上，温州商会会长说明天要去郭枫啸的项目看看。

第二天，罗杰带队，郭枫啸陪同，两个商会二十几位商人将整个西郊转了一圈，看了“心之湖”，也看了春天置业的项目。

在春天置业的项目上，温州商会会长问：“廖总，为什么要建成现房再发售？”

廖聿修说：“不是太缺钱，现房卖的价格会高一些。”

会长笑着说：“年轻人，账不是这么算的。做地产，哪能不缺钱？赶紧回现，可以尽早启动下一个项目，多个项目转动起来，钱就会呈几何级源源不断地流进来。”

最后，两个商会要把在建的“心之湖”几栋楼，还有春天置业项目的几栋楼全包了，预付 50% 购房款，然后走银行按揭。保证一个月之内拿到全部房款。不过，要求打八折。

郭枫啸没什么意见。廖聿修说：“我要与姚总，还有其他几个股东商量一下。”

会长大笑，指着廖聿修和姚雨虹说：“商量什么？我早就看出来了，公司就是你俩的，夫妻店，被窝里就把董事会开了。”

一起陪同的许柯听到这话后，转眼看向姚雨虹，见她笑着说：“就是，会长时间这么紧，现场就商量一下吧。”他咬了咬嘴唇，转身向别处走去。

最后，考虑房价上涨因素，打个八五折。会长一说，几个随同参观的温州商人，瞬间就将所有房子瓜分了。

春末，国家开始从资金上对房地产调控，规定 2004 年 8 月 31 日之后，商品房开发土地要进行“招拍挂”。

政府本意是想借 8 月 31 日“大限”增加房地产企业的资金支出，以此限制对房地产的投资，没想到却被房产商利用，说土地供应将“短缺”，房价将上涨。所以，很多人又加快了购房的步伐。

准确地说，不是购房步伐，是炒房步伐。既然是炒，就要考虑把价格炒上去之后有人接手，也就是说，进去了还能出得来，如果出不来，被套住，那就失败了。为了不被套，制造短缺，就是寻找大量接手者的手段。

炒房者的推动，加之“心之湖”推广的独特调性与先做环境的操盘手法，客户很快就被吸引了过来，同时带动周边土地升值不少，甚至还有开发商想买“心之湖”的项目用地。

“雕塑花园”旁边土地的楼面价，快赶上“雕塑花园”的房价了，这个本无人看好的项目，却在2004年销售一空，获得了超出预期的利润。

4

龙叔坐在宽大的办公室，眺望远处的大海。当年，一起来临海的六兄弟，只剩下自己一个人还在这里，大哥病了，其余四人在各自的城市里忙自己的生意。一晃十多年没有聚在一起了。看着翻腾的海浪，回忆一路的风雨，想到不争气的儿子，他觉得还要拼搏几年，不为自己，为儿子。

他叫来许柯，让他安排一个晚宴，他要请公司中层及以上管理者吃饭，许柯问是否要叫上郭枫啸？他说不用了。

晚宴上，龙叔跟每个人都要喝一杯，聊上一会儿，每个人进公司都经过他面试，他清楚每个人的情况。他嘘寒问暖，感动了所有人。

郭枫啸第二天就知道了晚宴情况，他明白龙叔是在拉拢人心。他跟父亲说，想起了十年前的海南，想起了自杀的杨乐韵。他担心有如“击鼓传花”一样，一旦鼓声停了，大量的房子是在一些根本不需要者的手中，集中抛出会造成楼市崩盘。而且，国家也在拿当年海南的房产泡沫来警示大家，并且开始通过金融手段禁止大量资金进入楼市。

郭厚平问儿子是什么意思？

郭枫啸说想让父亲跟罗市长打个招呼，把“心之湖”项目的地分块卖掉。

“就是因为你对房地产市场胆怯了？”

“嗯！项目太大，操作起来不得心应手，也没有合适的项目总经理。现在的疯狂，让我害怕，我想先在市中心找个小一点的项目做。”

“想做，就做大！小项目怎么行？要是小虹，肯定会做下去。”

郭厚平说他这段时间在老家，不知道市场的真正情况，等他了解一下再说。他给罗杰打电话咨询，罗杰说他问过游弋相同的问题，但游弋说与海南那次不同，十年前的海南，无论是建房者，还是炒房者，都是拿银行的钱在玩游戏，所以国家可以控制，一掐断银根，楼市就迅速崩盘。现在，无论是建房者，还是炒房者，大部分都是用民间资本，或者说是自有资本。性质不同，规模无法确切地知道，调控不会有效果，房地产仍大有可为。

郭厚平跟儿子说了游弋的观点后，郭枫啸仍坚持他的想法。最后郭厚平无奈地说：“好。现在你做主。”

市场上行，海都公司想出让的土地，很快成交。梁亚原来的电子厂地块，海都公司本来就没付土地费，也如梁亚所愿，留给了他。

梁亚从大成集团辞职，迅速注册了“尚鲨”房地产公司，地块方方正正，西侧临主干线。看看手里的资金，再算算600多亩地的开发投入，他觉得不符合“拿银行钱做房地产”的宗旨。加上没有“心之湖”这样大项目的支撑，他觉得也难以完成快速销售。

梁亚又跟龙叔提玉佛的事情，并说想把电子厂地块分成南北两块，卖一块给海都公司，这样他就解决了前期的开发资金。

龙叔警告他不要再拿这事相要挟，否则两败俱伤，大家都不好。

梁亚不理会龙叔的态度，把提着的箱子放在龙叔面前，笑着说：“25万美元，我欠彦雄的，您帮我给他。”

龙叔看了一眼，知道欠钱的说法不过是个幌子，就说：“别想让我帮你，你去跟枫啸商量，我顶多不参与意见。”

梁亚要的就是龙叔的不参与。他找到郭枫啸：“我刚做，资金紧，吃不下600亩。海都公司能不能买一半？”

“我想做的时候，你说留给你做。我刚把旁边几块地都卖了，你又让我再买回300亩做。亚哥，别开玩笑了。为什么总是与我拧着来？”

梁亚笑着说：“要不东西分，西地块临主干道，你拿去，只是费用稍稍高一点。你知道，我需要钱。”

“我再考虑一下，你也再找找别人。两天后我们再谈。”

郭枫啸征询姚雨虹的意见。

姚雨虹说：“梁亚留下的地块，四周不临交通干线，是一块‘死地’，操作难度很大。”

郭枫啸说：“你就别杞人忧天了。”

“梁亚一块‘死地’都不怕，我们怕什么？我做了一个特别棒的户型，可以用上。”

“你这么有信心，咱就做。不过，你得帮我。”

梁亚不是姚雨虹那样的技术派，口头说不做建筑垃圾，但也不是郭枫啸那样的艺术派。在他心中，做房地产，就是玩资本，一切都围着资本转，他算是资金派。

东西分，可以抬高地价，解决资金问题，而且这个利益足够诱惑郭枫啸出手。

“死地”不“死地”的专业问题，不在他考虑范围中。

5

郭枫啸第一次尝到了做房地产的甜头，虽然是通过卖地赚了大笔的钱，并不是通过操作项目而实现。卖来的钱，他又投入其他房地产公司的项目中，只拿投资收益，他真的要做一个“劳资者”。

项目小了，郭枫啸准备大大压缩公司的人员规模，姚雨虹明白哥哥的举措，是在借机清理龙叔的人，她担心会触怒龙叔。

郭枫啸说，不这样做，他们能听我的？龙叔也只有爸爸一个人才能压服得了他。让他再在这里呆上几年，分笔钱回家养老算了。他又是换人又是拉拢，在外面还有很多生意。爸爸信任他，我可不敢在身边养只狼。

很快，郭枫啸就召开了公司高层管理会议，姚雨虹虽不是公司管理者，但作为股东也列席会议。

郭枫啸说："自从父亲生病后，我一直有种无力感，觉得没有足够的能力将海都公司做大，所以才开始收缩规模。为了大家以后有更好的职场之路，我想裁员三分之一。但财务部要扩大规模，因为公司下一步会加大投资业务。"

财务部都是郭厚平当年的人，也是郭枫啸最相信的部门，龙叔一听这么重大的事情提前都没与自己商量，心里就不高兴。他知道郭枫啸的意图。

龙叔说："我老了，也该提前退位了。"

郭枫啸说："我资历太浅，还有很多地方需要您指点，公司也需要您压阵。"

龙叔说："许柯这么多年一直跟着我，如果枫啸还需要我，我就再呆一段时间，多教教许柯，过几年再退出。"

郭枫啸说："那就太谢谢龙叔了。"

姚雨虹看了一眼许柯，看到他的大嘴巴，又想起他胖乎乎的小手，差不多能放到嘴里，不禁脸上有了笑意。恰巧，许柯也向她看过来，她假装无意地将目光扫过。

卖了地，也清了人，可有很多本不想辞退的管理层也提出辞职。而且，这件事情引起郭厚平的重视，他给郭枫啸打电话说本来他不想关心这些事情，可现在看来他必须要过问一下了。

接着，郭厚平把公司很多人跟他反映的事情都说了。像什么卖掉"心之湖"的土地，是不想做房地产了，他本来就对地产恐惧；像什么把梁亚的电子厂土地留给梁亚，只顾朋友不顾公司利益；像什么"雕塑花园"的乱弹琴，虽获成功，但偶然因素太多，说明他根本不懂房地产；像什么平常就知道酗酒，不过问公司事情；等等。现在，公司整个管理层都已经失去了信心。

郭枫啸解释了几句，郭厚平说："枫啸，公司虽然是我们的，但工作还要大家一起做。你有想法，就要沟通，让管理层支持。管理层不支持，工作怎么做？"

八　釜底抽薪

1

郭枫啸刚刚产生的一点房地产兴趣，又没了，又开始以酒度日。当他再一次在办公室一个人灌白酒时，孟依凡夺下了他的酒杯。

她知道他为什么喝酒。他说："想告诉我耐心等待良机？还是要告诉我'三年不鸣，一鸣惊人'？"

孟依凡一口喝干杯中的酒，擦了擦嘴唇："陪你喝酒，顺便聊聊赤壁之战。"

"赤壁之战？"

孟依凡又倒上酒，说："赤壁之战，曹操本欲与孙权'会战于吴'，可战争为何爆发于湖北的赤壁？"

她打开一张从网上下载的"三国地图"，指着说："曹操熟读兵书，知道'兵贵神速'，从这点看，最快的进军方式，应该在长江对岸找个离东吴首都近的地方直接渡江，或者从许昌直接南下，兵指长江中游最重要的军事重镇夏口。可他为什么选择了向西南进攻荆州？"

在这之前，孟依凡经常与他讨论《孙子兵法》和《三国演义》，所以对赤壁之战，无论是历史中的，还是小说里的，他都很熟悉。可为什么发生在赤壁？则从未想过也从未听人说过。

孟依凡卖了个关子，问：“古时作战，最重要的两点是什么？”

“天时与谋略？”郭枫啸说。古人常说“谋事在人，成事在天”，天与人应该是天时、地利、人和中最重要的两点了。

“粮草、兵力，尤其是粮草。《孙子兵法》‘作战篇’有专门对粮草的论述，《三国演义》与古代战争史上，也都有很多通过断敌后路毁敌粮草，从而取胜的战例。”

孟依凡接着说，三国时的荆州，粮草与兵力两者皆备。荆州水军是三国时唯一能够抗衡东吴的水军。荆州人口众多，刘表振兴教育、礼贤下士、发展生产，使得一个没有野心，却拥有钱粮、人口、人才的荆州，引得各路军阀垂涎。曹军不善水战，加之远途征伐，粮草难以为继，所以与吴军相比，兵多将广的优势几乎荡然无存。如此分析，荆州就成为曹操志在必得之地。赤壁之战，曹操虽败，但他出兵的思路却非常正确。

郭枫啸停止喝酒，想了好久，孟依凡之意应该不在赤壁之战，而在曹操的出兵思路，他说：“借道荆州，借是一门大学问，战国时有‘假道伐虢’，三国时有‘草船借箭’，还有‘借刀杀祢衡’。这些，都是以‘借’达到了目的。”

孟依凡说：“我只是随便聊聊，借也好，假道也好，直接对抗找不着出路，可以换个方式，比如釜底抽薪。”

转让“心之湖”的大片土地，赚了不少钱，龙叔想继续大肆拿地，郭枫啸找到龙叔，笑着说：“我们先做几个规模小一点的项目，周转快。投资的项目，也以快为主。咱们睡觉的时候，他们还在给咱们赚钱，有什么不好？我们就做一个‘劳资者’。”

龙叔不太买账，说：“好啊。海都公司自己做的项目，我负责。对外投资的项目，你负责。投入资金与所获利润是不是也分开计算？”

郭枫啸说：“分什么啊？一笔写不出两个‘海都’。我们调整一下授权吧。”

海都公司很快就做了授权调整，郭枫啸除了拿地、融资的事情参与之外，公司的管理全部交给了龙叔。

龙叔以推进公司专业化、提高工作效率为由，调整了公司高管及各部门领导，有一直在海都公司的老员工，也有新招入的职业经理人。

龙叔要求，所有向郭枫啸汇报的工作，必先向他汇报，否则，得不到执行。郭枫啸提拔的人，无论职位高低，见龙叔需先经秘书预约，而龙叔提拔的人则不需要预约，可直接到他办公室汇报。

郭枫啸失去了对海都公司的控制权，虽然龙叔很多事情也跟他商量。

2

郭枫啸紧盯上一个旧城改造项目——“海都中心”——位于市中心新建的城市广场旁，对面是市政府办公楼，纯写字楼项目，位置绝佳。

项目是通过罗杰运作出来的，很快就完成了立项等工作，进入实质操作阶段。

郭枫啸找许柯，说：“刚从老家回来？”

许柯点点头，没说什么。郭枫啸又问：“老家有仇人？”

许柯不清楚他的意思，也不知他到底想说什么，说：“没有。只是和一个朋友有点误会。”

郭枫啸笑了：“没仇？误会？带那么多弟兄，还惊动了警察。”

许柯在老家的确与之前一个朋友有点恩怨，前几天带人回去想教训他，却被当地警方警告：“少惹事，这里不是临海。”

许柯说：“真的是一点误会，与公司无关。”

“今天找你来，也不是这事，我随便问一下，如果是真的，你那仇，我帮你。”

许柯愣了一下，这件事情，他找过龙叔，没办成，所以才亲自带人回去。郭枫啸能办？他说：“不用麻烦郭总，我自己能解决。”

郭枫啸没再说下去，说：“这几年你对房地产各环节已经非常熟悉了，是海都公司继续发展不可或缺的人，龙叔也极力举荐，所以公司想让你兼任‘海都中心’的项目总经理。”

许柯征求龙叔的意见，龙叔提前并不知情，他没说什么，想了一会儿，同意了郭枫啸的建议。同时，郭枫啸让孟依凡任海都公司董事长助理，郭厚平回老家后，郭枫啸就是海都的董事长了。

梁亚又在西郊拿了一个新地块。规划是商业和写字楼，目前还不成熟，不具备条件，但长期来说，周边小区入住，路又畅通，会为商业和写字楼带来极大的人气。

运作之初，梁亚回香港，找到岳父、同父异母的哥哥以及父亲生前的几个好友，说服了几家商业机构进驻项目，包括高端百货、品牌专卖店和高端餐饮等，签署了与尚鲨公司合作的协议。

拿着合作协议，梁亚找到罗杰，以打造高端商业商务区为理由，附上统计数据，建成后能为政府带来多少税收、提供多少就业岗位，请求政府将此地块出让给尚鲨公司。最后，梁亚拿着土地协议，加上他的电子厂地块，顺利从银行取得贷款。

地块上，有一条不宽的小河，叫泄河，本是一条泄洪沟，从市区过来，穿过项目，注入大海。梁亚将泄河在项目里的一段，做了彻底整改，叫“塞纳河”，项目也干脆命名为“未来左岸”。

梁亚吸取“雕塑花园”纯艺术楼盘的教训，将小资情调、艺术基因注入“未来左岸”，让人想到18世纪那一种充满艺术气息和咖啡芳香的生活方式。

郭枫啸是一个艺术家，想用“商业”的途径来完成他的艺术理想；而梁亚是一个商人，只不过是借“艺术”的外衣来获得更多的利润。这正是梁亚的聪明之举，所有的元素、所有的概念，都是为商业服务的，如果没有商业利润，他不会做无谓的浪费。同样，为了最后的商业利润，他在前期也同样可以舍弃很多。

高调的梁亚，从香港请来了著名的明星D哥做项目代言人。D哥不仅戏演得好，更重要的是，他是香港明星里最有艺术气质的，与“未来左岸”传达的调性是相通的。

“未来左岸”规模不大，尚鲨公司也刚入行，但通过梁亚的操盘，加上他在大成集团积累的行业资历，无论是梁亚个人，还是他的公司、他的项目，都成为临海地产圈的明星。

3

姚雨虹经常到琴瑟会喝茶，她对会所背后的经营毫不知情。

龙叔受钟峻之邀第一次来琴瑟会，就发现了阿薇，他马上想起琪琪遭绑架那天，他见过这个年轻风情的女子，印象很深。现在，龙叔也是琴瑟会的常客。

梁亚一则老婆与钟峻在香港时就相识，二则结婚时老婆允许他有自己的自由。所以，他常来琴瑟会，与阿薇之间，虽不亲密，但也如普通朋友一样。

琴瑟会之外，钟峻与阿薇又做了个“峻薇”公关公司，利用钟峻在媒体方面的资源，主要做一些媒体炒作活动，以及处理媒体的负面报道。

钟峻以“峻薇”公关公司牵头，成立了“临海房地产企业家联盟”。成立仪式要求参加者着正装、携配偶或伴侣出席，地点就在“琴瑟会”，搞得像是明星走红地毯。

孟依凡一袭白裙，挽着身着藏蓝西装的郭枫啸，走到迎接的阿薇与钟峻面前时，阿薇下意识地紧了紧挽住钟峻的胳膊。孟依凡笑眯眯地从她手里接过笔，在高大的背景板上写下名字。她没有握阿薇伸过来的手，只是说了几句祝福的话。

阿薇的手停顿了一秒钟，就抓住了从后面而来的其他嘉宾。

张守强也来了，一个人，骑着自行车，上身格子西装、白衬衫、红领带，下身是西装短裤、运动鞋，被拦在门外，一个劲高喊：“钟峻，你他妈找了些什么人啊，有请柬也不让进。”

钟峻刚把他接进去，廖聿修就到了，一边是姚雨虹，一边是吴静敏。正在签名的张守强大喊：“一个人两个美女太不公平。”

钟峻还没接上茬儿，梁亚就带着老婆一起来了。签完名后，梁亚掏出一个大大的红包，钟峻说，今天来的都是支持我生意的，不收红包。

梁太在一旁说：“他是送给阿薇的。阿峻，我这里也一个，是送给你的。”说完，看都没看阿薇，也没等梁亚，就一个人走了进去。钟峻急忙追了上去，搂住她的腰，低声说了几句，她笑了。后面的梁亚看了看阿薇，松了口气。

黄兆安也携夫人参加，还有临海其他房企的高管、老板。

钟峻宣布了联盟成立章程之后，说要评出名誉主席、轮值主席、副主席、秘书长和副秘书长等。一公布一长串职务，张守强就喊：“就是大家伙凑一起玩玩乐乐的场子，干吗搞的这么啰嗦？早知道这样，就不来了。”

钟峻解释完后，说推黄兆安任名誉主席。没等掌声结束，张守强又嚷嚷了：“大成集团实力强，黄总德高望重，我服气！首任轮值主席，我推举枫啸。”

正在悠然喝着茶，欣赏着墙上名画，偶尔与孟依凡低语几句的郭枫啸听后，摆摆手，笑笑说：“我是个闲人，海都公司的代表是龙叔，还是龙叔担任吧。”

议论了一会之后，大家都没什么意见。随后，又推举了几个副主席，梁亚、廖聿修都在列。钟峻任秘书长，张守强任副秘书长。

参会的老板，共同起草了一个章程，重要的一点就是共同做大房地产这个行业，不打价格战，必要的时候可以建立共同的采购平台，以降低成本。同时，提出以后如果圈内有什么纠纷或者难题，可以提到联盟上来解决。

大家讨论的时候，张守强找到廖聿修，说：“雨虹是我妹妹，你小子一肚子花花肠子，还左右环抱，要是敢做什么对不起我妹妹的事情，小心生孩子没屁眼。”

廖聿修转头看看姚雨虹和吴静敏，扳过张守强的肩，低声说：“哪有花花肠子？吴老师是我亲爹，小吴是我妹妹，就像雨虹是你妹妹。我喜欢你妹妹，哪天，你帮我做个媒？”

郭枫啸与姚雨虹的兄妹关系，在姚雨虹加盟春天置业后就公开了。

张守强扭头看着他，说：“准备好红包吧，包在我身上。”然后，又笑着说，“我也是真心喜欢你妹妹，你，能不能帮我也做个媒？”

廖聿修大笑：“这个，要看你的本事了，我可不敢说包在我身上。”

4

郭枫啸知道罗杰想开发防护林的计划，建议先拿出位置最好的一小块地，景观绝佳，但规模不大。因为都知道这片区域是“禁区”，不会想到后期的大手笔改造，所以在房地产飞速上涨的趋势下，不会有大房企留心一块小地。这样，海都公司就会通过协议出让拿下此地块。

罗杰要求郭枫啸做个规划设计方案，做好后由他来组织政府相关各部门讨论、评审，毕竟这是在保护区边上。

许柯抛出“生态办公”的概念，准备将项目打造成高端酒店与高端写字楼。他说，在临海办公，选择西郊，说明实力不强；选择“中天大厦”，说明是暴发户；选择这里，那说明既有实力又有品位。

他几句话就将临海的办公区位大致分成几个代表。西郊虽然大部分工厂都迁走了，但留下很多厂房没开发，就被改造成写字楼，有摄影公司的摄影棚，有模型公司的厂房，有印刷厂、喷绘公司等，都不是什么大公司。

西郊也有新办公楼，就是梁亚的“未来左岸”附近，以新兴的软件公司、广告公司、咨询公司等为主，实力也不太强。

“中天大厦”周边是高档办公楼最集中、租金最高的区域，以贸易、证券、金融、外企等公司居多，实力雄厚，但也不能说都是暴发户，许柯的话过于夸张了。姚雨虹与廖聿修合作之后，春天置业也搬到了“中天大厦”，将优居公司原来所在的49层全部租下。

孟依凡说：“高中语文老师讲如何应对作文考试时说过，拿到命题，想到的第一个立意，不要动笔，要再想第二个、第三个……十分钟之内想到的最后一个立意，就是你要写的。因为，你想到的第一个、第二个，也是多数人都能想到的……”

所以，应该有比“生态办公”更好的定位方向。

许柯组织人进行了大规模调研，发现很多酒店都把旅游、会议作为重要业务拓展方向，说明这方面利润稳定、可观。临海的酒店，与旅游公司签约的很多，却没有专门做“会议接待”的。有资料显示，此前一年全国会议经济规模，不完全统计就超过 1 500 亿元人民币。

许柯分析，随着经济的发展，临海走向国际的步伐越来越快，政府、大企业，都会在临海举办更多的全国性、全球性大型会议，对酒店提出更高、更专业的要求。必须顺应趋势，抢先一步。如果能取得政府支持，作为政府牵头的大型会议指定举办地，会更有利。

便利的交通、优美的景观，是保证“会议”酒店的最有利因素。这两点，项目都具备。

有了充足的市场调研，利用虚拟仿真技术制作的汇报资料，很快就由郭枫啸主讲，向政府做了汇报。

酒店外形融入郭枫啸对建筑的艺术理解，整个建筑与大海、防护林和谐共融，就像是从这片土地上生长出来的一样，有温度、有质感、有生命。酒店不高，波浪形天际线呈弧形延展向海，远看像是一架钢琴，即将演奏新的乐章。

酒店后面是一双塔形建筑，底部、顶部均连为一体，顶部还建有停机坪，也连为一体。双塔一座是酒店客房，一座甲级写字楼。写字楼内没有任何会议、休闲、娱乐等配套设施，完全利用会议酒店的配套设施，以保证没有会议期间正常的营业率。

除了酒店最基本的商务、休闲、娱乐、运动、游泳、健身、理疗等配套服务之外，还增加一系列满足“会议”的独特设施，如海洋主题公园、艺术中心、直升机场、超大餐厅、多媒体会议室等。

临海及周边已经有企业主购买私人直升机了，酒店楼顶的直升机起落坪，方便参会人员参会及接待来往客户。

面积超过 1 000 平方米的无柱餐厅创临海之最，除保证会议人员就餐之外，还可以随意间隔布置成会场，能举办一个大型会议，也能同时举办十多个大小不一的会议。

汇报除了规划的“虚拟仿真”方案，孟依凡给的文案也非常精彩。

咫尺之外的高尔夫球场是：“微风中阳光下划出优美轨迹的银色小球，让参会人员享受到彻底的放松；蔓延于整个空间的无边绿意，让商务交流在不经意中交融。”

海洋主题乐园是：“临海人离海很近，临海人的生活，却离海很远。海洋主题乐园，在临海人心中，不是单纯的海洋乐园，而是一种对生活的追求，一种面对艰辛的潇洒，一种面对挫折的平静，一种面对困难的藐视。这里，能让人们抛开世事熙攘，摒弃所有杂念，激发奋斗而激情的梦想和睿智而深邃的梦想。”

艺术中心是：“一个画廊，一个钢琴演奏厅，一个剧场，将成为临海市先锋艺术的中心。在临海，只有这里，才能让每一个人从内心审视赤裸的自己，困守心灵深处那一份空灵，在虚阔无边而又静谧无比的世界中，感悟生活。”

汇报完后，没有任何意外，海都公司轻松将这块地收入囊中。

这个命名为“海之林酒店”的项目立项之后，极大提高了周边土地价值，也暗合政府想将此区域整体规划的想法，很快就得到政府的大力支持，规划顺利报批通过，政府也确定未来几个大型会议将在此举办。

九　趁火打劫

1

“同样是三房，却比平常大了一点，挖掘空间的潜在弹性，便会给人一个更大、更自由的选择空间。浪漫的居住感觉就来自自由舒展的广阔空间。”

“没有了界定，没有了主次，运用空间的解构语言，演绎一种新的生活蒙太奇，就是‘碧波湾’给您的生活方式。”

临海主流报纸房产版，惹眼的位置，大版大版的，没有户型图，全是关于“碧波湾”——海都公司从梁亚手里拿下的半块地——出自孟依凡之手的文字。

郭枫啸让妹妹操刀“碧波湾”的营销，项目总经理仍是许柯。

新户型是姚雨虹分析了之前市场主流户型，结合客户入住体验，把每个功能空间的进深、面宽都做了精心测算之后做出的。层高也加高到近6米，使用时，可以把单层变成两层，既适合自住又适合办公，稍微大一点的，还可以做展览用。无论怎么用，都是既节约了面积与费用，又保持了良好的功能划分。

姚雨虹自豪地说，使用面积超过150%，至少10年不会落伍。

户型的目标客户是单一的、聚焦的，就是年轻高级白领。他们年轻、收入高，对未来充满信心，习惯于超前消费，愿意为未来提前埋单，他们在购房市场逐渐走向主流；他们虽收入高，但工作时间短，积蓄并不多。

较少的积蓄，决定了他们买不起大户型，买不起豪宅，实用率高、功能多样的户型正好满足了他们的需求。同时，临海特殊的创业环境，决定了他们具有强烈的创业欲望，他们的办公需求也不容忽视。

客户聚焦，既满足居住需求，又满足办公需求，姚雨虹的意图就是一网打尽。这两种需求被充分调动之后，释放出来的购房热情，消化一个“碧波湾”是没有问题的。更何况，这背后还有着巨大的投资潜力呢？

表面看，“碧波湾”是针对白领乃至中端客户，但梁亚估计，“碧波湾”会更重视投资客户群。越高端的市场，利润越高。姚雨虹是追求利润的高手。

可是，层高6米，设计成本高，施工成本高，加上土地成本高，价格肯定低不了。自住的年轻群体，接受不了高价格；高端的投资客，需要价值洼地才出手，也接受不了高价格。梁亚又知道姚雨虹在产品投入上是不会降低成本的。

如果高价销售，梁亚判断，“碧波湾”肯定会滞销。

他与姚雨虹的操盘思路，完全是两个极端。他是降低成本，低价快速销售，追求资金的高周转；姚雨虹是不计成本，做精品，卖高价，追求高溢价。

两个项目，一母双胎，完全相反的思路，必然会进入水火不相容的竞争。

梁亚主意已定，“碧波湾”越好，他越高兴，他要让这块地“死而复生”，借“死地”书写一段自己的传奇。

2

2005年，房地产行业都在谈论“碧波湾”被誉为“十年之后”的户型。销售大厅天天人满为患。两个大比例立体户型沙盘，成了最耀眼的明星，不知谋杀了多少媒体的菲林，频繁游走于各大媒体，抢占显要的版面。

不同风格的样板间，更是让参观的人眼前一亮，有“众里寻她千百度”之感，在还没建成实物之时，就已是芳心暗许，非此房不买了。

对来参观的人，无论是客户还是同行，海都公司很开放，欢迎每个朋友来参观，来共同探讨。紧随其后的，是配上户型图，从不同角度解读。

接着，就以探讨为话题展开宣传，时常让苦于在行业内找不到亮点的“房记”们大有斩获。这既树立了“碧波湾”在行业内的领先地位，也表明了让同行来探讨改进的责任感，还通过媒体借行内人士的点评和关注，影响了大批意向客户，让他们闻风而至，加入到了讨论、传播行列。

炒作正盛，郭枫啸却隐隐有丝不安，他说：“《孙子兵法》曰：‘备前则后寡，备后则前寡；备左则右寡，备右则左寡；无所不备，则无所不寡。’我们在‘户型’上‘有所备’，而且所备充分，那么就必然会‘有所寡’，否则，面面俱到，投入的精力与资金太多，成本大幅攀升，根本不会有市场。宣传极力强调户型，就是将市场注意力都集中到此，而忽视所备不充分的。既然有所不备，则必然会有明显的弱势。”

姚雨虹说：“什么弱势？没有啊！”

郭枫啸说：“不是没有，只是不知道。我也不知道，提个醒而已。”

“一俊遮百丑”，各方都在讨论“碧波湾”的户型，没人关注其他方面。一切都顺利进行。

与“碧波湾”的喧嚣相比，旁边尚鲨公司的项目却静悄悄的。两个项目之间有一条并不太宽的小路，是尚鲨公司的项目建成后唯一的出口。

姚雨虹知道梁亚热衷于快速销售，可却一直见不到启动的痕迹。她邀请梁亚到“碧波湾”看看，提点意见。

梁亚如约而至，仔细看了户型，发自内心地说不错。

姚雨虹信心十足，没怎么客套，直接问：“你的项目一直不动，有什么想法？”

“拣到篮子就是菜，能有什么想法？要有想法，早就抢在你们前面了，先下手为强嘛。”

“总得有点想法吧？”姚雨虹当然不信。

“‘碧波湾’打前锋，冲锋陷阵，我们跟在后面，捡几个你们挑剩的客户就能吃饱饭了。”梁亚半是玩笑半是认真。

“别示弱。如果有什么损招，提前打个招呼啊。”姚雨虹了解梁亚，他说得信心十足时，可能是掩盖并不自信的内心。他主动示弱，说不定还真藏着一招妙棋。

“碧波湾”的户型制造了一种流行，让所有的客户在流行面前失去了判断，忽视了其他因素。“碧波湾”的宣传，是成功的。

“碧波湾”开盘的日子一天天临近了，开盘优惠、价格等实质性广告，进入了大规模轰炸阶段，售楼处的人更是纷纷扰扰，热闹异常。

尚鲨公司的项目正对着“碧波湾”的售楼处，建的售楼处比“碧波湾”的面积小很多，在富丽的“碧波湾”售楼处面前，有些寒酸。空荡荡的一个人都没有，连沙盘等销售道具都没有。销售人员仅仅要求客户留下联系方式，没有任何资料提供。

3

“碧波湾”开盘前几天，尚鲨公司公布了项目名称为“观海园”，并开放售楼处。姚雨虹与许柯一起去看了看，比“碧波湾”冷清很多。销售人员也是刚招的，回答问题像小学生背书。

临走，姚雨虹拿了几张户型图。完全是“碧波湾”的翻版！

姚雨虹很生气：“太不像话！太没有商业道德了！”

许柯说：“房地产本身就没有什么知识产权可言的，他们模仿我们，我们占了先机，也是好事。生气解决不了问题，我们要摸准他下一步的动作。我们早想到会面对面竞争，只是这开端，不是原来想象的而已。接下来，我们一定要让市场按照我们的思路进展。”

姚雨虹拿起电话：“梁亚，搞什么呀？完全抄袭！”

梁亚笑了："雨虹，你们把好地方全占了，我们也得找条活路吧，只能跟在后面捡漏。互相抄袭互相借鉴，然后才能互相提高呀。我们标注的装修标准不如你们，实用率也没有你们高，整体规划也不如你们。你根本用不着生气，我们是赝品，是假的。"

姚雨虹觉得好像有点露怯了，就笑了笑，掩饰了一下："好吧，我们在前面攻坚，便宜你们了。"

姚雨虹提醒许柯，注意"观海园"的动向，她说梁亚不会未战先怯，肯定有想法。许柯说做好自己，以不变应万变。

梁亚却一点没闲着，对每天到售楼处的人数一清二楚。差不多每一个从"碧波湾"出来的客户看到"观海园"售楼处，都会进来看一看。大部分买房者肯定会在周边多看。

梁亚希望"碧波湾"的宣传更猛烈一些，他想"以逸待劳"，利用"碧波湾"的宣传攻势，将其辛苦积累的客户纳为己有。然后"以静制动"，祭出杀手锏，"毕其功于一役"，变不利为有利，促使这部分客户成交，达到顺利销售的目的。

"碧波湾"首批700多套房子，还有一周开盘，积累了3 000多名客户了，早已超出了姚雨虹的预期。良好的开端，胜利在前。

"碧波湾"开盘当天，"观海园"楼体垂下几条大大的条幅："'观海园'，均价7 999元/平方米。"比"碧波湾"单价低了差不多1 500元，大大的"7 999"一下子吸引了"碧波湾"所有的客户。

价格战！利用价格优势，借"碧波湾"之势发力，趁火打劫！

姚雨虹原本是想到现场享受胜利成果的。一看到条幅，心顿时痉挛：她所做的一切，都是在为他人做嫁衣！

她想大骂梁亚太阴险、太卑鄙！

此时，梁亚正在办公室算账。

销售经理说："一上午200多套，下午还能成交几十套。既没投什么广告，又很快完成了销售，太漂亮了！梁总，你太帅了！"

“告诉每一个客户，半个月，顶多20天，立马涨价，让还在犹豫的赶紧成交。”

“涨价？为什么？”

梁亚笑了：“子曰：‘民可使由之，不可使知之’，你只管做就是了，别管为什么。”孔子的这句话还是他当年从孟依凡那里听来的。

这是姚雨虹多年来开盘最窝囊的一次。没有一点征兆，一切辛苦，一切付出，一切苦心经营，就都在最后的关头被截杀。

她仿佛看到了梁亚嘲笑的眼神和表情，她坐立不宁。

许柯说开盘失利，他有不可推卸的责任，对姚雨虹的提醒不重视，忽视了旁边虎视眈眈的“观海园”，没有想到一块“死地”所能爆发出的力量。就如同美职篮一名运动员所说的：“永远不要低估了一颗渴求胜利的心。”

他安慰姚雨虹：“一个项目的成败不足以说明什么，更何况，还没败到底，还有反败为胜的机会！”

姚雨虹静下心来，虽然梁亚的招数有些狠毒，但必须接招，没有别的选择。

“伤敌三千，自损八百”，价格战，就是一把刀。如果拿到了刀刃，最好的结果也会伤害到自己；如果拿到了刀把，最坏的结果也会保护自己。现在，刀把的一面真的在梁亚手里？

价格，就是哥哥原来所说的“有所不备”的点。其实她早该想到，“观海园”的土地费极低，又省了户型设计费，用材又降低档次，一切都做好了价格战的准备。唯利是图，快速周转资金，本是梁亚最终的追求。

必须反败为胜！

正想着，郭枫啸打来电话，说已经知道开盘的情况了，想一起吃个饭，他担心妹妹情绪不好，特意说：“越是不顺，越要吃饱吃好，要不，哪有力气生气啊？”

兄妹二人，还有许柯、孟依凡四人坐下，姚雨虹说梁亚阴险狡诈。她不知道孟依凡之前与他恋爱过，说：“多亏阿薇与他分手了，这种人，谁沾上，谁倒霉。”

郭枫啸看了一眼孟依凡，说：“《孙子兵法》曰：‘先为不可胜，以待敌之可胜。不可胜在己，可胜在敌。故善战者，能为不可胜，不能使敌之必可胜。故曰：胜可知而不可为。’所以，别抱怨了，关键是自己怎么做。”

也就是在哥哥面前，在别人面前，姚雨虹从不示弱。她也知道抱怨解决不了问题，说：“又是‘孙子兵法’！不过，上次你提到的，还真有道理，可惜我们没重视。”

郭枫啸说：“不说兵法，讲个故事吧。三国演义里的长坂坡之战，荡气回肠，精彩纷呈，把刘备的败仗硬是说成了胜利。”

他分析了长坂之战的启发。一是信心，数十万民众携辎重追随刘备，而刘备没有弃之而去，取得了民心，激发了信心，这是他之后能称王称帝的根本。二是信任，有人报：“赵云见兵败投曹而去。”刘备说：“子龙必不弃我而去。”兵败之际，仍然对部下深怀信任，是他作为团队领袖的凝聚力所在，也是他能被曹操视为英雄的主因。三是勇气，赵云一人敢在曹军中七进七出，张飞撤退之时还敢主动进攻，一人喝退曹军百万兵。可以败，但不可败的熊，越是失败，越是方显英雄本色。

许柯说：“有道理！信心、信任、勇气，现在对我们来说太重要了！听君一席话，胜读十年书。今天，我这个文盲可以脱贫了。”

姚雨虹说：“哥，士别三日，让我刮目相看啊。”

郭枫啸指了指孟依凡说：“有个好老师啊！”

姚雨虹说：“依凡，改天得让我哥给你行拜师礼。”

4

姚雨虹盯着纸上大大的“价格”两字，仿佛看到背后隐约有东西在闪耀，那是“碧波湾”的劣势，也是“观海园”的“七寸”。

豁然开朗！她的血沸腾了。她有种遇到对手急于挑战的欲望。

没过几天，临海主要报纸出现一篇《尚鲨房地产的“另类生存”》的文章。开篇就用热烈的词汇渲染“观海园”的热销，说本来一个谁都不看好的项目，却凭借有竞争力的价格，拯救了尚鲨公司，使一个想卖地的企业，走上了持续发展的道路。

之所以称“另类生存”，是因为观海园采用了“另类”手段：以抄袭降低设计成本，以粗制降低工程成本，然后利用信息不对称，以低成本倾销策略，迅速制造热销场面。这种手段，不合常规，是“另类”的。至于土地成本，只字不提，一般购房者很难了解到这点。

读者似乎看到一个“不仁不义”的“观海园”。不仁，偷偷抄袭竞争对手的产品；不义，给客户粗糙的产品。

“观海园”的销售明显放缓，已购房的客户很多也带着挑剔的眼光询问是否能退房。

梁亚一边让销售经理做好客户的解释、安抚工作，一边寻求对策。他知道，“另类生存”完全是捕风捉影，是无中生有，是指桑骂槐，是在做反面暗示，让读者不要买“观海园”。

“碧波湾”投那么多广告，媒体凭什么不帮它说话？可又不能解释，那只会越描越黑。必须迅速拿出对策，否则，在没有大量广告支持的情况下，“观海园”很难压过“碧波湾”。

其实，有几家房企不资金短缺？又有几家不是靠土地抵押取得银行支持，然后再“卖楼花”拿到房款，凭个人按揭将风险转嫁？又有几家不是拖欠工程款、材料款？只是，这业内潜规则，购房者不明白而已。

如果应战，等于承认了“另类生存”，是在做苍白的辩解，陷入困境、难以自拔。如果不应战？会让市场产生默认的错觉，结果会更加被动。

应战还是不应战？真的是个哈姆雷特式的问题！

本想以价格为武器，主动进攻，逼“碧波湾”于绝境。现在，刚迈出第一步，就被封死，算盘落空，被迫转入防御，梁亚颇有搬石头砸自己脚之感。

“观海园”的汹涌之势被遏制住，“碧波湾”的压力小了很多，姚雨虹有一丝丝喜悦。下一步，她要主动出击，锁定客户，同时保护已成交客户的利益，避开价格战，不降价促销。

所有购买过海都公司、春天置业房子的人，均可加入“碧波湾置业会”。一个月期间，会员自己购买“碧波湾”或推荐朋友购买，均可参与“买房抽汽车”活动，每成交十套，即可抽出一辆价值10万元的汽车。

依靠之前几个楼盘的客户资源，“置业会”很快就成立了。仪式上，抽完大奖，是自助酒会，“碧波湾”自然是会员们自由交流的主要话题，同时，也免不了谈到“观海园”，谈到那篇“另类生存”。

穿梭于会员中的工作人员，会仔细地解释文章中提到的每一个点，解释海都公司是专注于房地产开发的专业公司，成立“置业会”就是为了后期能更好地为业主服务，为业主创造更多的价值。这是一个成熟的企业、成熟的楼盘的正规做法。

“置业会”迅速地产生影响，得到肯定。

“碧波湾”与“观海园”中间的一条路，让两个楼盘泾渭分明，就像一款名贵轿车与一款经济型轿车摆在一起，稍微有点身份有点积蓄的人，都选择了“碧波湾”。

原来因为“碧波湾”高昂的价格正在犹豫的客户，也回过头来，重新追捧。

“观海园”雪上加霜。

5

梁亚很快找到了对策，媒体发表了一篇名为《观海园教你如何理财》的文章，针对投资房地产的客户，详细列举了买房的首付、按揭、入住之后的生活等成本，以及租金回报比例等，引导这类客户尽量选择首付低、总价低的楼盘购买，这样的房子上升潜力会更大。文章还提到，为了感谢客户对“观海园”的支持，“观海园”将一如既往维持高投资回报的实在价格。

文章并没有提到“碧波湾”，却与上一篇“另类生存”的“指桑骂槐”有异曲同工之妙，都是在“王顾左右而言他”。

“观海园”还印制了大量的宣传页，一个个表格做着详细的投资分析，直接派发、定点邮寄、写字楼与咖啡厅等的摆放，誓将投资理财进行到底。

“碧波湾”本来就重投资客户，大部分购房者都是以投资为主，“观海园”一做投资分析，很多客户主动将两个楼盘进行比较，按照“观海园”给出的计算方式来做投资预算。

方式是“观海园”给出的，按照这一游戏规则，当然对“观海园”有利。消费者往往自以为聪明，这种“自以为是”其实很傻。只要进一步加深他们“自以为是”的感觉，他们就真会认为自己很“聪明”，别人想改都改不了他们的这一判断。现在，这类客户就是在“观海园”的“投资论”引导下，进入“自以为聪明”的陷阱：买“观海园”比买“碧波湾”划算！

“观海园”“碧波湾”各显神通，陷入僵局。

僵局对成本更高的“碧波湾”完全不利。

游弋给郭枫啸讲了投资理论中著名的“鳄鱼原则”，说鳄鱼咬住猎物后，猎物越挣扎，鳄鱼收获就越多。所以，万一被鳄鱼咬住一条腿，唯一的生存机会就是牺牲掉这条腿。套用于投资理论中，就是及时止损。

2006年房价虽然仍在上行，但郭枫啸听从了游弋的建议，没涨价，尽快处理掉了“碧波湾”。

十　端倪初露

1

2006年第一季度，全国房价大涨，临海房价上涨超过两成，春天置业的项目甚至上涨超过三成。

此次上涨，速度快，涨幅大，整个市场销售的户型基本都在120平方米以上。不是市场需求这样的房子，而是因为大户型好设计，采光通风好，设计流程快，所以大行其道。

房价的快速上涨，再一次让百姓不满，也再一次引起政府的注意。很多经济学家发表评论，不看好中国房地产的发展，认为泡沫已现，需要及时调整。重点是压制投资客户，将户型面积控制住，发展中小户型，满足普通购房者的自住需求。

国务院转发建设部等九部委文件，其中一条：自2006年6月1日起，凡新审批、新开工的商品住房建设，套型建筑面积90平方米以下住房面积所占比重，必须达到开发建设总面积70%以上。

海都公司一个刚拿下不久的不大的新项目，也因此项规定，本想赶在6月1日前报规划，却始终拿不出合适的方案，没赶上。项目北侧紧挨着的，是尚鲨公司的一个项目，仅用了不到一个月，就完成了规划设计，抢在新政执行之前完成了报规。

尚鲨公司的项目在北，海都公司的项目在南，按照规划要求，后报规的项目不能影响之前报规项目的采光。这样，海都公司的项目既要考虑“9070”之新规，又要考虑不能遮挡尚鲨公司的项目。

海都公司原来的规划报废，必须降低高度，调整朝向，重新做。

规划局归罗杰分管，郭枫啸平常并不十分关注规划问题，都是许柯负责。政府各部门都知道海都公司与罗杰的关系，所以海都公司的规划从来没出过什么问题。

这次，郭枫啸有疑惑：虽说新规从出台到执行时间很短，但以海都公司的关系，在新政之前完成整体规划审批，是没有问题的。更何况，梁亚的项目也抢先完成了啊。

2

郭枫啸从没打着罗杰的旗号找过规划局局长韦本昌，韦本昌也从没耽误过海都公司什么事。他将韦本昌约到“山湖别院”7号。

郭枫啸搬来这里，保留了院子里的水池与草坪，却把地下部分重新改造了一下。

地下共两层，一层是画廊、餐厅；二层是酒窖、雪茄吧、健身房、家庭影院和室内泳池。两层都设有小型停车场，可以直接将车开到门口，而不打扰楼上。两部电梯也是专用的，一部客人用，一部服务人员用。

韦本昌第一次来，郭枫啸先陪他在画廊里转了转。四个大厅，按藏品种类不同而风格各异，书画作品多，也有少部分瓷器、青铜器等古物。

这里堪称一个小型博物馆的藏品，把韦本昌惊呆了：“都说郭总是儒商，我还以为仅是外表儒雅呢！”

“哈哈，韦局过奖，附庸风雅而已。怎么样？如有入得了法眼的，尽管说，我安排人给您送过去。”

“不敢不敢！我对书画什么的一窍不通。这么贵重的东西，在我那里叫什么，叫明珠暗投，对，就是这个意思。”

“书画这东西，就是个喜欢。不要管它真假，价值多少。我这里的东西，有些是古今中外名人的，我喜欢，价格合适就收了，我只凭自己的鉴定，是真的，没花多少钱，就算是赚了。是假的，我喜欢，每天看着就快乐，也算是赚了。还有些是朋友的作品，放在这里让我帮他们经营，他们相信我，我说值多少就是多少。还有一些，就是我自己的作品，更是说不上价值几何了。”

韦本昌不时停到一幅幅作品前，扶着眼镜贴上前仔细欣赏。他说：“郭总虽然年轻，见识却很老到。好吧，我就选一幅吧。你收藏的这些，都是你喜欢的，我不忍割爱；你自己的，估计也不愿轻易许人。所以，就挑一幅你朋友的作品吧。”

画廊尽头出门右行，便是餐厅。

坐下后，郭枫啸将准备好的茶打开，倒入洁净透明的玻璃杯，初始茶芽尖朝上、蒂头下垂而悬浮于水面，随后缓缓降落，竖立于杯底，忽升忽降，反复升降三次之后，最后竖沉于杯底，如刀枪林立，似群笋破土，芽光水色，浑然一体，堆绿叠翠，妙趣横生。

“君山银针。”韦本昌说。

郭枫啸说：“韦局是‘茶人’啊！我有个‘茶痴’朋友，在洞庭湖君山开了一片小茶场，气候和砂质土壤都适宜，从种植到采摘、烘焙，完全手工，种的茶也不卖，都是朋友分了。这是今年清明前采摘的，您尝尝！”

韦本昌仔细观察了一下，茶色橙黄明净，香气清纯，叶底嫩黄匀亮，轻啜一口，甘醇鲜爽，一股香甜久久在齿缝中徘徊。他赞道：“金镶玉色尘心去，白玉盘里一青螺。君山之茶，嫩绿似莲心。好！醇而不失清纯，甘而不失清爽。”

郭枫啸说：“看来还能入韦局之口。宝剑赠名士，红粉送佳人，我这里还有一点，等会儿您带回去。”

吃饭过程中，他们很自然地聊到了目前的“9070”新政。郭枫啸很随意地问："韦局与梁亚熟吗？"

"尚鲨公司的老板，那个香港人？有过一面之识，算不上很熟。"

"梁亚是我十多年的好朋友，我们差不多同时进入地产业。他说项目提前报规，多亏了您。让我有机会见到您，一定替他谢谢您！"郭枫啸顿了顿，又用商量的口吻说，"要不，我给他打个电话，让他也过来？"

"你们都太客气了，只要不违反规划要求，我们只是服务而已。"

"其他部门也能像韦局这样，我们的城市一定会更加美好！我给他打个电话，看他能不能过来。"郭枫啸说完就拨通梁亚的电话，打开免提。

"Dana，在哪里啊？哦，在香港啊。你不是说，提前报规要感谢韦局吗？我现在与韦局在一起，给你个表达谢意的机会。"

郭枫啸口气很随意，说完把电话递给韦本昌，电话中两人一番寒暄。梁亚一再感谢，并约好从香港回来后一起坐坐。

韦本昌把电话递回来，郭枫啸说："你啊，不用谢我，好好谢谢韦局吧。不是我说你，很多事情得当面向韦局请教，别总交给下面人去办。"郭枫啸开着玩笑把电话挂了。然后又对韦本昌说："我们是自家兄弟，相互帮忙！我们项目呢，是有意放在尚鲨公司后面报规，也算点私心吧。"

"有意在后面？"

"是这样的。"郭枫啸给韦局分析，他研究了"90平方米以下户型必须达到70%以上"的规定，没写明是指每个项目，还是指整个城市。

韦本昌也很明白，答应海都公司的项目不受"9070政策"约束，如果有投诉或提出疑义的，就说70%是按整个城市来计算，个别项目可以提出调整申请，如果不提申请，就按每个项目计算比例。

至于遮挡问题，郭枫啸的想法是，为规避尚鲨公司项目的遮挡，他的项目可以退后，但把中间的空地增加为商业规划面积，这样就可以规避日照的问题。韦本昌说没问题。

送走韦本昌，郭枫啸打电话给许柯，要他过来一起谈事情。

许柯来的时候，郭枫啸在地下二层健身。他让许柯也换上衣服一起活动活动。

边健身，郭枫啸边问起报规的事，许柯简单回答说会盯紧。

郭枫啸说："光盯紧不行，有什么解决办法？"

许柯想了想，说："现在还没有，我们明天商量一下，后天向您专题汇报。"

郭枫啸说："汇报就不用了。我跟韦局商量了，我们肯定要考虑尚鲨公司项目的遮挡问题，毕竟是我们帮梁亚这么快把规划批下来的，我们后退一段距离，退出的这段规划成商业，弥补一下规划延迟带来的损失。"

然后，郭枫啸又简单说了一下他与韦局商量的"9070"对策，就安排许柯回去好好计算一下，户型如何设计，后退多少距离能规避遮挡，做多少商业用地能弥补损失。

安排完工作，郭枫啸又轻描淡写地说："这事，梁亚非常感谢韦局，从香港回来，他就请韦局吃饭，还让我作陪。我过两天去外地，到时候你去吧。"

郭枫啸说的很淡定，可许柯的心里一点都不淡定。话不多，信息量太大。

表面上，无论许柯，还是龙叔，都没表现出与梁亚很熟的样子。海都公司的报规方案，为什么延迟，许柯并不清楚，但隐约知道是梁亚让龙叔暂缓上报的。至于，郭枫啸说海都公司帮梁亚报规，许柯不知道帮没帮，就算没帮，暂缓自己的报规，也算间接帮忙吧！

现在，报规背后有没有什么交易？郭枫啸知道多少？

许柯说："郭总，我不知道您说的我们帮尚鲨公司报规是什么意思，还有，梁亚请韦局吃饭，我不便过去吧？与梁亚不太熟。"

"是吗？梁亚人不错，我们十多年的老朋友了。龙叔与他熟，你也可以与他多交往。"

许柯越想越觉得郭枫啸话中有话。

3

许柯跟龙叔详细汇报了与郭枫啸见面的情况。

龙叔沉吟了片刻，慢悠悠地说："枫啸不简单啊！开始，我还真以为他醉心狗屁艺术，心里着急，想帮他。可平哥一生病，我才发现枫啸早就看我不顺眼了。他把'心之湖'的 2 000 多亩地分块卖了，赚钱是假，清理我们这批老家伙是真。这之后，又天天喝酒，似乎不关心公司发展。"

许柯说："龙叔，这事您别管了，我准备了机票和钱，您先出去转一圈。我来应付应付，事过去了您再回来。"

"小子，你让我躲？我 50 多岁了，从不知什么叫躲。我与平哥一起在刀头上讨生活的时候，他还在老家割猪草呢。我倒要看看，他能拿我怎么样？"

许柯说："平叔还在公司时，大大小小的事情就已经是您处理了。谁不知道，您处理事情向来是为公不顾私？这事，我来处理。您呢，是长辈，先别出面，还是出去散散心吧。"

龙叔摇头拒绝了："我就呆在这里。我做的事情，不怕鬼敲门。"龙叔心中却明白得很，为这事，他又"替"儿子收了梁亚 200 万元的"欠款"。

许柯很矛盾，他从来到临海，就一直跟着龙叔，龙叔也很器重他，多年来，他做的任何事情都从来没有违背过龙叔的意愿。可这次，他知道，终究还是龙叔的错。

他还记得郭枫啸让他做"海都中心"项目总经理时的谈话，郭枫啸说："好好干！项目做好了，我从我的分红里面拿出三分之一奖励给你。"他不是看重郭枫啸给他的钱，而是觉得他与对金钱看得很重的龙叔截然不同。

后来，郭枫啸又帮他摆平了老家的事情，他心里也很感激。

他心中觉得与郭枫啸亲近还有一个原因就是，第一次见姚雨虹，她冲他的那一笑，就让他爱上了她。

许柯对郭枫啸说：“郭总，我们项目确实应在尚鲨公司项目之前完成报规，我没抓紧，我有责任。”

郭枫啸淡淡地说：“你没抓紧？我跟龙叔商量过，报规一定要在6月1日前完成。龙叔没对你说过？”

“说过，我重视不够。”

“许柯，我知道你在替龙叔掩饰，我也知道，龙叔并不想你替他掩饰。其实，龙叔根本就没认为这件事情需要掩饰。这算什么？不就给海都公司造成上千万元的损失吗？他老人家当年与我父亲一起闯天下的时候，我算什么？他为什么要在我面前掩饰？”

郭枫啸说话声音不大，语速也不快。但许柯听得出，郭枫啸已经非常愤怒了。也许龙叔说的对，郭枫啸是在找机会。这件事即使不造成这么大的损失，郭枫啸也要有动作了。

“郭总，不管怎么样，龙叔是公司元老，也是股东，您还是慎重。处理我，无所谓，怎么处理都行。”

“你？你当然要处理，我也只敢处理你。我敢对龙叔怎么样？我不敢！不过，人做事，天在看。”

停了一会儿，郭枫啸又说：“你先把我交待给你的户型，以及商业设计，做个初步方案，其他事情等方案做完再说吧。”

4

大成集团在离“海之林”不远的防护林的另一侧有块地，两三年了，始终未缴清土地款，大成集团给出的理由是政府答应的拆迁未完成，实际是在坐等土地升值，获取土地暴利。

市政府向大成集团下最后通牒，3个月不缴清土地款就收回！黄兆安做了很多工作，托人找罗杰说情，但罗杰坚持不通融。黄兆安觉得地块不大，不做就不做，最终任由政府收回。

郭枫啸因为报规的事，找过罗杰。罗杰说既然梁亚已提前报规，又有“9070”政策，也不好更改。收回大成集团的地块，会重新拍卖，可以设置条件，让海都公司获得。

郭枫啸说地块很好，只是这么做有些不妥。罗杰说只要海都按公司目前市场价拿地，就比大成集团地价高很多，政府获利了，就没什么不妥。

罗杰考虑的是政府方面，郭枫啸考虑的是由此肯定得罪黄兆安。但既然罗杰说了，他也不好不识抬举，就拍了下来。

2006年年底，临海公开拍卖的商品房用地中，有两块在“海之林”旁边，紧挨防护林。

开发防护林周边，市里很多领导并不同意。罗杰力排众议，说服了市长、书记，以及众多专家，对这一区域进行保护性开发。

罗杰是下一任市长的热门人选，这是他在副市长任上的又一大举措。如果推动顺利，他成为市长的胜算就更大。事关至此，海都公司自然是积极参与。

为了保障临海本地开发商的利益，罗杰还做了工作，在政府内部达成协议：不接受外地开发商参与。

两块土地环境好，离市区近，倍受媒体关注，都在猜测谁有可能是最终的赢家，猜来猜去，海都公司与大成集团成为最终的焦点。

本来，按许柯的想法，根本无需做这些工作，通过其他渠道做工作更管用。之前，拿“海都中心”地块时，有几家房企感兴趣，许柯直接找几个小弟待在国土局，干扰报名，即使有报上名的，也做通国土局内部人员工作，给一个假账号，保证金打不进来，几次折腾后，就错过了报名时间。就算投诉，一句“写错一个数字”就交待过去了。最后，有能闯入交易现场的，只要一举牌，就会有人在背后拿针扎一下，背后还给贴一条“下次用刀”，扎完就跑。举牌的不服气，再举，会有另外一人真的拿刀不轻不重地来一下。

可这次，郭枫啸说还是按正常途径来。

缴纳竞拍保证金的房地产公司，除了大成集团，都表示会考虑海都公司的利益，到场只是做做样子，“陪标”。郭枫啸想两块地全部拿下。

当天，到拍卖时间时，缴纳保证金的房地产企业只有海都公司未到。拍卖师刚准备宣布拍卖开始，国土局现场负责人匆匆走上台，在拍卖师耳边低语几句，拍卖师退下，这位负责人宣布拍卖会延迟举行。

会场一片议论声，也夹杂着抗议。

负责人解释：海都公司已经缴纳了保证金，在来参加拍卖的路上发生了点小事情，马上就到。

半个小时后，海都仍未到场。现场的负责人再次上台，宣布拍卖会取消，改到3天后。媒体首先不答应，非要个合理解释不可。参与拍卖的企业，也有的随声附和，要求解释。

那位负责人拒绝任何解释，只说有突发事件发生，影响了拍卖的正常进行。

第二天，临海市所有媒体都报道了一场车祸，图文并茂。

两幅照片，一张是头缠绷带，躺在医院里的许柯。一张是一辆停在路边，撞坏的轿车。

许柯代表海都公司参加拍卖，遇修路，车道变窄，减速并道时，后车刹车未及，撞上了许柯的车。他下来看了看，撞得不重，急着参加拍卖，就没等处理，继续上路。

越着急，前面越是有辆车不紧不慢，许柯变道，它也变道，几次之后，许柯指挥司机打左闪，按喇叭，从左拐道强行超车。结果，后面有辆车飞快驶来，结结实实地撞在一起。

接受采访时，许柯对前面车的故意压车，描述得绘声绘色。不由让人不怀疑，是某家想拿地的同行，故意制造了车祸。

许柯对媒体说，海都公司已报案，司法机关已介入调查。

3天后，拍卖会重新举办，许柯拄着拐杖，头缠绷带，在两名助手陪同下，来到现场。一露面，就被媒体包围。

许柯只说了一句："无论发生什么事情，我们都不会放弃目标！"

雄壮的语气，是演给媒体看的。

结果海都公司与大成集团血拼一场，各得一块。事后郭枫啸从大成集团手中买回那块地，送了大成集团一个人情，黄兆安答应以后若有需要，绝对会助一臂之力。

黄兆安感谢郭枫啸的同时，解释说车祸真的与大成集团无关。郭枫啸笑言无所谓。车祸，是他安排张守强制造的。

十一　祸不单行

1

2006 年年底，“海之林”工地上，两个工人爬在楼顶，说如果不给工钱，就跳楼。

施工是包给张守强的，他现在虽然也做开发，但建筑公司还保留着。只不过，他将工程转包给更小的施工队伍。

郭枫啸记得，工钱是已经付了的，他签的字。现在政府对拖欠农民工工资很重视。他打张守强电话，不通。

到了工地上，看到楼下已经围了很多人。有要钱的，有看热闹的。还有起哄的，说有胆就跳，都等这么长时间了。要是熊蛋，就赶紧下来，别让我们瞎等。

郭枫啸脑子中突然显现出琪琪当年在楼上的场景。他愤怒了，指挥保安赶走围观的人，边让人报警，边跑到正在指挥对话的工头面前。工头刚想打招呼，他上去就是一拳，结结实实打在工头下巴上，工头应声而倒，他上去又是两脚。

工头大喊：“郭总，你干什么？”

“工钱一分不少给了你，为什么不发给工人？”

工头喊冤枉，说没收到钱。郭枫啸拽起他：“没收到钱？”

工头捂着嘴，揉着腿，说："我这个时候还敢说谎？"

建筑合同是与张守强的公司签的，钱也是付给他的。郭枫啸再打张守强电话，通了。

张守强说正派人往这儿赶着。

郭枫啸说："别派人了，你亲自过来，必须到。"

"哥，我在外地呢。那工程款，确实没付，去的人就带着钱呢。"

郭枫啸大骂："你连农民都欺负，我都敢骗，真他妈的王八蛋！"说完，不听解释，挂断电话，跟工头交待了几句，就离开了。

临海的媒体，一大早几乎都被这件事吸引过来了。"清理民欠"是政府正在大力做的一件事，很多媒体正苦于找不到典型，"海之林"自己撞枪口上了。

郭枫啸还没回去，就接到许柯电话，说几个媒体给他打电话了，已经写好了对这件事的采访稿。他还说，这几个媒体要么想要点"灭火费"，要么要点广告。郭枫啸问多少钱？许柯说没具体算过，现在找过来的几家媒体，有省级和市级的，甚至还有两个国家级的，再加上几个网络，估计没有 100 万元灭不了。

郭枫啸问，能不能想办法别发稿子。

许柯说，报纸好说一些，一来是有长期合作，二来是也不过就那么几家。难办的是电视台和网络，频道太多、栏目太多，如果灭火只能找台领导，市电视台也好说，省级的就不认识了。网络更多，再加上转发什么的，不好控制。

郭枫啸说，你先找找钟峻，一部分先通过关系撤稿子，给点红包。一部分就投点广告，看能不能给压下来，剩下的，我再想办法。

郭枫啸打了几个电话，在等消息。许柯又打电话，说几家媒体的记者已经赶到公司办公楼，要求采访。

郭枫啸正在气头上，说："照实说，就说我们早就把钱付给了施工方。欠钱的事与我们没有关系，是施工方的事。我们已经协助施工方将工钱发了。”

许柯说：“如果按这个报道，建委会责令施工方退出临海，守强以后就没法干了。”

郭枫啸说：“他现在是开发商了，是大老板了，早就不想干施工了。他惹的事，让他处理。”

“也许他有难言之隐呢。”

“和我还有什么难言的？还有什么可隐的？”

许柯没再说话，过了一会儿说：“那我不提欠工钱的事，大事化小，编一个个人债务的故事。给那个工人点钱，让他也按这个故事说。再让钟峻在媒体上进行技术处理，不说工地名称和公司名称。”

郭枫啸说：“你看着处理吧。我再等等那几个电话。”

2

半个月后，有网站将报道‘海之林’工地农民工跳楼的帖子置顶了。内容严重歪曲事实，夸大了冲突。然后又被外地几个媒体转载，惊动了省里，责令市里严肃处理。市里召集媒体，要通报这件事，也通知了海都公司，许柯参加了。

郭枫啸大怒，他后来找过张守强，张守强只是一个劲道歉，说下不为例。没闹出什么大事，张守强认错态度又好，郭枫啸也就没再说什么。

可现在，他不好意思再找那些关系。打张守强电话，又说他在外地。郭枫啸不相信那么巧，一出事，就在外地。他说：“不管你在中国还是在外国，今天必须赶回来。”

下午，张守强打电话说：“哥，别逼我。我是‘黄连炖苦肚——苦’啊。我真的回不去。”

郭枫啸说：“咱们兄弟谁都不缺那点钱。就算缺，也不能扣农民工的钱啊？你有什么困难，资金周转不开，跟我说。”

“真不缺钱，我做梦都没想到这辈子能赚这么多钱。”

“那你缺的就是心眼了。现在政府正在找拖欠农民工工资的典型。我付了建筑款，你却不把钱付给农民工。”

“所有的责任都是我的。”

“别谈责任。你的我的，现在分得清吗？我们俩有必要分清吗？我担心你缺钱。”

“缺什么钱？我还想再拿几块地呢。”

“你不缺钱，又不黑心，就不应该拖欠，所以我才担心，担心你拿钱去吃喝嫖赌，担心你真有什么难言之隐。”

“真没事。放心吧！回去请你喝酒，向你谢罪。这事，所有的责任都在我。”

“要是你担了，就别想再在临海接工程了，还是算我的吧。”

“没事，我摆得平，不会将我逐出的。就算不做建筑，也没关系，只做开发就是。”

虽说张守强说把责任全揽了，可郭枫啸还是找龙叔、许柯，以及公司其他几个高管，一起讨论怎么形成统一说辞答复市里和媒体。

许柯说：“想要广告的好说，录好音，中午请他们吃个饭。典型敲诈，一告一个准，看他们还敢报！打着新闻旗号重事实的，不是想找新闻点吗？把想跳楼的工人找到，按编好的故事一说，不就平息了吗？没有新闻点，没有关注，媒体也不能总盯着不放吧？”

郭枫啸说：“如果他们说得冠冕堂皇，不提广告费的事，中午也不吃饭怎么办？还有，那农民工已经回家了，万一找其他工人一了解，不就穿帮了？”

许柯说：“还有什么好办法能摆平吗？要不，找几个弟兄打电话挨个媒体威胁一下？或者郭总再找找罗市长？”

龙叔呵斥许柯：“馊主意！威胁媒体？还挨个威胁？枫啸要能找罗市长，还等到现在？”

郭枫啸说："把钟峻叫来吧。"

3

钟峻一进会议室，说先讲一个故事。

某高官到美国访问，飞机刚在纽约降落，就有记者前来采访："请问××先生，您对纽约禁止'三陪小姐'的问题怎么看？"

高官很幽默："纽约有'三陪小姐'吗？"

第二天，报纸头条：《高官飞抵纽约，开口便问当地有无'三陪小姐'？》。

高官很生气。前一天的记者拿这张报纸又问高官："请问××先生，您对纽约禁止'三陪小姐'到底有何看法？"

高官大喊："不感兴趣！"

之后，报纸头条：《高官夜间娱乐要求高，纽约"三陪小姐"遇冷！》。

高官还没看到呢，那个记者拿着新报纸又来了，还是那个问题。

高官愤怒了，让人把记者赶了出去。

这一回，报纸头条变成了《高官一怒为"三陪小姐"》。

当那个记者再次拿着报纸，来到高官面前问相同问题时。高官只好沉默以对。

报纸仍然有头条：《面对"三陪小姐"问题，高官无言以对》。

这次没等记者来，高官抢先召集各家媒体，宣布要将这个记者和这家媒体告到法庭。

出乎高官的意料，各家媒体争相报道：《法庭将审理高官与"三陪小姐"案》。

高官再次召集各家媒体，说："你们这是要逼死我啊！"

媒体的标题又变成了：《要为"三陪小姐"而殉情：高官这一生》。

听完故事，大家都边笑边骂媒体的狡猾。

钟峻说："这就是媒体，这就是现在的标题党！语不惊人死不休，不是他死，是让你死！媒体关注的焦点，不在于事实本身，而在于冲突。就像一个剧本，有正反双方，双方实力越悬殊，冲突便越大，故事性就越强，由此带来的注意力就越高。这就是他们的目的！按惯常操作手法，在媒体的剧本设计中，正方是弱势群体，是普通老百姓；反方是强势群体，也就是既得利益者，是非富即贵者。我们这次的事情，太贴合剧本的要求了。他们已养成这样的思维习惯，开发商就是奸商，农民工就是受害者，所以他们已经忘了剧本是虚构的，以为自己真的是在主持正义。对这样的自以为主持正义的媒体，你怎么拿钱去摆平他？"

郭枫啸说："以你对媒体的操作经验，跟他们摆事实、讲道理，是行不通的。那该如何处理？"

钟峻说："这次的火，很难灭。剧本太好，媒体太多，不好处理。"

龙叔说："那就没办法了？"

钟峻问："如果对报道置之不理，影响有多大？"

郭枫啸说："省里主要看市里的处理，市里不会拿我们怎么样。就算追究，主要责任是在施工方。"

龙叔说："守强是枫啸多年的好兄弟，最好还是能处理了。"

钟峻说："那就赶紧制造一个热点，等下一个热点来到，之前的就没人关注，就烟消云散了。"

龙叔说："热点好办，让守强制造一个，这事本就是他惹的。"

4

热点自己上门了。

网上出现几张"艳照"，男人貌似罗杰，躺在床上，抱着一个女人，姿势各异。两人都是全身赤裸，但男人脸部有特写，女人却面部模糊。

网上的猜测引来了"人肉搜索"，不同角度的对照，越来越证实男主就是罗杰。

后来，网络舆论重点又从“情色”转向挖掘罗杰背后的权钱交易。

先是列举罗杰秘书的多项贪腐。罗杰在基层工作时，市里一个即将退休的老领导对他颇为赏识。他做区长时，这位已退休的老领导带着刚通过公务员考试的儿子找到他，让他给安排一下。他做副市长时，老领导的儿子给他做秘书，开始他就对秘书约法三章：不许贪钱、不许玩女人、不许打着他的旗号谋私利。

从网上揭出的结果看，他秘书打着他的旗号给开发商、建筑商办事收钱，有时甚至连罗杰的旗号都不用，直接就大包大揽，给各个局打电话。至于女人，他更是大方，经常一掷十几万元为他喜欢的女孩过生日，还送房送车。所有开销都是背后各房企埋单。

罗杰不相信网上说的事都是秘书干的，可当老领导来到面前，父子二人痛哭流涕时，他知道，即使有夸大，也没多大出入。

罗杰秘书贪腐事实基本清楚后，网上马上又出来关于罗杰的资料，矛头指向海都公司。罗杰在区里大面积改造，借助的是海都公司。罗杰在西郊改造时，第一块大面积出让的土地，全部给了海都公司，身为政府城市规划建设顾问的郭厚平，肯定提前知道了政府规划，所以才提前低价介入，目的就是土地升值后套现，并非为了开发，后期郭枫啸化整为零，将土地一块块高价出售也证实了这点。而且，拿地时银行的信用贷款，也是罗杰帮的忙。

还有，大成集团两年未开发的土地，政府收回后被罗杰内定给海都公司。海都公司拖欠农民工工资，媒体曝光后，罗杰指示秘书出面“灭火”。

海都公司在防护林周边拍下的两块地，其实刚开始市委书记与市长并不同意开发那个区域，罗杰之所以力排众议，就是为了让海都公司能拿到形成区域垄断……

文中很多与事实不符之处，比如政府的房地产发展顾问团成员，郭厚平只是其中一个，而且这也是在海都公司开发西郊地块之后。又如，大成集团被收回的土地，海都公司是通过正常“招拍挂”高价拿到的，并非内定。而海都公司欠农民工工资的报道，罗杰起初并不知情，是郭枫啸直接找他秘书办的。

同样的“网络暴力”环境，无论罗杰，还是海都公司都无法澄清，澄清只能陷入“越描越黑”的境地。郭枫啸想起钟峻说的“媒体关注的不是事实，而是冲突”的话，也就不再试图解释。但事体重大，如何放得下？

事实上，他想放下也不行，政府“接”他协助调查了近十天，就连远在老家的郭厚平，也接受了调查。

协助调查出来当天，孟依凡给他一个圆筒形包裹，里面是他曾经送给韦本昌的画，韦本昌退回来了。郭枫啸苦笑着摇摇头。

孟依凡又给了他一个新手机，号码也是新的，说：“游弋到广告公司找过我，让你一回来就用这个电话给他打电话。”

“海之林”项目开发时，罗杰曾对郭枫啸说：“房地产未来的发展，很大的问题都来自于金融，同时机遇也来自于金融。海都公司的发展一定要与金融相结合。”

随后，罗杰介绍郭枫啸与游弋相识。认识游弋后，“海之林”主楼用途有餐饮、住宿和办公，与临海商业银行签订了租约。整体规划及内部构造、装修，都按商业银行的要求进行了调整，建成后直接成了临海商业银行总部。

但郭枫啸与游弋只是几次公开场合见过，从未有私下交往。非常时刻，此时找他，必是是非人，必是与罗杰有关。

孟依凡给了他一个地址，说无论他到不到，明天下午六点游弋都会派人在那里等十分钟。

第二天，游弋亲自到约定的地方接郭枫啸。游弋随口问他调查的事情怎么样了，他说了句“还好”就不再作声了。

然后就是无关痛痒的谈话。既然不把话挑明，他也就装糊涂。

游弋带着他转了三个地方，有商场、有办公楼，都是从地下停车场换的车。郭枫啸也不问。车最后驶出市区，向东北部山区开去，停在半山一栋别墅车库。游弋说这是他家，但很少来，没几个人知道。

郭枫啸惊讶的是，大厅里站着的，竟然是罗杰。三人一坐下，就直接谈到举报事件。

游弋分析，“海之林”发生农民工跳楼讨薪的事件，是背后有人操作，事情都过去了，怎么会有那么完整、逻辑那么严谨的稿子？这根本不可能出自农民工之手。目标很明显，就是指向海都公司。它与后来的举报、“艳照”都是同一个人策划，都是指向海都公司，罗杰只是一个工具。这个幕后策划者，绝对是个高手。他知道第一罗杰后面是有靠山的，第二扳倒政府官员是要有证据的。但是，说企业就可以捕风捉影，混淆视听。而网上的举报信并不注重证据，故意真假混杂，就是想告诉局中人，写举报信的人对很多事实并不清楚，给局中人造成并非知情人举报的错觉。同时，借举报罗杰来打击海都公司，也是在转移视线，不想让人从海都公司这条线上去想背后的操纵者。

这件事情的目的，是让海都公司垮台。

举报的事，郭枫啸也分析过，他始终认为海都公司是一个工具，举报者真正的目的是罗杰。而且在接受调查时，询问他的都是与罗杰的往来，也证实了这一点。

郭枫啸说了他的想法，也说政府查了海都公司的财务，并没找到与罗市长的关联。至于网上说的事情，也都交待清楚了，没有什么把柄。

其实，郭厚平当年与罗杰是否有经济上的往来、通过什么渠道走账，郭枫啸从未问过，也丝毫不知情。

罗杰说：“市委领导找我谈话了。网络上的‘艳照’能证明是在我酒醉情况下‘摆拍’的，我与那个女人也没有权色方面的交易，算是作风问题吧，谈话回来后，我思考了20多年的经历。在基层时，我痛恨贪污受贿，把工作放在第一位。在区里时，我也能奉公守法，严于律已。可到了市里，就放松对自己的要求了，真是悔不当初啊！我想明白了，准备向组织坦白经济上的问题，把受贿的钱、物主动上交，争取从轻处罚。”

最后，罗杰说此事结束后，要冷处理，找出幕后人，但不要操之过急。三人也不可来往频繁，郭枫啸找一个人负责联络及执行三人的其他计划。

郭枫啸想让孟依凡充当联络人，说出后又说不妥，他不想她卷入其中。游弋与罗杰也说不要牵涉她。

说回到究竟谁在幕后策划，郭枫啸猜测可能是大成集团。罗杰否认了，他觉得海都公司与大成集团的关系是很普通、很正常的竞争关系，而且郭枫啸处理得也非常恰当，黄兆安重义气，不可能仇恨海都公司。他说，很可能是朋友做的。

三个月后，罗杰被判五年有期徒刑。

十二 大佬谢幕

1

海都公司所有的项目都暂停销售，接受调查。从大成集团那里拍卖下的地块，也让大成集团补交土地款后，退回给大成集团。

与大成集团苦争而拍下的两块地，因为是罗杰力主推出，市长、市委书记都说当时的决定不妥，也暂缓办理各项手续，迫使海都公司退回，准备择日再重新拍卖。而实际上，这两块地一直搁置，没有开发商愿意出手，直到六年后鸿安公司出手拿下。

行业内都认为如果这两块地早开发，周边区域价值会更大。

海都公司陷入困境。郭枫啸放话已有退意，不想再做地产了。

张守强听说郭枫啸天天关着门喝闷酒，想见面聊聊天，可约了几次都不成。这次，他在郭枫啸办公室门口守了三天，终于见到了。

郭枫啸已很少到办公室，这次其实也是听孟依凡说了张守强天天来之后，特意过来的。

郭枫啸似乎还在酒中未醒，看到张守强，没说话，也没打招呼，任何表示都没有。张守强跟在他后面进了办公室。

张守强先是为拖欠工程款的事情道歉，郭枫啸不说话，他就连说了好几遍。

郭枫啸说："这么大老板，这么婆婆妈妈，事都过去了，你还没完了。"

"枫啸，你要是骂我，我心里还好受。可你不骂我。"

"你贱啊。"

"你是我恩人，我当然放不下了。那事，我没告诉你实情。"

还有实情？

张守强说："那笔工程款，你签完字之后，我一领出来就被龙叔借走了，我根本没拿到钱。我本想先自己拿钱给工人发下去，可总想再等一等，这一等，就出事了。"

郭枫啸大惊："2 000 多万元，全借走了？"看到张守强点头，他又问："还了吗？"

"还差不到 500 万元。"

"知道他借钱做什么吗？"

"他儿子好赌，都折腾进去了。"

张守强之前几次说不在临海，是真的不在，他在香港。他以龙叔小弟的名义，去了几家赵彦雄借债的地方，问了一些情况。其实了解实情并不难，拿点钱说是替赵彦雄还债就行。

过程中他发现，赵彦雄曾经拿一个假玉佛挂件还过债。那挂件，与琪琪生前佩戴的一模一样。

"抵了多少钱？"郭枫啸压抑住情绪问。

"听说他要抵三四百万元，结果对方一鉴定，说是玻璃的，揍了他一顿。"

张守强找到那家钱庄时，发现了"暴头"。虽然近 20 年了，"暴头"已老了很多，但张守强还是一眼就认出来了。他在认人方面，有着过人的天分。

这一发现，让张守强又多转悠了两天，他打探到钱庄是梁亚岳父的产业，而梁亚的岳父，就是"暴头"的弟弟。"暴头"当年一离开临海市，就投奔了香港的弟弟。

“什么？”郭枫啸大吃一惊，站了起来。一会儿，他一屁股坐下，把身子靠在办公椅靠背上，闭上眼睛，泪水流了下来。张守强一声不吭。良久，郭枫啸睁开眼睛，擦掉眼泪。盯着张守强。

“枫啸，怎么做，你直接吩咐。”

“现在什么都不要做，再等等。”

“嗯？”

“快8年了，不在乎再多等几天。谢谢你！这事，跟任何人都不要说。”

“放心吧！就算是跟你，我也是掌握了确切的消息才说的。”

郭枫啸没说话，张守强又说：“罗市长被免职后，我听说韦本昌要接任。现在很多开发商老板都往他那儿跑，我也约了他，你要不要一起？”

郭枫啸说：“算了吧。他们与韦本昌，就像“白骨精与猪八戒调情——一个想吃肉，一个想占便宜”，各打各的算盘。地产这个行当，我不想做了。真是杀人啊！”

“你要不想做，我也不做了，你做什么，我跟着你。”

郭枫啸苦笑着摇摇头：“你要做，还要做好。今天不说这个了，改天再好好聊。”

看到郭枫啸情绪不是太高，张守强就起身要告辞。刚站起来，他又说：“还有啊，我让工头找到想跳楼的民工了，确实是有人给他钱，让他跳的，还给了他几个媒体的热线，让他跳楼前打一遍电话。至于是谁，他说那人包得很严实，又是晚上，一点印象都没有。”

郭枫啸点了点头，张守强走后，他从抽屉里拿出琪琪的照片，放在桌子上，然后打开酒柜，取出一瓶“口子窖”酒。

水乃酒之血，好水出好酒。只有这“口子窖”例外，水苦，酿的酒却是甜的。

“琪琪，琪琪……”郭枫啸抹了一把眼泪，说：“今天，咱俩喝一杯！”

郭枫啸倒了两杯酒，一杯放在琪琪的照片前，端起另一杯，一饮而尽，泪如雨下。

突然，郭枫啸拿起酒瓶，仰脖而饮，眼泪流到嘴角，又混着酒水，顺着脖子，一直往下流……

瓶子竖了起来，郭枫啸晃了几晃，直到没有一滴酒了，他才放下瓶子，摇摇晃晃走到沙发旁，一头栽倒，泪水还没干，就睡着了。

一会儿，孟依凡敲门进来……

2

郭枫啸再次与张守强谈起罗杰的问题。张守强说，社会上都传说肯定是因为罗杰想做市长，挡了别人的路，所以才被“黑”。

郭枫啸说，如果是这样的话，那就简单了，谁做了市长，或者说除了罗杰谁最可能做市长，那谁就是幕后黑手。

张守强说，对，所以事情没这么简单。

郭枫啸没说游弋分析罗杰事件是针对海都公司，而且极有可能是朋友“黑”的。他说：“你知道，我爸爸与罗市长关系很好，你能不能帮我找到照片中的女人？”

张守强答应了。

罗杰一直很小心，包括与女人交往。照片中的女人，虽然面目模糊，但她是罗杰妻子出国后唯一交往的女人。罗杰知道她是谁，闭着眼睛都能感受到她的气息。那是一次去外地出差，在火车餐厅认识的，他与秘书在吃饭时，这个女人也来了，当时没有空位，她礼貌地问了一下就坐在罗杰对面，他秘书的旁边。

巧的是，回程的火车上，又遇到了她。一回生，两回熟，就聊了起来，她说她叫林丽，是个校外培训机构的舞蹈老师。到站后，罗杰没让司机来接，而是打车回的，顺路也把她送了回去。两人交往过程中，罗杰没告诉她自己的身份。

网上照片出来后，罗杰才知道，一切都是计划好了的。果然，再找她，电话停机，人也失踪了。

一个月后，张守强在北京找到了“林丽”，真名叫李莉，平面模特，“北漂”一族，之前没去过临海，不认识罗杰，也不知道罗杰的身份。有人在北京找到她，给了她钱，安排她接近罗杰，拍下视频。视频交出后，她就去几个地方玩了玩，然后回到北京。她隐约听说她那个视频在网上关注度很高，也听说罗杰是副市长，但她从未在网上搜索过相关信息。

张守强对她说：“罗市长的妻子是大学教师，后来在国外留学，没再回来。一直没办理离婚是考虑他的仕途，离婚是早晚的事，罗市长很喜欢你。他从小职员一步步做起来，很踏实，又懂经济，本应有一番作为的。可惜了，都是欲望，是欲望害了他啊！”

李莉顿了顿，说：“我能感觉到他喜欢我，所有的，我都能感觉到。可是，这么多年了，我不相信任何人。我只要钱。只有钱，才是最安全的。我只相信钱。”

当张守强表示可以给她一笔钱，让她说出是谁指使她的时候，她说：“我真的不知道。就算知道，我也不会说。我相信钱，但也不能坏了规矩。”

张守强留了电话，可从未接到她的电话，打她的电话也已停机。她很聪明，知道张守强能找到她，给她钱的人自然也能找到。

3

子曰：“人之过也，各于其党。”其实，不只是“过”与背后代表的利益有关，就算是“功”，也同样与背后的利益有关。

举报罗杰如果是针对海都公司，幕后人又是朋友，那么郭枫啸几乎敢肯定就是龙叔，或者梁亚。

梁亚知道玉佛在龙叔儿子手里，自然就能想到绑架琪琪一事与他有关，以此要挟龙叔，不怕龙叔不就范。

而梁亚之所以要这么做，是因为他的叔岳是“暴头”。

郭枫啸理清了其中的逻辑思路，找到了父亲当年分散在四个地方做房地产的四个弟兄，把他们请回老家。

当着几个老叔的面，郭枫啸把一切都告诉了父亲，问父亲如何处理龙叔。这件事，必须父亲出面，而且必须是几个老弟兄的共同意见。

几个老兄弟，有骂龙叔的，说不能轻易放过他；也有建议网开一面的，毕竟是几十年的兄弟了，又是一起在战场上交过命的。而且，琪琪的事情，也过去多年了。

最后，大家共同的意见，是听郭厚平的。

郭厚平在大家发表意见时，始终沉默。大家说完，他才说，30 多年的交情，他很了解龙叔。复员后，来临海之前，龙叔的生活不好，心里烦，儿子小又调皮，他的脾气也不好，儿子一不听话，他就暴打。来临海之后，儿子不愿意跟他来，所以他妻子也就没跟来，都一直生活在老家。妈妈越溺爱儿子，儿子就越发缺失管教。

中学几年，就是打架、斗殴、泡妞、赌博……

高中毕业后，儿子没上大学，龙叔将他接到临海，想让他好好做份工作。谁知，到了大城市，他所有的坏本事都变本加厉。龙叔不会跟他讲什么道理，不听话就打。打来打去的，也起不到什么作用。

后来，龙叔把他送到了国外。这之后，郭厚平就很少见到他了，问过龙叔几次，龙叔都说在国外还好。

说完之后，郭厚平说，龙叔有很多缺点，他不是不知道。龙叔贪财，有自己的打算，养一帮小兄弟。龙叔还好色，身边的女人像走马灯。但龙叔也为公司的发展立下大功，没有龙叔，就没有世都公司的今天，没有海都公司的今天。

讲完龙叔，郭厚平说：“公司做这么大，六个人都有份。现在，你们四个，都有了自己的一片天。只有阿龙，一直跟着我。我要对得起他。”

大家都沉默。

郭厚平说：“我们都老了，该退出了。”

4

郭厚平来到临海，六个老兄弟又聚在一起。

喝酒，划拳，彼此开着玩笑。就像十多年前一样，似乎一直都没有分开。

郭厚平因为身体不太好，基本上没大喝，每次端杯，都是在鼻子下嗅嗅，然后再放下。他一直笑眯眯地在旁边看着。

喝得差不多了，龙叔端起杯子："平哥，我知道今天几个兄弟聚在一起什么意思，有话就直说，我赵金龙不是怂包，虽然老了，还是敢做敢当。"他已听六兄弟中的一个说了此次几人来临海的原因了。

郭厚平仍然笑眯眯："今天是我们哥几个相聚的日子，没别的事，喝酒、高兴！有事，也是明天的事。今天，就算天塌下来，也要喝酒。"

龙叔一直对郭厚平很怕。他见过郭厚平在战场上的冷酷，也见过郭厚平做货运抢地盘时的凶猛。正是因为这种怕，他才一直在郭厚平面前压抑着自己的野心与贪婪。

第二天，中午，依然喝酒。

郭厚平说："阿龙，阿雄最近怎么样？"

龙叔叹了口气，说："我给大家讲个笑话。阿雄去美国前，有一次，在外面欠了赌债，要债的上了门，我给完钱，关上门就骂他：'我怎么生了你这么个孽种？'你们知道那小子说什么？他竟然冲着我吼道：'你想生我？还不是图舒服？'我当时气得说不出话，从此不再管他。最后，找了个机会把他送到了国外。"

大家都没笑。

龙叔又接着说："在美国他也没做什么，还是花天酒地混日子。后来，我又把他弄到香港，这个，你们都不知道，我一直说他在美国。在香港，他还是戒不了赌博，我就给他找了份工作，断了他的资金来源，没想到，他拿着我的名义借高利贷，再去赌博。当一拨拨人找过来要钱时，我才发现，家底已经让儿子给败光了。”

顿了一下，龙叔又喊道：“我缺钱啊！”

说完，龙叔闭上眼睛，眼泪流了出来。

郭厚平说：“自卫反击战那会儿，我们是侦察兵，在死人堆里滚过那么多回，你都没哭。当年，我们两个人面对‘暴头’几十口子人，身上挨了四五刀，你也没哭。怎么老了，眼泪倒多了？”

龙叔的眼泪仍然止不住。

郭厚平说：“有一次，我当你阵亡了，摸黑把你背回来，背了大半夜，你突然跟我说话，把我给吓了个半死。还有一次，咱俩执行侦察任务时，遇到了越南兵，你掩护我回驻地，自己跑另一条路把他们引开，我还以为再见不到你了，没想到，你命大，安然无恙。”

龙叔抹了一把眼泪，说：“平哥，别说了。我对不起您，对不起诸位老兄弟。我做的，我来担。您说咋办就咋办。”

郭厚平拍拍他的肩：“咋办？30多年了，换命的交情，能让钱给冲淡了？钱是什么？都是我们兄弟一刀一枪，拿命换来的。你需要多少钱？”

龙叔愣住了：“多少钱？我也不清楚那个孽种到底欠了多少，总得有三四千万元吧？”

郭厚平说：“世都货运公司，咱们这些老家伙都有份儿，他们这几年做地产也赚了不少钱，今天就当场做决定，世都货运公司卖掉，卖多少钱，全部送给你。海都公司这边，你的股份，我5 000万元收回。咱们这些老家伙呢，都退出，不再过问江湖事。”

龙叔惊讶了好大一会儿，才说：“平哥，这，这怎么行？”

“有什么不行的？都是孩子的事，又不是你的错。”

“枫啸呢？他同意你这样做？”

“公司是我们几把老骨头打下来的，他能有什么意见？就是琪琪的事情，他心里还有点芥蒂。既往不咎，过去的，就过去吧。我跟他说。”

其他四个兄弟也表示，回去处理一下各自的业务，也该退休养老了。六个人在一起，游山玩水，喝遍天下的美酒。

郭枫啸没有反对父亲对龙叔的处理意见。他只是问琪琪的事情，还有关于罗杰的举报，龙叔知道多少。

郭厚平说："我问过阿龙，琪琪戴的玉佛，确实曾在阿雄手里，但阿雄是从别人手里买的。至于罗市长的事情，他丝毫不知。"

郭枫啸说："我不想再见到龙叔和他儿子。"

许柯要辞职，但郭枫啸去狱中探望罗杰后，听从罗杰的建议挽留了他。罗杰说，康熙擒鳌拜，圈而不杀，是为了稳固民心。

海都公司之前之所以让龙叔掌控，根本原因是郭枫啸资历太浅，无人信服。现在龙叔离开，肯定会影响整个管理层，或心不在焉终日昏昏，或伺机退出以求更好的平台。留下许柯，不但可以团结更多人，而且可以树郭枫啸之威。

郭枫啸本想将业务分开，投资业务归自己，开发业务归妹妹。让他没想到的是，姚雨虹放弃了在海都公司的股权，全部送给了哥哥。海都公司面临的现状不太好，郭枫啸也就没多说，接下了。现在，海都公司100%成了郭枫啸的。

5

做"碧波湾"项目时，有一次姚雨虹接到许柯的电话，说在"中天大厦"楼下，一起去"碧波湾"。姚雨虹上了车发现竟然是许柯亲自开车。

许柯解释说刚买了辆新车，喜欢开，以后就不用专职司机了，还开玩笑说，也算给郭总省点开销。

在一个路口等待红灯时，姚雨虹看到人行道上一对老夫妻，老太太拄着拐棍，手脚很不协调地一步步往前挪着，老头子在旁边小心搀扶，神情非常专注。那一刻，周边突然异常安静，车水马龙的喧嚣仿佛是来自遥远的地方。她的眼中只有那一对蹒跚前行的老年人。

他们也许有过苦有过累，有过争吵有过分歧，可这一刻，他们是最甜蜜的。时光让他们一起互相注视着对方慢慢变老，一起走完最后的人生之路。普通的人，永恒的感情。

姚雨虹的眼泪快要出来了，她想到了母亲，孤独地走完了人生最后的路，如果能有父亲在身边，不至于这么早离世吧？她想到了自己，如此辛劳，何必呢？心中的疲惫与这个患病的女人一样，也需要一个男人在旁边搀扶着，可是有谁呢？二三十年后，又会有谁在自己身旁，相伴她面对人生的一切呢？廖聿修？她摇摇头。

姚雨虹突然觉得如果是这样，那么现在的所有拼搏就都失去了意义。

许柯也看到了过马路的老两口，他说："真正的爱情，是执手白头，而不是年轻时的柔情蜜意。"说完后，叹了口气，笑了笑说："我连柔情蜜意都没有，还想执手白头呢。愿姚总与廖总能'执子之手，与子偕老'！"

姚雨虹听到许柯的话，还没从自己的思绪中完全出来，摇摇头，说："廖聿修？不可能。"说完后才清醒过来，看到许柯有点惊诧地看着她，忙说："你刚才说什么？我在想别的事情。"

绿灯亮了，许柯说："没什么。"一踩油门，两人一路上没再怎么说话。

许柯从姚雨虹的反常中，猜到她与廖聿修的感情可能有了问题。

郭厚平在临海，许柯说出了他找到的事实。廖聿修本名李喜刚，父亲是当年世都货运公司车祸时的大老李。

廖聿修的身份证是真的，只不过，真正的廖聿修已经去世了，是个大学毕业生。李喜刚到临海打工时，找办假证的办身份证和毕业证，办证的就从已经去世的还没来得及销户口的人家手里，买"真"身份证。

姚雨虹邀请廖聿修一起见郭厚平。

郭厚平拿出几张旧照片，都是几个老战友的合影，有穿军装时的，有做货运时的，几张照片，张张都有大老李。看着照片，廖聿修眼泪夺眶而出。

郭厚平忍住泪水，说：“大老李是后来加入世都货运公司的，车开得好，夫妻搭档，跑起货来拼命。我与阿龙知道他需要钱，所以赚钱多的线路，都是他跑。没活的时候，他也帮别的公司跑货，出车祸那次，他就是帮‘暴头’在跑。”

郭枫啸这是第一次知道，那次车祸，运的竟然是与世都货运公司水火不相容的“暴头”的货！他看廖聿修的神情，看得出他早已知道此事。

廖聿修静默了一会儿，说：“大老李是我爸。那时我在乡下跟婶子生活，叔叔也在外面打工。爸常往家寄钱，婶子并没在我身上用多少，还天天指桑骂槐，不给好脸色。”

爸爸妈妈去世后，有人送来一笔钱，他回家时，婶子嫌钱少，正与来人撒泼争吵。见他回来，拉过衣衫褴褛的他，一把鼻涕一把泪地诉说生活的不易。

来人又拿出一沓钱，说：“刚才的钱，是我大哥的意思，这是我个人的心意。另外，老李的公司应该也会有补偿。”

他婶子问：“他公司？你们不是他公司的？”

那人说：“老李与我大哥是朋友，平常没少帮我大哥忙。”临走时，他对李喜刚说：“以后去临海的话，就找‘暴头’。”

过了一个多月，外公来接他，他婶子说没人再来送过钱。

郭厚平说：“我让人送钱了。”

“后来我叔叔说，当时这笔钱被我婶子私自留下了。我来临海后，才知道，‘暴头’到香港了，他的人被世都货运公司收编了。”

“找不到‘暴头’，为什么不来找我？”

廖聿修苦笑了一下，说：“我不想我们父子都为世都货运公司拼命。”

“你恨世都货运公司？”

“恨，也不恨。”

“你认识小虹时，知道她是我女儿吗？”

“那天在酒吧，猜到可能与枫啸有关系。后来是有意接近的。”

“以后如果需要什么帮忙的，可以跟枫啸说。你爸爸，也是我兄弟。”

姚雨虹离开了春天置业。

十三　蛰伏

1

2006年下半年，市场预期开始发生变化，部分投机性购房需求得到遏制，房价上涨趋缓，住房成交量明显下滑，很多开发商开始寻求其他出路。

李聿修一直在走产品精细化的路子，他始终记得‘世纪春天’成功时姚雨虹给他带来的观点：观念可以改变一切！相信的同时，他也被这个观念改变。他相信，买房的人中富人多，而富人是会为好产品埋单的。

春天置业打造的新产品，是科技住宅，利用新的风与地热系统，造成冬暖夏凉、恒温恒湿的效果。可专家们对其有“节省能源，但浪费资源”“中国不仅是能源匮乏国，也是资源匮乏国”的质疑。而且，临海自然环境好，购房者不喜欢“恒温恒湿”，更喜欢打开窗户呼吸自然新鲜的空气。

李聿修的观念并没有改变购房者，销售也几乎停滞。

秋季房展会上，各房企都铆足了劲儿准备，想尽各种办法来吸引客户关注。

迎门最大的展位是尚鲨公司的。梁亚一直走的是贷银行的钱，套客户的钱，快速销售，快速周转的路子。这一调控，客户一观望，成交放缓，他就有些吃不住劲了。

注意力就是经济。他亲自到模特公司，挑选了8个美女，个顶个的美腿。现场人体彩绘，模特只穿肉色比基尼。果然，项目未入市便赚足眼球，遗憾的是，注意力并没有带来热销。

2006 年年底，梁亚资金短缺，张守强帮忙联系了“炒房团”。

梁亚不理解：“炒房不就是办理假按揭骗取银行贷款吗？现在监管越来越严，找愿意假按揭的人也越来越不容易。”

张守强说：“不。走正规渠道，‘猫捉老鼠狗看门——各尽其责’。参与炒房的每个人都面对银行和律师审查，形式上符合法律政策。开发商没责任，银行工作人员也没责任。”

“这样的话，市场低迷，炒房怎么赚钱？他们赌后期价格会大幅上涨？”

“赌？那还不如去拉斯维加斯，更快更刺激。如果你觉得他们看准后期上涨，那也太高估了他们的智商了。这种赌房价上涨的做法，是赚笨钱，他们的智商也没这么低。”

“那什么意思？让我降价？便宜点卖给他们？”

“你能那么傻？不用降价。对外价格正常，在此基础上，打七折八折给他们，并允许这些房源后期退房。”

“那我正常打个七折八折的，也能卖啊，为什么要卖给‘炒房团’？”

“解决你的资金问题啊。你要真打折卖了，会有多少给你‘打招呼’留房的？这些打了招呼的，谁给你付房款？后期如果涨价了，他们按这个价格成交，如果后期没涨价，一句不要了就完事。没付款，你的资金不还是紧张？你打折贱卖，顶个屁用？卖给‘炒房团’就不一样了，他们按你的对外价格交首付，不影响你办银行按揭，房价高，你还能从银行多拿回按揭款。等你从银行拿到按揭款后，再按给他们的价格，差价退还给他们。这样，他的首付就回来了，相当于没出什么钱。等房价一涨，你再给他们退房，他们又赚钱了。无本万利。”

梁亚一捉摸，可以操作。

2

2007年夏天，张守强的鸿安公司又拍下两块地，其中一块地面积不大，但单价很高，是临海楼面价“地王”。庆功宴后，他找到郭枫啸。

张守强说起了新上任的副市长韦本昌，以及钟峻组织的“房企联盟”。一个是政府主管房地产的官员，一个是房地产企业民间组织，现在大有相互合作、相互利用的趋势。

张守强说，韦本昌还是规划局一名处长时，黄兆安就与他很好。

韦本昌一上任，黄兆安就组织了一次联盟活动，邀请他参加。虽说是沙龙性质的闲聊，韦本昌也是以私人身份出席的，但交流中，韦本昌还是做了指示，也体现出他就任后对房地产发展的思路。

一是肯定了联盟的本意，即搭建一个联合采购、联合融资、规划协同等平台的想法，并且希望联盟能多多替政府考虑，共同发展临海市的房地产业。二是说临海很多开发商都已在全国开疆拓土，成为全国的品牌房企，希望这些大开发商能确定自己的开发模式，只有有了自己的模式，才能在以后的竞争中立于不败之地。

现在，黄兆安也从澳大利亚回来，准备大干一场，计划拿三四个项目。梁亚也积极向韦本昌靠近，指派了一名女员工专职服务韦本昌的老婆，吃喝玩乐购，全程埋单，还定期去香港购物。

提到了梁亚，郭枫啸说：“你要处好与梁亚的关系，而且不要让他知道咱俩一直有密切的来往。”

张守强说：“他知道咱俩不错，不来往也说不过去。自从罗市长那事之后，我也有意疏远了之前的关系，与韦本昌，还有梁亚都比之前要好。他们认为我从里到外都傻不楞登的，是个唯利是图的商人。放心吧，我心里有数。我外表傻，但心里还分得清谁近谁远。”

钟峻组织的“房企联盟”，之前没怎么聚过，形式大于内容。自从政府有意无意地参与其中之后，几乎每月一聚，每次也都有话题讨论。或者是如何顺应疯狂的市场，提高售价；或者是如何在土地市场抗击外来开发商，大家“排排坐，分果果”；或者是相互间如何以低成本融资，提高资金效率……

梁亚和李聿修，也都认可韦本昌关于发展模式的认识，并且开始探讨建立自己的发展模式的可行性。

“未来左岸”的成功，以及香港房地产发展史，让梁亚觉得发展商业地产比做住宅风险更小，更受政府欢迎。而且，他本来的电子厂，在全国很多地方都有地，如果能做成标准化模式，很快就会画一个大大的商业版图。他想做的模式就是“住宅＋商业”模式，住宅以销售为主，解决现金流问题，商业以自己持有为主，解决政府关注的就业、税收等问题，这样就可以将政府利益捆绑其中，在土地环节获得先机，同时商业经营决定了后期资产的升值，可以通过银行抵押获得更大的资金支持，就可以形成一个商业抵押拿钱、住宅迅速销售还钱的良性循环模式。

李聿修重视产品打造，尤其是细节，总能在别人想不到的地方突出，比如精装房的镜子、地板的拼接、工程质量的把控等，坚持做精品、主打投资客，其楼盘项目已成为高端楼盘的代名词。

大成集团的模式是大开大阖，高举高打。侧重于媒体造势，尤其是利用户外广告。大成集团的企业标准色是金黄色，所以每拿下一个项目，便是“满城尽是黄金甲”。造好势，就会以低于片区价格集中推出大量房源，瞬间引爆市场，完成销售。

2006年的“9070”政策，致使很多项目重新做规划，延迟开工，推迟了入市时间，同时也让部分开发商找到囤地的借口，以调整规划为名，将项目暂停。这些都在短时间内加剧了供应的短缺。

供需失衡，让2007年房价突然从南到北一片大涨。

3

梁亚对张守强说："尚鲨公司的商业业态已经成型，各地政府很欢迎，今年拿了大量的地，很多都在三四线城市。项目多了，资金也就捉襟见肘。"

"资金链吃紧，是不是再谨慎一些？"

"没关系，一进入销售就好了，没什么风险，完全可控。再说，今年市场疯狂，不发展，不扩张，就会错失良机。"

"市场这么好，我有钱也想扩大规模啊。"

"如果你手头上有现钱，我们可以合作。你投资，我给你高息。"

梁亚刚拍下一块地，面积不大，拍卖额近 9 亿元，是底价的两倍左右，楼面地价达到了每平方米 7 000 多元，加上建筑成本、各项税费等，成本价每平方米已经是 12 000 元以上，项目销售均价达到 15 000 元，并且全部销售完，才能获取合理的利润。

按张守强的分析，达到这个条件十分困难。项目收益率太低，风险太高。他知道梁亚拍地时就计算过投入与收益，但还是把自己计算的数据摆了出来，并表示了担心。

梁亚并不太在意。他问："外资进入我国直接做房地产开发是不允许的，可是仍然有很多国外大的投资机构进入这个领域，为什么？"

"获利！"

"对，获取暴利。暴利从哪里来？"

"房价上涨。"

"房价上涨套现只是一方面，人民币升值套现是另一方面，双重暴利！你做投资，这点肯定很清楚。"

张守强心里清楚，很简单的账。一老外，拿 10 万美元，到中国，兑换 70 万元人民币，买套房。两年后，房价升到 140 万元人民币。假设人民币没升值，兑换 20 万美元。可同时，人民币升值，实际可兑换 22 万美元。白玩两年，净赚 12 万美元。双重暴利！

这仅是个人，那么投资机构呢，财团呢？以各种名义进入国内房地产市场。在他们的带动下，国有资本、民间资本也大量涌入房地产领域。

他心里清楚，表面却装糊涂，摇摇头：“就我这脑袋，别跟我扯太远，扯那么远，我看不懂。”梁亚解释了几句，他又打断说：“你说的这些，我也不想搞懂，你想说什么？”

“你刚才对这块地的估价计算是静止的，而我的估计是动态的，是站在几年后的房价上来推测我的拿地成本。我估计 10 000 元的楼面地价也是有可能的。旁边那块地，楼面地价就已经接近 8 000 元了呢。”梁亚解释着。

“房价上涨能那么快？”

“大的市场面没问题，高速发展的城市化进程和整体经济的向好，都是房地产的利好因素。一共就那么几种投资渠道。”梁亚扳着手指头说，“期货不成熟，债券一不小心就是非法集资，谁敢做？这不就剩下股票和不动产了吗？股票风险太大，还是房地产稳妥一些。你的担心，没理由。”

果然，还没等梁亚拍下的土地动工呢，房价就涨了，等到梁亚拿到预售许可证之后，房价正高歌猛进，旁边的楼盘，均价已接近 17 000 元了。梁亚还没施展手脚呢，项目就被抢购一空。

房价飞涨，“地王”频出，新的“地王”不足一周就会被更新的“地王”所取代。各开发商疯了一样地拿地、拿地、拿地……

全国各地新的“地王”记录不断被刷新，每个行业内的从业人士，对这个行业都没有正确的认识了。理性的分析，一次次被市场击破。是理性的逻辑错了，还是市场疯狂了？

总是想尽量利用别人钱来开发的梁亚，在大肆扩张中，又想了一个办法来解决急需的大量资金问题。

看好一块地，还没有拍下之前，他先找到需要解决员工住房问题的单位，与之签订合作建房协议。拍下地后一周内，合作单位员工支付购房款

20万元/套，10日内追加到总房款30%，然后开始半个月的选房，选房后追加总房款加车位款总和的50%。剩余房款等拿到预售证之后正式签约，办理银行按揭。协议中会注明，如成功拿下该地块，则协议生效，如拿不下，则协议无效。有了协议，再找设计院做好整体规划草案与户型设计，因为有长期合作，所以草案基本不用给设计院付费。

因为设定的房价比同区域低10%以上，所以合作单位员工购房热情很高。这样算下来，梁亚需要的资金大幅降低，甚至土地款都可以解决掉。

解决了资金流的梁亚，一年中将土地储备规模扩大了一倍有余，成为多个城市炙手可热的投资明星。

4

眼看2007年又是一个房地产大好的年头，海都公司却因为受罗杰事件牵连，加上郭枫啸按游弋的意思，拿出部分资金通过张守强“资助”了梁亚，所以旗下项目运转不畅。

郭枫啸想抵押“海都中心”回现，实在不行出售也行。游弋说“海都中心”位置好，是银行眼中的优质资产，抵押价值高，建议他持有。他说商业银行可以将租用的“海之林”整栋买下。只是，支付方式不全是现金，部分以股份相抵。这样，郭枫啸便成了临海商业银行最大的个人股东。

郭枫啸将地产业务几乎全部交给了许柯，自己淡出地产圈，也淡出了商业领域。

姚雨虹说想通了母亲的话，这个世界确实是男人的，她不想去争了。她接受了许柯的求婚，两人准备回老家结婚，陪陪郭厚平。

郭枫啸把“海都中心”送给妹妹做嫁妆。

许柯年纪比郭枫啸还要大几岁，离开临海前，他给郭枫啸讲了自己的切身经历。

许柯说：“到临海来的每个人，都和李聿修一样，背后有一个故事，我也同样如此。来临海，就是寻求与原来不同的生活，告别过去。”

医科大学毕业后，许柯回到辽宁老家，在一个国企药厂宣传科，出个厂报写个文件什么的，后来他不安于这种工作，就辞职与朋友合伙卖药、卖医疗器械。两三年下来，手头上就有了两三百万元的现钱。后来大连一个同学劝他做郑州绿豆的期货，20世纪90年代初期，全国上下一片股票热，本来就有心投资股票的他，听了同学的介绍后，觉得期货更刺激，赚得更多，赚得更快，所以不是太懂行的他开了个账户，谨慎地投了50万元，赚了，他想做大，就又投了200万元，又赚了。看着手里近千万元的资产，他觉得用钱来赚钱真是太容易了。他想将所有的钱都用来做期货，他爸爸不同意，女朋友也不同意。

他爸爸要求把期货账户名字写成他爸爸的，他女朋友要求先买套房子，写她的名字，还要配好家具。他都照办了。

不到一年，他赔光了所有的投入，还欠下80多万元的债务，他被告上了法庭。知道他快要破产，女朋友离他而去，原来的房子，他唯一的资产，不属于他，他变得一无所有。爸爸对他说：“你还年轻，还有很长的路要走，这80万元够你还一辈子的。我无所谓，账户是我的，就算是我欠的吧，你走吧，离开这里。”

说服不了爸爸，许柯就来到了临海。

“好在这几年，我把债务都还清了，否则，我怎么对得起我爸爸？”说起当年的经历，许柯轻描淡写，一切似乎都波澜不惊。只有眼角的泪花，表明着他内心的起伏。

欠债的几年，之前一起做医疗器械的朋友，一直帮忙照顾许柯的爸爸。许柯还清债务后就又投了一笔钱，继续合伙做医药生意。生意做大了，朋友却不再分红，而是说把钱继续投入，扩大规模。念及朋友曾经帮忙照顾爸爸的份儿上，许柯没有太计较。直到朋友把所有资产都转移到了自己名下，许柯的爸爸去找朋友理论，朋友说这点钱还不够当年他照顾老人的劳务费。回来后，许柯爸爸心脏病发作住院了。

龙叔知道这事，曾通过朋友找当地黑道中人找过许柯的这位朋友，可对方早已资产过亿元，在当地不可一世，无人敢惹。

许柯说："我恨背叛兄弟的人。"

他问郭枫啸是如何帮他摆平的。郭枫啸淡淡地说："守强一个朋友在那里做开发，是当地投资大户，这事就很好办了。"

许柯说："这个世界，弱肉强食。不能太善良啊！"

5

房地产业超过常规的发展速度，引来各种资金纷纷涌入。房价飞速上涨，房价的天花板在哪里？没有人知道，也没有人想知道。水涨船高，地价也在不断上涨。

2007 年第四季度，房地产成交量放缓，可在全年"疯狂"的成交数据下，几乎没人注意这个缓慢进行的变化。该涨价的涨价，该抢"地王"的还在抢"地王"。

鸿安公司接连投资了尚鲨公司几个地块。又一次，梁亚邀请张守强在酒店等待土地交易大厅的拍卖结果。这是尚鲨公司在临海市参与的最大的一块土地，盯了很久了，跟政府、几家有意向的开发商也都做好了工作，大成集团还答应配合演一出"捉放曹"。一拍下来，就开庆功宴。

没想到，在即将成交时，一香港上市公司横刀夺爱，以比尚鲨公司举牌价高 50% 的天价成交。

"以前看别人手头有个四五十亿元，在土地市场上会为所欲为，真的是非常羡慕。好不容易自己也有这么多钱了，却发现，根本就拿不出手了。"梁亚少见的有些气馁。

"胜败乃兵家常事。"张守强安慰着。

"这么多上市公司，不断地圈地，再融资，再圈地，再融资，我们都快没有生路了。"梁亚有点牢骚。

“是啊，没钱真是脚下钉钉，寸步难行啊。不过，他们也是恶性循环，自酿苦果。面粉（土地）都贵过面包（房子）了，以后啊，我看也不用去研究什么规划、户型、市场的了，就拿地圈钱，上市公司呢，就从圈钱带来的股票升值里套钱。没上市的就卖地。比辛辛苦苦做项目轻松多了，赚得也多。”张守强笑着说。

“虽然面粉已贵过面包，但大家还不断地囤积面粉，因为都知道，面粉供应有限，当面粉短缺的那一天，就是面包价格飞涨的时候。守强，还有没有融资的途径？”

张守强打个哈哈说：“钱不是问题，只要你付得起利息。”

2008年，新一轮的房地产调控又开始了，而爆发于美国的次贷危机，也很快席卷全球。国内房地产业雪上加霜。梁亚的资金更紧，摊子太大，不够腾挪。无论是合作建房，还是张守强的炒房模式，都无法满足。

张守强说：“让建筑公司垫款。我之前做过施工，熟。”

梁亚说：“建筑公司垫资，也是通过拖欠材料商货款以及农民工工资实现的，这种拖欠很难跨年。到了年底，还得问我要钱，我需要的资金量大，还必须得跨年。”

张守强笑了：“你说的都是之前的操作手法了。现在是真金白银给垫资，大约相当于首付款。”他详细解释了具体操作。

找到合适的建筑公司，与尚鲨公司签一个建筑合同，精装修最好，这样可以把建筑安装成本做高。这部分钱借进来后，可以让银行看到尚鲨公司的“自有资金”，使尚鲨公司能合乎政策地取得银行的“开发贷”。然后，预售时，把房子抵给建筑公司，建筑公司就不需再交首付了，直接更名。按揭办完，银行放款下来，就以建筑费用的形式，把建筑公司前期借进来的钱安全合法地付出。这样操作，对尚鲨公司的好处是建筑安装成本是唯一可以在增值税中扣除的，少交了税。对建筑公司的好处是，更保险，即使崩盘，按法律规定，建筑款项的清偿顺序是优于银行贷款的。

房地产行业相关税收非常高，仅避税一项，就相当于增加了好几个点的纯利。梁亚听后连称高招。

梁亚问过张守强为什么愿意帮他找钱。张守强说："我能找到钱，借给你，你帮我赚钱，我省心，又放心。"

梁亚也觉得张守强说的是心里话，他一个大老粗，自己哪里会赚钱？

6

2008 年中，临海商业银行上市，"海之林"抵的股份为郭枫啸带来 10 倍以上的收益。他一下子成了手握几十亿元资产的临海顶级富豪。

低迷的房地产市场，张守强撑不下去了。郭枫啸索性收了鸿安公司，却不抛头露面。对外，张守强仍然是鸿安公司的老板。

而郭枫啸，主要靠孟依凡做广告公司，自己什么都没有做。很多人看不上他，疏远他。人情之淡漠，他之前并未体会到。只有黄兆安，不但把自己公司的广告业务交给精锐广告公司，还介绍其他业务过来，并再三说有困难就找他。其他朋友，鲜有上门的。多数业务，都是靠孟依凡去找。

之前郁闷时还有张守强陪醉，现在张守强也与他疏远了，还在别人面前多次撇清与他的关系。

因"海之林"早就卖给临海商业银行了，多数人并不知道郭枫啸是临海商业银行最大的个人股东，所以外界都以为昔日"郭少"已一无所有了。

行内人都认为：郭枫啸，废了。

第四章
起承转合之合

一　刀将出

1

2013年年底，黄兆安约郭枫啸到他的酒店一起坐坐。他要回澳大利亚过春节，邀请郭枫啸同去，说上次没能陪他好好玩，这次补上。郭枫啸说春节要回老家陪父亲，以后找时间再去骚扰。

黄兆安借给郭枫啸的10亿元刚到账，郭枫啸正好想找机会感谢一下，就挑选了一幅文艺复兴时期的油画，与孟依凡一起赴约。

酒店位于西郊海边，原来是一片荒滩，20世纪80年代，黄兆安借改革之风，从村里买下荒滩开了个中等规模的饭店，竞选村支书后，就改造成高端酒店，这几年不断改造，已是临海最豪华的酒店之一，只是很少对外接待。

郭枫啸是第一次来，虽见惯奢华，但也感叹用材之奢侈，大理石、包铜、镀24K金、各种名贵实木……

黄兆安陪他转了转，指着酒店门口的音乐喷泉，造型独特是其次，主要是既能喷火又能喷水，他说这样的喷泉，全国唯此一个。

在黄兆安办公室坐下后，郭枫啸说："谢谢老哥的10亿元。"

"谢啥，又不是白借给你，是对你的投资。你别卖关子，这么大一笔钱，是不是要重回房地产业？"

“房地产业不如前几年了，也许是抄底的好时候，看了几块地。”郭枫啸说完，话锋一转，说，“现在风声不太好，老哥与韦市长是不是走得太近了？”

“哈哈，老弟是一朝被蛇咬啊。没事，混了这么多年，再大的风浪都过来了。老弟听到什么风声了？”黄兆安心中其实也有些胆虚。大成集团刚起步的几年，经常增加项目容积率、修改房屋规划用途、偷增面积等，这些规划指标的调整，都离不开当时在规划局的韦本昌的支持，这也是大成集团早期最大的利润来源。

不过，黄兆安略感心安的是，近几年，他与韦本昌走得没有之前近了，一是因为韦本昌身边有了更多“抬轿”的开发商，二是因为大成集团做大了，不值得去冒险做违背政策的事情。之前，这个酒店有韦本昌的办公室，是他的秘密办公场所，能来这里与他谈事的，都是交情极为密切的。现在，办公室仍在，可他已有几年没过来了。取代秘密办公室的，是钟峻的琴瑟会。

郭枫啸笑了笑：“没啥，有点韦市长的传言，不管真假，还是小心一点好。”

“不管有什么风声，我是真的想退出了。老弟有没有兴趣？”

郭枫啸看了一眼孟依凡，说：“年过不惑，对自己做什么已很清楚了。我还是做好现在的事情吧。”

“哈哈，对，现在要做的，是赶紧结婚。”

“老哥为什么要退出呢？今年销量创历史新高啊。”

“销量是可以，大家都在拼规模，过百亿元想200亿元、500亿元、800亿元甚至1000亿元，可利润呢？大成集团今年销售额过600亿元了，利润却还不如去年400亿元的多。土地成本又越来越高，拿地越来越难，全国30多个城市，各种关系千丝万缕。你刚才提到的风声，不得不防啊。钱也赚得差不多了，功成身退吧。”

“可以考虑梁亚，他在疯狂扩张。”

黄兆安摇摇头：“他太张扬了，也太贪心。枪打出头鸟，他是锅里的螃蟹，横行不了多时了，出事是早晚的。”

离开黄兆安回去的路上，郭枫啸对孟依凡说：“疾风过，长草折。自作孽，不可活。老黄都说梁亚早晚要出事，你还觉得要宽恕吗？”

孟依凡听到他又提“宽恕”，心中很高兴，口中却说：“出事是他的修为，宽恕是你的修为。‘知善知恶是良知，为善去恶是格物’。”

2

2013年年底的房企联盟沙龙上，韦本昌让梁亚做了主题发言：提高周转，快速复制。

梁亚说：“房地产形势一片大好，大量的资金流入市场，加上前几年限购影响的购买力，在今年集中释放，全年成交量超过预期，达到历史新高，很多房企苦于量涨价跌，利润降低的苦恼。我们如何适应这种量价成反比的不适？”

梁亚以尚鲨公司在全国的扩张为例，说明必须加快周转才能适应，而只有形成标准化，才能形成快速复制模式，大大缩短决策的时间与开发周期，加快周转。

一般房企周转周期要达到18个月左右，而尚鲨公司只有10个月左右，仅这点，就大约相当于利润增加1.8倍，再考虑标准化的成本降低，以及融资渠道的不同，梁亚骄傲地宣称，尚鲨公司利润可达行业平均水准的2.5倍以上。

梁亚说：“知道我为什么把公司叫做‘尚鲨’吗？浩瀚的海洋里，生活着很多鱼，都有鱼鳔，唯独鲨鱼没有。没有鱼鳔，很容易沉入水底，一停下来就有可能丧生。为了生存，鲨鱼必须不停地游动，这样它就拥有了强健的体魄，成了最凶猛的鱼。临海市，就是一个浩瀚的海洋，有学历、有能力的人很多，大企业也很多，随时都可能杀入房地产业，要成为最优秀的，就要做一条没有鱼鳔的鲨鱼……”

他最后以孙子兵法的“兵闻拙速，未睹巧之久也”作结。

报告做完，有人说：“梁总之论，实在高明。按说尚鲨公司利润可观，可贵司资金紧张，到处找钱，已是尽人皆知。”

梁亚听腔调就知道是常健，他本是贵州一教师，不甘清贫，20世纪90年代初辞职到临海，在郊区村里租借了一栋旧楼，做电脑、财务、外语等培训，两三年就积累了三五百万元。旧楼拆迁之时，他用手头这点原始积累打点村里、银行、政府各路关系，杀进房地产业。

有传言说，常健拿到地时，手头仅余不足5万元。他敢赌，首先表现在有钱没钱都敢拿地，就像他拿的第一块地。然后是看好的地，拿到手里不开发，赌地价上涨，少则三两年，多则六七年，地价上涨数倍甚至十几倍之后再开发。开发后又赌房价上涨，捂盘不售。所以，他的成功经验主要来自于地价与房价的上涨。

其实，他这种“赌”是有根据的，城市化进程给予了他充分的理论支持。成功操作几个楼盘后，他将城市化进程归纳出自成逻辑的系统理论，经常出入各种论坛，唱多地产，讲经布道，颇有一众粉丝，广受尊敬。

梁亚说：“常老师说的对，找钱是现实，利润高也是现实，两者并不矛盾。就像你的手工作坊式精雕细琢，与我的工业化标准复制一样，不矛盾，各有千秋。”

常健说：“不一样！我走差异化之路，追求高利润、高附加值，做的是优质产品。而梁总的标准化复制，为降低成本，粗制滥造，尚鲨公司各地频现的‘质量门’，说明梁总今日所谈之模式，并不代表房地产发展的方向。”

梁亚变了脸色，这的确是他的软肋，为追求高周转、低成本，尚鲨公司的质量广受诟病。

钟峻说：“我们只讨论模式，不要针对具体企业与案例。”

常健说：“是梁总先以尚鲨公司为例的，我只是步梁总之后尘耳。”

梁亚冷笑道：“政府三令五申拿到地之后两年之内必须开发，常老师的一贯思路，不知是否违规啊？”

常健说：“不是我不开发，而是不具备开发之条件。”这其实是常健惯用的伎俩，找点理由，像什么拆迁难、路未通等，就要求推迟开发。

梁亚说：“都是行家，常老师说这话，是在自欺欺人。”

此时，参会的房产商开始交头接耳，现场开始混乱。

韦本昌拍了拍桌子说：“别争了，大家要取长补短，不要相互揭短。谁家项目没问题？谁拉完屎屁股都擦干净了？政府替你们挡了多少问题？别都太没数了。”

看市长发脾气了，大家都不作声了。张守强带头鼓掌说：“本昌市长说得对，没有政府替我们收拾烂摊子，老百姓早把我们给赶跑了。一个个一肚子的鬼。没有政府，一群唯利是图的奸商，还能坐在这里喝着茶水讨论什么高周转、差异化？狗屁！”

会后，梁亚跟张守强说还是缺钱，让他再帮忙想办法。

3

郭厚平身体不好，待在老家，时不时去妻子墓地看看，他不想她生前孤单，死后还是太寂寞。他一个人，种点菜，养点花，喂几只小动物。

刚出狱的罗杰说要和郭枫啸一起回去看看郭厚平。他们回来时，郭厚平正在后院钓鱼。后院有个小花园，迎着半圆的园门，是一个半人多高的石头，上书“半闲”。旁边青石板铺就的小路，直通一个鱼塘，周边叠假山，造流泉，边上置有石桌石凳。余下不大的空间里，种有蔬菜、玉米、花生等。郭厚平虽在农村长大，却不会种地。这么个小小庄园，他种得并不好，仅是消磨时光。

郭厚平见到罗杰，异常高兴，拿出早已备好的地方名酒，三人边喝边聊。

“水乃酒之血。”郭厚平说：“所有的酒，几乎都是凭借好水酿成的。可是‘口子窖’却例外，水苦酒甜。那里的地下水，自古就有‘不能以水喝，只能以酒饮’的说法。这就是‘剑走偏锋’。可见，常识并不可靠，只要努力，没有什么是不可能的。”

郭枫啸一听，就知道爸爸是在借酒谈商，就问：“现在的房地产，虽说比前几年有所下滑，但仍吸引大量的资金囤积，正常吗？”

郭厚平笑了：“出了这园子，我已所知甚少。正不正常，还是问罗市长吧。”

罗杰接口道：“平叔，我早就不是市长了，我现在已是‘风声雨声读书声，声声莫入耳；家事国事天下事，事事不走心’了。”

郭厚平说：“我可以不入耳不走心，你不行，市长也好，蹲监狱也好，出狱也罢，你都是尘缘未了，是身在江湖，心系庙堂啊。”

罗杰大笑，端起酒杯，喝了一口，问郭枫啸：“2007 年和 2009 年两轮暴涨前，都有专家预测房地产要崩盘，崩了吗？再往前，很多次，都有重量级专家预测房价要跌，真正跌过吗？”

“没有。”

“那你说，他们预测的理论根据是对，还是不对？”

“有一定的道理。”

“在有道理的理论支撑下预测，都会出现失误，为什么？”

郭枫啸说：“无论理性分析多么准确，市场都是很难预测的。这就是市场。”

罗杰说：“你只说了一方面，那些经济学家，有很多也是市场派的。还有更重要的一方面，就是政府在背后的支持。”

郭枫啸给罗杰倒上一杯酒，又给父亲和自己的酒杯满上，三人碰了一杯。

罗杰说：“2008 年中央政府的 4 万亿元，投到了‘铁公基’，地方政府投到基础建设上的资金就更多了。这些投资，会提高公共服务的效率，而只有大规模的空间集聚，才能降低公共服务的平均成本，获得递增的报酬。也就是说，投入大中城市，成本最低、报酬最高。还有，这几年，为了抵御美国金融危机的影响，国家超发大量货币，为了不影响通货膨胀，让普通老百姓感受不要太强，就大量引流到楼市，推高房价。依我看，中国的城市化进程还早，至少还要十年，由此带来的房地产上升趋势至少要持续十几年。”

郭厚平笑着说：“罗市长在台上时一直主张‘土地财政’，下台时，这也曾是批判你的罪状之一。至今，还不思悔改。”

罗杰也笑着说：“这是事实嘛。只要我有机会，我就要说，中国经济30年的发展奇迹，‘土地财政’是一大功臣。之后，可能还会发挥作用十几年。”

“看来我应该跟进，大肆拿地了。碰上这么个时代，想不暴利都不行啊。”郭枫啸说。

郭厚平插言道：“老子曰：‘飘风不终朝，骤雨不终日’，就算还有10年、15年的发展，利润呢？俗话说‘势不可使尽，福亦不可享尽；便宜不可占尽，聪明亦不可用尽’，物极必反。不但是房地产，其他行业也是如此，暴利维持不了太久。”

罗杰听得出郭厚平还是很谨慎的，就说：“老子也有曰：‘功成名遂身退，天之道。’平叔也算是功遂身退了，可枫啸还处江湖之深啊。”

郭厚平又接着解释：“罗市长误会了，我经商一直奉行的宗旨是：君子爱财，取之有道，取之有度。有道，是合情合法；有度，是见好就收。我是想说，无论何时，都不要过分执着于暴利。在江湖上混，迟早是要还的。你今天在市场上拿到多少额外的利润，明天就要还给市场多少。”

郭枫啸说：“总不能该赚的钱不赚吧？”

郭厚平说：“市场好时，要比别人赚得多；市场不好时，要比别人跑得快。没有什么策略是一成不变的，根据市场及时应变，有时也是一种策略。”

“如何应变呢？”

郭厚平指着桌上的酒，说：“看感觉！感觉，是经验的积累。就像酿酒，来不得半点马虎，天气、粮食、水质、工艺、器具、温度、微生物环境等的不同，都决定了发酵时间的不同，也决定了酒的糖度和酸度不同。一点点差别，酿出来的酒的味道，就差了很远。”

郭枫啸喝了一口，说：“好酒骗不了人，经商也是，老老实实，本本分分。否则，骗得了一时，但骗不了一世。”

罗杰说：“‘静若处子，动若脱兔’，要动还是要静，要看大势，且不可与大势过不去。”

郭厚平接着说：“经商和这喝酒一样，刚喝的感觉是辣，喝一段时间是先辣后甜，再过一段时间就尽是甘甜了。”

罗杰说：“我觉得做人也一样。要做到第三个境界，不辣亦不甜，掩藏了自身的味道，淡定、从容，没有任何犀利的锋芒。”

郭枫啸说：“不见锋芒未必是没有锋芒。宝刀即使在鞘，也难掩其外泄的锋芒。”

罗杰说：“锋芒外泄，所以才为世人所争，最终难免香消玉殒。刀能伤人也能护人，要看的是持刀人。”

郭厚平说：“别刀来刀去的，刀光剑影的，杀气太盛，不好玩。”

罗杰说：“佛家说修行有三重境界：看山是山，看水是水；看山不是山，看水不是水；看山仍是山，看水仍是水。不经历艰辛的过程，如何返璞归真，到达最终境界？你老人家刀已出过，锋已现过，所以即使早已弃刀，锋却仍在。我们刀未曾出，对手如何知道这锋是盛还是衰？”他停顿了一会儿，慢慢地说：“该出刀了。”

郭厚平说：“孔子说：少年戒色，中年戒斗，老年戒得。罗市长已是知天命之年，何必还如此气盛？”

罗杰笑道：“让平叔见笑了。当出即出，一刀足矣。”他看了郭厚平一眼，又说：“出刀就难免伤及无辜。果真如此，还请平叔见谅！”

郭厚平默然许久，慢慢地说：“我已不问江湖事，阿龙也是，他替儿子还完赌债就不再管下一代的恩怨了。既往不咎，能饶人处且饶人吧。”

二　梦逝

1

2013 年，无数的激情与梦想，都随着秋天的离去而烟消云散，只留下许多对温暖时光的遐思与怀念。

冬天，就在人们这种复杂的心理中如期而至。

这个冬天，临海的温度降到了零度左右，天空总是阴沉沉的，时常飘着丝丝细雨，细雨如雾，雾如细雨，丝丝缕缕连绵不断，潮湿的空气被风一吹，直入骨缝，阴冷得让人难受。

2014 年 1 月，断断续续的绵绵细雨，终于酝酿成特大暴雨。两天的狂风暴雨，在海边掀起一场大海啸。市区降水量平均超过 230 毫米，部分地区甚至达到了 500 毫米，是有资料记录以来的同时期最大雨量。

雨过天晴之后，天空一片蔚蓝，许久没有露面的阳光，也漫不经心地照着这片被暴雨蹂躏后的大地。如果不是那跌倒的树木和暴雨冲刷的阜地，一场暴风雨似乎仅仅是梦中才出现过的景象。

气象专家提醒大家注意，未来一段时间天气反常，可能随时会有暴风雨等灾害天气。

暴风雨似乎也成了房地产的“拐点”，房地产业比这个冬天还要寒冷。销量毫无征兆地开始断崖式下滑，很多项目为了回流资金以支付各种款项，开始降价促销。

“买别墅，送名车”“亏本大甩卖”……

春节刚过，临海市的住宅，进入了“降价、滞销、再降价……”的恶性循环，新房成交低迷，二手房更是甩都甩不掉。

断供的消息也不绝于耳，二手房公司关门、裁员，甚至卷款潜逃……

梁亚对张守强说：“一个项目赚了钱，又得花更多的钱买更贵的地，然后再赚更多的钱，再买地……就像一头拉磨的驴，辛苦老半天，到头全是一场空。看‘海都中心’，地段优越，这几年不断改善硬件与软件服务，租金不断升高，银行给的估值也越来越高，赚钱比‘拉磨’轻松多了。姚雨虹凭空就发了笔财。早知道，前几年多建几个写字楼持有，这几年什么事不用干，躺着数钱就行。”

张守强笑他：“别瞎唧歪了。‘海都中心’的做法，小富即安而已，能满足你的野心？如果建多了，都持有，你能承受得了那么大资金压力？”

韦本昌召集“房企联盟”的各大房企开会，要求大家挺住，不降价，共渡难关。可各房企是面和心不和，行情好的时候，能团结一致，行情不好了，就都各打各的算盘了。

梁亚，第一个抢先降价，不但同行不满，也引来了愤怒的业主。前期购买的客户，集中起来，拉着横幅，到各售楼处要求退房，或要求退款补偿差价，甚至有过激的，把售楼处里的沙盘、桌椅等砸了个稀巴烂。

梁亚利用了业主的愤怒，前门派保安堵住，后门让新业主排队买房，边降价甩卖，还边说快买，再不买，等前门顶不住了，那些人冲进来，就降不了价了。

结果，尚鲨公司的项目快速销售，短时间内实现了部分资金回现，解了燃眉之急。当其他项目醒悟过来，再降价时，市场已不买账了。

买房如同买股票，买涨不买跌。一跌下去，就会动摇追捧者的信心，跌得一发不可收拾，想止都止不住，不但起不到促进销售的良好效果，反而会事与愿违，造成滞销。不能增加成交量的降价，还不如不降。

尚鲨公司的项目也很快陷入降价难卖的困境。

2

梁亚原本赌的就是快速销售，一个项目的销售款迅速拿到另一个项目，如此循环，保证各个项目的顺利进行，成交量的乏力使得他的资金周转开始出现困难。原本租金稳定的商业，也受到网络电商的强烈冲击，几个项目招商也出现了困难。

梁亚想了很多办法，但都收效甚微，一筹莫展。与此同时，央行又紧缩银根，原本通畅的贷款渠道也被堵塞，梁亚焦头烂额，每天面对的都是各个项目催款的请示。

手头上的项目到底如何运作？

产品部认为目前市场环境并不好，需要延缓开发节奏，以待市场好转，同时在这个低迷期潜心加大产品研发，做出有独特个性的产品，在市场转暖时收获更多的利润。

财务部则认为延缓开发会增加财务成本，不利于公司发展。

市场部也不支持延缓开发。专心做产品将使得销售价格过高，增大销售难度。但将价格一步降到位，以周边同类产品七五折的价格迅速出手的建议，也遭到财务部的反对，认为这样做根本没有利润。

三个部门意见的核心问题，是坚持快速开发还是改变原有策略延缓开发？如果坚持快速开发，如何寻求价格与利润的动态平衡？

其实归根结底，还是资金问题。受美国次贷危机影响，梁亚岳父的生意这几年也不太好，无法再从资金上支持他。同时，他隐约知道妻子在香港另结新欢，夫妻感情也越来越不合，两个孩子在香港，也是越来越与他疏远。

不得已之下，梁亚还是找张守强想办法，他知道张守强总有些歪门道，也许能解决他的资金问题。

坐在琴瑟会的茶厅里，听着悠扬的音乐，梁亚紧皱的眉头并没有舒解，他看着对面的张守强，没有说话。

“有什么话，说吧，能帮的，一定竭尽全力。”张守强说。梁亚约他，他猜肯定是资金上的事，听说他已开始借高利贷了。

“守强，鸿安公司还能拿得出多少钱？”

“闲钱没有。腾挪一下，七八亿元应该不成问题。你知道，我不是太关心准确的数，要不我让财务好好盘算盘算？”

“不用了。前几年，你投资给我，也赚了不少，我还你款时从没拖过一天。”

张守强笑了说：“当然！鸿安公司投的项目，数尚鲨公司最省心。怎么，今天约我来是要提前还钱？”

“先还再借！再借我10亿元，之前剩下1.5亿元，还有一年16%的利息，直接扣除，还剩下……”梁亚算了算，说：“还有6.9亿元。”

“梁亚，你我都是商人。朋友归朋友，涉及钱，咱还得按生意场上的规矩来。现在大部分房企融资都困难，我这几亿元随手一放，20%的利息，要的得排队。所以，咱得按20%，我不用你排队，优先考虑。”

梁亚说：“你这是趁火打劫。”

“是朋友，我才帮你这个王八蛋。别以为我不知道，尚鲨公司的负债率都超过150%了，两个月前已经开始借高利贷了。除了几块现在不敢开发的破地，尚鲨公司还有什么？就那几块破地，也都抵押了。你是‘叫花子打了碗——倾家荡产’了。给你10亿元，是在救你的命。”

“胡说，我哪借过高利贷？我全国在卖的项目，有上千万平方米，抵不过你10亿元？怎么就倾家了，就荡产了？不借就算了，你算老几，还教训开我了。”

“梁亚，别狗咬吕洞宾。借高利贷是找死，我不想看着你死，20%的利息，我借你12亿元，按你刚才的算法，我再给你8.1亿元。”

梁亚一听，火气消了，说：“我何尝不知借高利贷是找死？可不借，立马就死，借了，也许是等死，但总算是缓口气，晚一点，就能放手一搏，就会夺取‘九死一生’那一生的机会。有了你这8亿元，我就能周转得开了，只要项目转起来，就一切好了。只是，利息，还能不能低点？”

张守强竖起一根手指头：“看你说得这么悲壮，就再降1%吧。”

梁亚说：“你这小子，‘比狼还凶狠，比狐狸还狡猾，比兔子还怯懦’。前几年拿‘地王’的，都赶上了这个恶劣市场，没有谁的日子好过。就你小子，主要在投资别家房企，躲得逍遥。”

“哈哈，我就是兔子，因为胆小，所以躲过一劫，也是因为胆小，所以才三窟，多投资了几家罢了。哪像你，大鲨鱼，海洋中的霸王龙。”

3

2014年春节一过，房企联盟就召开2014年第一届会议，比往年早了一些，实在是因为市场压力迫在眉睫。

姚雨虹和许柯也参加了。新的轮值主席常健，提出“抱团并肩，共渡难关”的想法以供讨论。

韦本昌缺席会议，又有传言称他可能要出事。

常健说：“联盟宗旨之一，是各成员在困难时期团结一致，共渡难关。春节前，韦市长也强调了这点。可有的企业，弃共同利益于不顾，置同行道义于不顾，为一己之私，抢先大肆降价。如联盟纵容此等利欲熏心之举，则会人心涣散、分崩离析。”

梁亚压住火气，说：“常老师不用犹抱琵琶半遮面的，直接说我梁亚是无耻小人不就得了？我扛不住了，我需要资金。上帝只助自救者，所以我要自救。我降价，我活过来了。现在资金充足，如果各位有资金紧张的，我梁亚愿意帮忙。先自救，再救人，如果我们各成员都能如此，何谈人心涣散、分崩离析？”

常健说：“梁总先别着急。国外有统计，房价总是先于成交量变化。

成交量放大，预示着新一轮房价上涨。同样，房价下降之前，都是成交量先开始下滑。我国十几年的房地产发展也证明了这点。去年成交量创历史新高，我们应该乐观面对 2014 年，切不可操之过急。刚才梁总说扛不住了，我觉得不是市场的问题，而是梁总高周转、快速销售的模式有问题。高周转的困境就是链条咬得太紧，如一环节出问题，全盘皆断。”

梁亚大笑：“有那么乐观吗？我看不到。我只知道手中的麻雀，比空中的孔雀还要美丽。从小穷怕了，落袋为安。至于模式，八仙过海，各显其能。”

常健说：“发达国家城市化已超过 80%，我们才 50% 多一点，国外的‘恋房情结’也没我们这么严重，所以不要看眼前，长期趋势依然向好。”

张守强说：“常老师说的没错，长期可能是向好的，可长到什么时候？常老师能预测准吗？不能。那就是闭着眼睛跳舞，盲目乐观。所以，Dana 也没错，不知要撑多久，就只能生存第一。仨钱变成俩钱卖，不图赚钱只图快。在座诸位，说心里话，至少一半都缺钱，撑不撑得过半年都难说。”

常健接过说：“暂时有点困难，有些难熬，所以才要联盟的朋友一起抱团渡难关，而不能自顾自，走为上。熬过这一段，肯定能迎来和煦的春天。市场就像姚总的名字，暴雨后的彩虹会更灿烂！”

姚雨虹见提到自己，就笑了笑。张守强说：“常老师是天生的乐观派，我可看不出这么好。看看临海的天气，暴雨之后是雪灾，更甚过暴雨。彩虹之后，阳光灿烂之时，也许就是寿终正寝之日也说不准。”

常健自诩“学院派”，对小混混出身的张守强向来不大瞧得上，见他有点胡搅蛮缠，生气地说：“等你看出好来，房价就飞上天了。”

张守强说：“房价飞上天没事，我担心风停了，飞上天的猪又摔下来。”

常健气得说不出话，梁亚见张守强一直帮自己，很开心，也不说话。

钟峻是秘书长，又是联盟发起者，觉得该平息一下了，就说：“从房地产资金来源看，最敏感的是自有资金，自有资金中比重最大的又是销售款的回笼。贷款敏感性较弱，即使银行放松，在一定程度上缓解资金链的紧张，但如果成交量上不去，贷款利息也是一笔不小的数目。所以，最主要的还是赶紧促销，在购房者还没反应过来就降价，等购房者反应过来，降价都不管用了。现在不就是吗？我们开会要紧的，是讨论如何走出目前的困境。常老师说抱团并肩，怎么抱，怎么并？可以讨论。”

一个房企老板说：“房地产，买涨不买跌。大家都挺着不降价，该买房的总得出手啊。”

另一人说：“这不还是熬吗？”听得出，他的日子也不好过。

又一人说：“我们还能熬得过，只是，前几年没怎么买地，就算熬过去了，可一个房地产公司，没有后续土地，还有什么生存下去的资本？”

先前那人对他说：“土地为王的时代过去了，现在是现金为王，手里有钱，什么时候想拿地都会有。”

大家七嘴八舌议论着，突然，一个声音说：“熬没问题，就怕又出叛徒，带头降价。”此话一出，全场一片寂静，都知道说的是梁亚。

梁亚压住怒气说：“阿峻，联盟什么时候变成批斗会了？对不起各位，我有事，失陪，先走一步。”说完，起身就走。

张守强看了许柯一眼，跟在梁亚后面走了出去。

许柯慢条斯理地说：“常老师的熬，Dana 的跑，走的是不同的极端，各有道理，适合现状不同的房企。理性地讲，是熬还是跑，不要意气用事，也不要考虑之前投放多少，是否能够回本。我觉得，应该以未来一段时间的走势，以及所需的资金为考虑是熬还是跑。有时候呢，坚持一下，也许能熬来希望；有时候呢，割肉也不一定是件坏事……”

许柯没说完，常健打断说：“按许总的说法，还是各自为战。在座很多老板，企业没有尚鲨公司大，没有鸿安公司大，降价促销，前期投入那么多，可能会将前几年赚的钱一下子全赔进去了啊。所以，还是希望联盟能拿出共渡难关的办法。”

许柯说：“那就只能联盟出面解决资金问题啦。只要解开资金这个扣，其他问题都迎刃而解。”

张守强回来正好听到许柯的话，说：“对啊。Dana 不就这意思吗？要我说啊，还是胳膊当枕头，自己靠自己，先自救，有了钱，再相互帮忙。那时，可就是三十晚上盼初一啦。”

很快，有几家房企表态支持这个决定。

常健说：“大家先停一下，不要……”他想说，不要上当，梁亚回收了资金借给其他房企，相当于先背信弃义，率先降价，安全上岸后再借条绳给水里的。淹死的风险，就从他那里安全转移了，一石两鸟。可话到嘴边，他说的是：“不要着急决定，再考虑考虑，下次再商量此事。”

三　报复

1

姚雨虹和宋雪薇坐在一起，没有两三年未见的喜悦，反而有些生分，有一搭没一搭地聊着，姚雨虹问一些宋雪薇演出的事情，以及明星们的八卦话题，两人都觉得有些无聊。

宋雪薇约姚雨虹出来喝茶，姚雨虹知她有事要说，在等她开口。宋雪薇却是没想好如何开口。两人聊完后，无话可说，陷入短时的沉默。

姚雨虹说："阿薇，没考虑过婚事？"

宋雪薇转过脸，看着别处，姚雨虹看见她的眼角有泪花闪过。她回过头，泪花已隐去，她淡淡地说："阿峻很关心我，不让我抽烟，不让我喝酒，从没有一个男人如此关心过我。我很爱他。"顿了好大一会儿，她又接着说："网上有人实名举报他，说他通过峻薇公关公司做假账，私吞了《临海晚报》大笔广告费、活动费，还收高额费用帮企业消除负面新闻，还说他长年玩弄多名女性。"

"之前网上就有差不多的举报啊。"

"一直是同一个女孩举报，她是个模特，阿峻原说要与她结婚，后来她发现他身边女孩太多，就开始举报。她说的都是真的，前几次阿峻安然无恙，一是韦市长在保着他，二是《临海晚报》的业务主要靠阿峻，报社也在保他。可现在，韦市长已被纪委带走调查，而在新兴媒体的冲击下，纸媒业务下滑得厉害，报社要转型，也在找机会换掉阿峻。所以，他现在很危险。”

韦本昌被调查、钟峻被举报，姚雨虹都听哥哥说起过。刚听说时，她没怎么想过阿薇，这个曾经在临海最好的姐妹，这几年的确是生分了，可阿薇有了困难，第一个想到的还是她，她不知如何安慰她。

姚雨虹说：“你……不会有事吧？要不，你先退出会所与公关公司？”

“不。”阿薇摇摇头：“我爱他，不会离开。我能找到的能帮忙的，就是你了。许柯、枫啸，他们都有很多朋友。需要钱，还是需要什么，你尽管跟我说。我愿意拿出我的所有。”

姚雨虹不忍拒绝，点点头，说：“我尽力！”

阿薇握住姚雨虹的手，眼泪最终还是忍不住流了下来。

两人走出“中天大厦”楼下的咖啡厅，看到卖报的“拜哥”与人发生了口角，被殴打，躺在报亭旁，没人上前帮忙。姚雨虹就与阿薇一起，开自己的车送“拜哥”到医院。

路上，刹车失灵，三人都受了伤，被送往医院。姚雨虹和阿薇坐在前面，系着安全带，都没什么大事。但后排的“拜哥”，伤稍微严重一些。

郭枫啸、许柯赶到医院的时候，钟峻也来了。“拜哥”清醒过来后，一再道歉，说自己脾气太大，遇上看不起自己嘲笑自己的人，就有火气。

钟峻对“拜哥”的伤情似乎比对阿薇的伤情还要关注。

2

龙叔的儿子赵彦雄在郭枫啸办公室外等他。

几年未见，郭枫啸几乎认不出他。半新的阿玛尼西装，已是老款。脸色苍白，如龙叔一样的个头，却没有龙叔那样结实干练。有些落魄，倒不算潦倒，原本骨溜溜的双眼也没有了生气。

郭枫啸曾对龙叔说过，永不想见到赵彦雄。见他在门口站着，郭枫啸很厌恶，看都没怎么看他，就开门往里走。

赵彦雄也没说话，还是站在那里。一会儿，许柯进来，说："阿雄说有消息跟你说。"

郭枫啸说："他能有什么消息？"

"不知道。他要亲自跟你说。要不，让他进来吧。"

郭枫啸知道许柯想帮赵彦雄，也不想他为难，就叹了口气，算是默许了。

赵彦雄说："枫哥，我有重大消息告诉您，不过，您得出点钱。"

郭枫啸厌恶地一摆手："带着你的消息进棺材吧。"

"枫哥，我没钱了，实在没办法，所以才想到您这里换点钱。"

赵彦雄等了半天，见郭枫啸不说话，轻轻地说："琪琪的死因，你不想知道？"郭枫啸仍然不说话，看着手头上的资料，头都没抬。

赵彦雄又说："绑匪跳楼前通过电话。"刚说到这，郭枫啸猛地抬起头，狠狠地盯着他。张守强曾说过，现场不远处一堆建筑垃圾中，发现了一部新的没有电话卡的手机，这事连警方都不知道。

看到郭枫啸像狼一样的眼神，赵彦雄后面的话又咽了回去，不自觉地退了两步。郭枫啸腾地站起来，几乎是跳到了他的跟前，一把抓住他，双目冒火。赵彦雄吓了一哆嗦，扒开郭枫啸的手，说："枫哥，你先别激动。"

郭枫啸吼道："电话是打给你的？"

赵彦雄急忙说："不是。怎么会呢？"

郭枫啸松开手，坐回到座位上，说："说吧，你要多少钱？"

赵彦雄伸出一个手指头："100万元。我会把消息写下来，许柯做中间人，一手交钱，一手交货。"

赵彦雄离开后，许柯说："你要不想给他这100万元，我给他。"

郭枫啸说："他的消息也许值100万元，我给。你告诉他，这是最后一次，以后，我不想再见到他。"

赵彦雄说，钟峻答应帮他还50万元赌债，让他关注琪琪的动向并找人绑架她。他起初不愿意，钟峻说不会伤害人，只是有人出钱教训一下郭厚平与郭枫啸父子。钟峻不知道琪琪佩戴的玉佛，而赵彦雄听龙叔说过，所以一绑架琪琪，他就把玉佛拿走了。知道琪琪被撕票后，他也很害怕，很内疚。过了一段时间，他拿玉佛去还赌债，才知道玉佛是玻璃的。

赵彦雄找绑匪时，留了个心眼，知道他来临海是投奔一个亲戚的。事后，他找到绑匪的亲戚，知道绑匪是确认家人收到 30 万元之后才做出自杀决定的。他猜测 30 万元是钟峻付的，电话也是打给钟峻的。

至于钟峻为什么要这么做，他本来不清楚。后来，知道钟峻是“暴头”的养子。

3

钟峻出了车祸，晚上在离家很近的地方，被一辆卡车撞上。他的车变了形，人被卡在车中，虽无生命之忧，但失去了生殖能力。那辆卡车，撞完后就失去了踪影。警方后来找到了那辆车，早已报废，没有车主。

姚雨虹接到宋雪薇的电话，说钟峻的车祸可能是郭枫啸安排的，她拜托姚雨虹，让郭枫啸放过钟峻吧。

姚雨虹问怎么回事，宋雪薇不再多说，只是让她一定要帮这个忙。

姚雨虹跟许柯说了，许柯说不知道。他猜测，姚雨虹的车祸可能与钟峻有关，而宋雪薇知道这点。如果真是这样，那么钟峻的车祸表面上看很像是郭枫啸安排的，但郭枫啸是遵守规则的人，他反而不会这样做。

许柯没跟姚雨虹说他的猜测，让她别问哥哥，他找了郭枫啸。郭枫啸说姚雨虹车祸后，他找交警部门了解过，说车祸后发现车的刹车分泵有问题，而车祸前车刚刚检修过。他又找到检修厂，通过监控发现姚雨虹的车在检修时，钟峻来过。原来是钟峻给了工人一笔钱，让他调校刹车分泵。好在工人胆怯，调得不大，否则，车祸会更严重。

郭枫啸讲完，淡淡地说：“老天有眼，‘善有善报，恶有恶报’。”接着，他又讲了两个关于孔子的故事。

一个故事是说鲁国穷困的时候，很多人经常被卖到别的国家作奴婢，鲁国国君就说若有人能把这些人赎回，政府就发奖金给他。子贡赎人回来时，不接受政府的奖金。孔子责备子贡说：“你错了。”孔子说圣贤做事有一个原则，就是帮助社会改良不好的风俗，而且教化百姓，给百姓做榜样。所以，不能随自己的爱好，喜欢怎么做就怎么做，要顾全社会大众。鲁国现在的社会状况，富贵人少，贫穷人多。如果像子贡一样感觉赎人之后接受了政府的奖赏，就是不廉洁，那今后还有谁敢做赎人的事情?

另一个故事是说子路看到一个人掉到水里，将他救起。这人非常感激，送一头牛表示谢意，子路接受了。孔子听到了高兴地说：“从今以后，鲁国就会有很多人去救那些掉到水里快淹死的人了。”

讲完后，郭枫啸总结说：“圣人对善恶的看法与常人不一样。一个人做了错事被宽恕，他反而胆子更大，将来会做更多的坏事，使许多人受害，这个宽恕就是错误的；如果警诫他惩罚他，他以后不敢做坏事，这就是正确的。宽恕仁慈也要用得恰当，用不恰当，就会变成‘慈悲多祸害，方便出下流’了，这就是非慈之慈、非方便之方便了。宽恕一个人也好，惩罚一个人也好，只要结果是让多数人受利，就是在做好事。从钟峻的车祸上，可知报应丝毫不爽，万物皆有灵验。这就叫‘天作孽，犹可活；自作孽，不可活’。”

韦本昌的事情已不仅仅是传言了。《临海晚报》也免了钟峻的总经理职务，只说另有任用。钟峻把会所关了，也不上班，几乎不再露面。房企联盟还存在，换了个聚会的地方，聚的频次少了许多，聚在一起也只是喝喝茶，叙叙旧，聊聊天。

这一天，姚雨虹加完班，很晚才回家。刚停下车，就跳出来五个人，前面的正是钟峻。没等她做出反应，他们就抓住她，堵上她的嘴，架着她向不远处的一辆面包车走去。她即将被架上车的时候，有一辆车开过来，车灯正好向这边晃了晃。她使劲将头扭向灯光处，想将被堵住的嘴暴露在灯光下。可是，灯光迅速地暗了下去，她的心也跟着往下一沉，她被推到了车上。

钟峻开着车，狞笑着说："姚雨虹，你那场车祸是我做的，郭枫啸让我身败名裂。我斗不过你们郭家，不过，我完蛋之前，得拉上你垫背。这几天，就让他们好好陪陪你。然后，咱俩一起见阎王。"

五个人得意地狂笑着，几双手在她身上摸来摸去，其中一个叫着说："就在车上做吧，这么漂亮，我都等不及了。"其他几个人笑得更响了。

车拐上了一条比较偏僻的小路，钟峻突然说："后面好像有辆车一直在跟着我们。"他们一齐扭头向后看去，果然有一辆车。钟峻将车速放慢，后面的车闪了闪灯超过去了。一个人说了句"真是做贼心虚"，话音未落，刚超过来的车就停在他们的车前，挡住了去路。车上的人打开车门下来了。

钟峻一看是郭枫啸，招呼其他几个人下了车，恶狠狠地说："郭枫啸，什么事？"

"我好像看到车上还有一个人。"郭枫啸不慌不忙。

"就凭你一个人？"钟峻凶恶地说道。一挥手，五个人拿着刀子一齐围住了郭枫啸。

"收拾你们几个，我一个就足够了。"郭枫啸从身后抽出带着的铁棍，冲向钟峻。

凭着小时候练就的武术根底，郭枫啸很快就将几个人打倒在地，那四个人都被铁棍打折了腿。钟峻一看扭头就跑，郭枫啸紧追几步，一棍扫到了他的腰上，钟峻像一只被打断脊梁的狗一样，瘫倒在地。

郭枫啸一只脚踩着钟峻的脸，他的眼前，出现了琪琪被绑架的那一幕，他觉得此时车上的，不是姚雨虹，是琪琪，而钟峻，就是那个主谋。

他看到了钟峻绝望的眼神，钟峻张了张嘴，好像想说什么。

郭枫啸闭上眼睛，举起棍子。

突然，一个人从背后死死抱住了郭枫啸。

是宋雪薇。

刚才，姚雨虹在小区里看到闪着车灯的，是郭枫啸，他近期不知为什么，总不放心妹妹，想提醒许柯又觉得有些大惊小怪，就经常暗中跟随妹妹下班。

宋雪薇发觉近期钟峻的情绪异常得很，今天更加反常，晚上就一直开车跟在后面。

郭枫啸搏斗的时候，宋雪薇跑到面包车上，放出了姚雨虹。

郭枫啸回过头，看到了宋雪薇，也看到了站在车旁的姚雨虹。

姚雨虹说："哥，放了他吧。"

钟峻大喊："郭枫啸，你打啊！不打你是怂蛋！让我们钟家都死在郭家人手上好了。"

郭枫啸大声问："你们钟家？跟我们家有什么仇？"

钟峻只是哈哈大笑，不说一句话。

郭枫啸放下了铁棍，看看妹妹，又想到孟依凡说的"宽恕"，还有父亲说的"得饶人处且饶人"，就说："生命可贵！失去了，就无法弥补。"

宋雪薇扶起钟峻，向她的车走去。经过姚雨虹面前时，她说："雨虹，对不起！谢谢你！"

姚雨虹说："阿峻，过去的都过去了。阿薇爱你，你要能珍惜，不要再做傻事了。"

钟峻一言不发。

宋雪薇对感情投入得太多，受的伤也太多。她没有游戏感情，却游戏风尘，在浮躁的临海市，很难找到能够懂得她的感情的人。

她不断追求爱情，却浑身伤痕。她一直保留着一颗追求爱情的灵魂，在追求爱情的路上，她不停地呼唤，有时疲惫了就做稍许的停留。她曾经想放弃，想真的如她表面那样游戏一切。可在钟峻给她掐灭烟头的一刹那，她真的很感动。一颗饱受爱情伤害的心，又找到了归属，不管对方是不是爱她，是不是值得她去爱。她只知道，此心，已有归属，绝不会再回头。一生一世，她都属于他。

看着宋雪薇的背影，曾经的好姐妹，姚雨虹落泪了，她快步赶上去："阿薇……"

宋雪薇摇摇头，没有说话，搀扶着钟峻，继续向前走着。

四　结束

1

梁亚的快速周转玩到了极致，一旦停下来，资金链就有可能断裂，他就像上了辔头的拉磨的驴，顺着惯性不断地转。

然而，2013 年成交量的上升与前几次不同，并没有带动投资者入市，纯粹的刚需购买力极低，对价格又极其敏感，所以成交量的放大并没有带来房价的上升。而各家房企，存量积压很多，都在抓紧时机跑量，无暇涨价。

梁亚的项目，住宅项目销量虽然上去了，但利润在下降，无法弥补借贷的融资成本。

他原来拿地倚重的商业，在电商冲击下，经营不景气，加之尚鲨公司内部也缺乏专业的商业经营人才，不重视商业项目的后期经营，造成大面积退铺，原来能够带来稳定融资的商业项目，也从银行眼中的凤凰变成了草鸡，无法从银行融资，资金链出现问题。

梁亚，这头勤奋的小毛驴，拼命拉磨到 2014 年 6 月，整体房地产市场成交又开始明显走低，正在迅速扩张的梁亚，多个项目无法达成预期的销售额。

面对各城市公司的催款申请，有要付后期土地款的，有要付工程款的，有要交房结算的，有要开盘的，有商业开业请明星搞活动的……梁亚感觉鼻子尖都在冒火。

张守强告诉梁亚，无力再帮他筹钱。

梁亚又将目光转向临海商业银行，尚鲨公司之前虽有民间借贷，但因为这个不入账，不体现在公司的负债表中，所以尚鲨公司账面上的负债率并不高，很能吸引投资机构的青睐。这一次，临海商业银行如之前几次一样，没有拒绝，只是告诉他要先把旧债还上才能借新债，这是正常的规定。

梁亚已在多个银行借了一大笔一大笔的债务，拆东墙补西墙，还从民间融了大量资金，还上这笔贷款后，却被银行告知，无法再贷款给他。

此时，梁亚才知道，银行内部有个“惜贷”名单，也就是民间俗称的“黑名单”，而尚鲨公司很不幸，半年多以前就已是榜上有名了。

他不明白是怎么上的榜，之前也没听到过任何风声。找到银行的人了解，才知道，张守强半年多之前拿着尚鲨公司的股权到银行办抵押贷款，银行才发现尚鲨公司近几年民间借贷太多，而民间贷款，银行无法确切知道数额，所以测评结果是负债率太高、风险太大，将之列入“惜贷”名单。

没提前告诉他，是银行担心梁亚知道消息后，会拖着之前的贷款不还，或者干脆“跑路”。梁亚一下子懵了。新的贷款下不来，原来银行的、民间的借贷，光利息就是个天文数字。

想尽了所有办法，梁亚仍然无法再融到新的资金。他一遍遍跟投资机构说:“尚鲨公司现在的在售项目，超过500亿元。40亿元，只需要40亿元，500亿元的规模就可以盘活了。”当投资机构问到他确切的负债时，梁亚就有些言辞模糊。他确实不知道确切的负债数字，因为各时期借来的钱，利息不同，从不同渠道借来的钱，利息也不同。有的还利滚利，每天利息都在涨，他已经算不清了。他只知道，再有40亿元，尚鲨公司就可以重生。

梁亚想找岳父解决资金问题。一回香港，老婆就拉着他谈离婚，说:“我们的婚姻就是一桩生意，我还没玩够呢，爸爸就让我结婚，给你钱做生意，就是要让你对付郭枫啸。谁知你却是‘泥菩萨过江——自身难保’。既然你做不到，那我们的婚姻也没有必要了。其实，我们的婚姻早就名存实亡了。”

梁亚想揍她一顿，可想到还要求助她的父亲，就说：“我要不举报罗杰，郭枫啸能这么惨？”

她嘲笑道：“还说？你借这么多债，可能下场还不如他呢。我们再不分，我怕连我当年的嫁妆都赔进去啊。”

梁亚吼道：“我见了你父亲再说。”说完摔门而出。他岳父的生意仍未恢复，建议他断臂求生。

“断臂？怎么断？”梁亚问。

“卖项目。你不是以股权作抵押，给了张守强吗？找他，让他收回项目。将烫手的山芋甩给他。”

沉默了好长时间，梁亚说：“好吧。我回去把项目好好盘盘，找几个不好卖的给他。”

“不！要卖，就从好项目开始。不好的，卖不了几个钱，解决不了问题。”

韦本昌出事的消息坐实后，尚鲨公司受到牵连，临海的几个项目都被政府“禁售”，消息传开后，其他几个地方的项目虽未被禁售，但没有购房者愿买这个随时可能倒下的公司的楼盘。无法销售，就无法回款。原有的账户，有几个也被查封，有钱难动。

尚鲨公司旗下的项目几乎全部停顿，各路逼债的纷纷上门。

梁亚干脆留在香港，不回内地了。

2

梁亚打电话给张守强，说他无法回去，让他到香港谈谈项目转让的事情。郭枫啸觉得该与梁亚摊牌了，就一起到了香港。

得知郭枫啸是鸿安公司的真正老板，梁亚呆若木鸡。

“枫啸，这么多年，我忙忙碌碌，像个勤劳的小蚂蚁，一天到晚忙得要死，原来都给你忙活了。”

“要不，我再借你几亿元？你再撑一撑。”

梁亚苦笑：“别拿我当傻瓜了，你要借不早借了？我等不到天亮了。

想到过死，却没想到死在你手里。枫啸，在我心中，你一直都像是林妹妹进贾府，谨小慎微的，不可能走出收购股权这么险的棋。”

郭枫啸笑了笑，说：“万物都是在变的嘛。我还有更冒险的呢，你在其他几个地方拿股权作抵的债务，我也买了下来。你有几个项目是与其他企业合作的，我也将另外的股份收购过来了。”

梁亚愣了一下，说：“我听说了，但不知道是谁在收购。今天一见到你，就想到了是你。你还真是看得起尚鲨公司啊。”

郭枫啸说：“说到尚鲨公司，确实算得上数一数二的好企业。无论是它的模式，还是它现在的产品结构、规模，都值得我去冒险。”

“枫啸，我爸告诉我，要拿银行的钱，做自己的事。你爸让你拿自己的钱，做自己的事。我爸说的，比你爸说的要高明。我听了我爸的，你没听你爸的，结果怎么就成了这样了呢？我真想不明白！”

“别你爸我爸的，绕来绕去的。你想不明白的是，我一直不如你优秀，为什么结局却相反呢。我继母跟我说过，‘劳心者’治‘劳力者’，而‘劳资者’治‘劳心者’。就我俩来说，我是‘劳资者’，你是‘劳心者’。不优秀的‘劳资者’，可以强于优秀的‘劳心者’，这就是原因。”

梁亚说：“嗯。还有一件事情，我也想不明白。”

“什么事？”

“这段时间，我琢磨来琢磨去，我已经发现其实是钻进了守强的套子，只是不明白他为什么要给我下个套。真没想到，原来是你。你一步步引诱我，这个‘资’专门针对我。借钱给别的‘劳心者’只是为了赚钱，要收益，而到了我这里，就偏偏要股权。你想收购我的公司了，真的就是因为尚鲨公司是个好公司？”

“这确实是一个圈套。不过，有必要知道原因吗？”

“枫啸，我算计过你，但是，我知道你不会为了这些记恨我。”

“哈哈，这些小事情，我当然不放在心上。如果就这些事情，我仍然当你是朋友。可是，琪琪曾经佩戴的玉佛，你拿到时为什么不告诉我？”

郭枫啸说到玉佛，声音已经控制不住了。

“玉佛，玉佛……”梁亚喃喃道，“我拿到的时候，什么都不知道。那天，在你办公室，看到琪琪的照片，我问了龙叔才知道。那时，我已把它送给了依凡。怕你追问，就没说。好在完璧归赵，转了一个圈，又回到了你这里。”

“什么，玉佛在依凡那里？”郭枫啸很吃惊。梁亚也很吃惊：“你不知道？那你怎么知道曾经在我这里？”

“赵彦雄说的，守强也早就知道了。玉佛的事情，确实与你关系不大。可是，背后算计罗市长的，是你吧？就这点，我借钱给你，让你拿股权相抵，比起来，还算是正大光明吧？”

梁亚低下头，过了一会儿，说：“是我。我的目标是你，而不是罗市长。我最爱的是依凡，我一时糊涂让她离开了我，可我不想让她爱上你，我受不了。一报还一报，举报韦市长的，是罗杰吧？”

这样的真相郭枫啸已经知道，所以并不生气。他说：“是不是罗市长，我不知道。韦本昌是自作自受，早一天晚一天的事情，就算是罗市长举报，也只是借势而已。”

梁亚看了看他，慢慢地说：“所有的事情，主谋都是钟峻。”

又是钟峻！绑架琪琪的主谋是他，搞“艳照事件”的主谋又是他！郭枫啸高声问：“钟峻？那年农民工跳楼讨薪，我知道是有人在背后策划，是不是也是他？他为什么要做这些？”

“是的，是他。他是‘暴头’收养的干儿子。”

“还是因为20多年前的那场火拼？”

梁亚摇摇头：“我叔岳说过，该担的责任要担，是规矩。愿赌服输，也是规矩。20多年前，他输得心服口服。这几年，他想要用真正的商业竞争手段击垮你们，让你们也输得心服口服。他知道我与你是朋友，就利用了我。结婚、资助，都是他计划中的一部分。”

郭枫啸“哼”了一声，冷笑道：“把罗市长搞倒，也是真正的商业竞争？也是他计划中的一部分？”

梁亚说："这不是他的计划，这是钟峻的主意。我参与其中，也是想通过这个重新得到依凡。"

郭枫啸压住怒火，说："你这样就能得到依凡？你以为依凡会喜欢你的钱？'暴头'都不想不择手段地报复，钟峻为什么抓住不放？我看是'暴头'暗里指使他干儿子那样做。"

梁亚说："钟峻的做法肯定不是他指使的。我输了，心已死。人之将死，其言也善。你现在收了尚鲨公司，就是救了我。我不会骗你。钟峻的父亲死在你父亲手里，所以他比我叔岳更恨你。"

钟峻的爸爸当年是"暴头"最得力的手下，他妈妈早在他三四岁时，就因不满丈夫的所为与之离婚。在那次火拼中，钟峻的爸爸身中数刀，送到医院后，没抢救过来。而钟峻的哥哥也在火拼中被砍断了腿，就是卖报的"拜哥"。"暴头"到香港时，把只有 12 岁的钟峻也带去了。

郭枫啸用 40 亿元收购了尚鲨公司全国项目 100% 的股权及债务，鸿安公司一跃成为全国房企 50 强。

3

鸿安公司并购尚鲨公司，震惊了全国房地产行业。几个金融机构找上门洽谈，表示可以提供贷款，条件非常优厚。因为商业银行提供了足够的贷款，所以郭枫啸并不缺钱，起初他是拒绝的。几次之后还不断有找来的，他就咨询游弋的意见。

游弋没有直接回答，他问："如果你有 5 000 万元，现在给你一个项目，需要投资 5 000 万元，赢利 20% 是有保证的，有个朋友也看好这个项目，想拿出一部分资金一起做，你会不会合作？"

"不会。找个借口委婉拒绝，以后有了项目再合作。"郭枫啸想了想，小心地说，保证公司高额的赢利是一个商人的基本要求。

游弋点点头，又说："还是这个项目，银行的朋友找你，有一笔

5 000万元的贷款需要发出去，利息比正常的优惠，你贷不贷？”

“会贷一点，至多3 000万元吧。”有了刚才游弋点头的鼓励，郭枫啸很快就说出想法。

游弋仍然点点头，说：“为什么拒绝朋友，却帮银行？是与银行朋友的感情深，还是因为考虑以后会需要银行？”

郭枫啸老实回答道：“需要银行的时候多一些。”

游弋说：“朋友比银行更重要。银行只认钱，无论什么时候，都嫌贫爱富，只帮有钱人。你有钱时，它会跟着找你贷款，可是你却不需要；你没钱时，无论怎么找它，它都不理你。所以，你两个回答都不正确。”

郭枫啸知道游弋的说法会让他受益，说：“还请指教。”

“第一个问题，一定要与朋友合作。投5 000万元和3 000万元，赢利的总数不同，但利润率并没有差别。也就是说，投资回报率不变的情况下，既交了朋友，又可以节省一部分资金投到其他项目上，投资的渠道就更宽了。而朋友，也会在你困难的时候倾囊相助。”

“那第二个问题呢？”

“要与银行合作，不是3 000万元，而是5 000万元。你有充足的资金保证按时还款，甚至还可以在银行朋友需要的时候再贷一点，这样不断积累，就保证了一个良好的信用纪录，也在银行的档案中留下一个经营稳健的纪录，这都是你在需要钱时能够贷到钱的保证。与第一个问题同样的是，你还可以省下一笔资金投资其他项目。当你手头上没钱想贷时，利率不会优惠，你又难以保证及时还款，以后还怎么贷？所以，别说有5 000万元，即使有1亿元，也要与人合作。没有朋友找你，还要找朋友合作，帮朋友赚钱。”

听完解释，郭枫啸知道了该如何去整合手头上的资源，发挥整个资源的力量，这就是资金的杠杆作用。同样1 000万元，在有的人手里只能做1 000万元的生意，而在有的人手里却能做上亿元的生意。

郭枫啸说：“并购尚鲨公司的资金，看来还是要多贷些款，正好，前段时间黄兆安也说想退出房地产，这样资金充裕，可以找他谈谈。尚鲨公司的项目接过来后，我本来打算是，没有太多还贷压力，就提高售价，放缓速度，以求更大的利润。听您一讲，我觉得不能等，要速战速决，快速回笼资金，保持资金的高流通率，其实也是保留了它原来的模式，这样一来，磨合也小，可以很快就有利润，一举多得啊。”

游弋赞许地笑了，说：“你能这么想，已经难能可贵了。现在是特殊时期，利润不是考虑的第一要素，能完好地生存下来，是第一位的。在生存的基础上，能为以后的发展积累资本，就是最大的胜利。你不要固步自封，现在银行利率很低，土地成本也很低，还款之后要继续借贷，继续低成本拿地。在加快周转速度这点上，梁亚做的没错。”

“我爸爸曾说过，子弹能够打击敌人，不在于它的重量，而在于它的速度。同样，给鸡蛋一个足够大的速度，它就能够与石头同归于尽。速度真的是至关重要啊。看来，波峰时，要采用小心谨慎的应对策略；谷底时，反而要积极大胆应对。只是，判断何时是峰何时是底，也是一门学问。”郭枫啸说。

“陈而后战，兵法之常；运用之妙，在乎一心。与政策同一节奏，看准了，就大胆地做！静若处子，动若脱兔。你已经静了很久了，也该动了。”

4

郭枫啸、梁亚、张守强等人，都找不到钟峻。但张守强找到了“拜哥”的家，带着郭枫啸一起来了。

客厅里是一张大大的全家福照片，“拜哥”一家三口，加上钟峻。照片上的四人，都一脸幸福，尤其是钟峻，阳光、英俊，让人想不到这样的一个人，会有此行为。

“拜哥”说，他当年是偷偷跟去的，本想暗中找点好吃好喝的，没想却遇上了拼杀。他从门缝里看到父亲受伤，跑出去想把他拖进来，正赶上郭厚平的兄弟们从门外涌进来，一通乱砍，他大腿中了两刀。

郭枫啸跟他道歉，问还有什么需要帮忙的。

“拜哥”说，当年他住院时，“暴头”就告诉他，这种仇，不要怨。在江湖混，如果每个人都记一辈子，那谁都会被人记恨。钟峻小时候，从没说过要报仇，只是几年前，他说不会忘记父亲是怎么死的，也不会忘记哥哥的腿是怎么断的。

“拜哥”转头看了屋子一圈，说：“房子是他给我买的，孩子上的学校也是他解决的。这几年，他每年都给我钱，不让我卖报，可我不踏实，他给的钱，我都存着，我还额外攒了3万元，留着给他结婚用。现在，也不知能不能用得上。”

郭枫啸与张守强，都不知道说什么好。郭枫啸问“拜哥”能否联系上钟峻，“拜哥”犹豫了一下，拨通了钟峻的电话。

钟峻警告郭枫啸不要伤害他哥哥一家。

郭枫啸说：“你的父亲，还有你哥哥的事，我替我父亲道歉。这都是误杀误伤，当年那么凶残的打斗，每个人都可能丢了性命。”

钟峻：“我不管，此仇不报，我心难安。”

“你要什么时候才会停止？琪琪呢？她有什么错？”一说到琪琪，郭枫啸的情绪就激动起来，语气就加重了。

钟峻也加重语气，吼道：“她没错。我哥哥有错吗？也没错。我没想让琪琪死，那也是误杀。要怪，只能怪她太漂亮。”

郭枫啸说：“你疯了，你太不可理喻了。”

钟峻笑道：“不可理喻？这你就受不了了？郭枫啸，别假惺惺跟我讲道理，我的车祸，是不是你安排的？不要以为你现在赢了，就可以抢占道德的制高点。”

郭枫啸平静了一下，说：“让宽恕来结束一切吧！”

钟峻仍然大笑：“宽恕？太冠冕堂皇了吧？你以为你是上帝？”他大笑着挂断了电话。

五　曲终人未散

1

韦本昌的事情没有牵涉到黄兆安，但他还是待在澳大利亚。郭枫啸说想去澳大利亚看他，他表示这次一定好好陪陪。

黄兆安在澳大利亚的明星老婆怀孕了，他指着她的肚子，骄傲地对郭枫啸与孟依凡说："男孩，双胞胎。"

郭枫啸开玩笑道："准吗？别是俩千金。"

"哈哈，这次配的中药，很管用，也做过B超，没错。老弟，要是你以后需要，我把方子卖给你。"

郭枫啸抓起孟依凡的手，说："我们追求纯天然。"孟依凡笑着抽出了手。

黄兆安说："婚礼定时间了吗？我一定赶回去参加。不过，最好等我这俩儿子出生，带他俩一起。"

"快了，定好一定通知您。老哥，你上次说想退出房地产业，现在还有这样的想法？"

"老弟想接手？你胃口好大啊！前几年悄无声息地把鸿安公司收了，连我都蒙在鼓里。然后又把春天置业给吞了。这尚鲨公司的并购还没完全结束呢，就惦记着我的大成集团了。"

郭枫啸笑了："我这是助人为乐。"

"嗯，大鱼吃小鱼，快鱼吃慢鱼。我最近琢磨着，还得再干几年，不为别的，为了两个宝贝儿子，也得再拼拼啊。"停了一会儿，黄兆安又接着说："以后的兼并、合作，套用一句时髦的话，将成为'新常态'，我们可以在多个领域合作。不过，怎么合作，我们以后再细谈，现在我也没有确切的想法。"

黄兆安陪郭枫啸和孟依凡把整个澳大利亚都玩了一遍。他说他有豪华游艇，明天出海，到大海深处游玩。

第二天，三人在甲板上晒着太阳，海鸟在身边盘旋。两个男人在喝茶聊天，孟依凡站在船舷旁边尽情享受南太平洋的海风。

孟依凡从出生到大学，都生活在内陆。来临海前，没见过真正的大海。大海对她始终有着神秘的召唤。

孟依凡到临海的第一件事，就是跑到海边，尽管那天刮着风，下着雨。

海浪，在风的推动下，掀起十几米的浪花，咆哮着涌向岸边。她震惊于大海如此巨大的声响，这之前，她只想象过大海的宽广，却从没想过大海的声音。她震惊于大海的气势！

之前，孟依凡从电视画面上看大海，并没有觉得自己有多么弱小，此时，自己是如此渺小，如此脆弱，似乎是可以不存在的。

那一刻，她跪下了。

一浪接一浪，和临海的城市节奏一样，急促、热烈，给人压迫、催人向上。她迎向大海，渴望自己如一只勇敢的海燕，在这呼啸的海面上翱翔。

极目远眺，海面雄浑而苍茫，将城市的拥堵和喧嚣全部掀在九霄云外。大海将她的身体一点点撕裂，又一点点重聚，她被大海不断拓宽、拓宽，她飘在海面上，获得了一股神秘的生命力。

到精锐广告公司的第二天，一大早她就跑到海边。

灰蒙蒙的海面，浩淼的海水轻轻荡着。人，也似乎应着节奏，摇了起来。远处的海面，透出一线光亮，光亮下的海水，也开始起舞。

她的心，突然紧张起来，如同被扼住了喉咙，她感到窒息，她急于发声，急于呼吸。她盯住那一线光亮，眼睛一眨不眨，似乎正在奋力挣脱着束缚。

终于，霞光映红半个天空，海水也不再跳舞，变得安静下来，她的呼吸也逐渐顺畅了。太阳跳出来了，她也好像经过一场长时间的搏斗，终于获得了力量，看到了胜利。

那一刻，她轻松了。

狂风也好，暴雨也罢，大海一把就将它们全部揽入怀中，深深地卷入心底，变成自己的血液，自己的力量。

此时，南太平洋的海面，如此平静，似乎从未起过波澜。又似乎是一个中年人，经历过狂风巨澜的沧桑，把又把所有的故事都深藏于心，静如止水。

宽阔的海面上，远处迎面驶来一艘游艇，越来越近。天空也飞来一架直升机，在游艇上空盘旋。

郭枫啸站起来，走到孟依凡身后，搂住她的腰，向对面的游艇眺望。越来越近，甲板上的人、物也越来越清晰。

两艘游艇错过时，都停了下来，侧面相对，直升机也在上方停止不动。对方游艇突然的礼炮让孟依凡吓了一跳。她抬头看，烟花在天空中散出一个大大的心形，还未消散时，又出现一个英文的“LOVE”图案。她似乎已猜到可能是郭枫啸为她准备的，她感觉到搂在腰上的胳膊更紧了。

对方甲板上拉起一个大大的红色条幅，几个金光大字在阳光下熠熠生光：“依凡，嫁给枫啸吧”。条幅后面，是张守强与吴静敏。

孟依凡回过头，是郭枫啸深情的目光与笑脸。他轻轻吻了她一下，目光向空中望去。她回头仰望，直升机上垂下了同样的条幅。机舱口的脸，是许柯与姚雨虹。垂下的条幅后面，是一条软梯。

看来一切都是预谋好的，只是瞒着她。她的泪水涌了出来。郭枫啸在她耳边说：“我们上去。你怕不怕？”

她使劲点着头，是说要上去，可使劲摇着头，是说不怕。想了想，又点头。

口中说不出话，心中却在说：“跟着你，上天入地，我都不怕！”

孟依凡干脆不说话，冲郭枫啸笑了。这一笑，如同第一次与孟依凡见面的一笑，又一次击中了郭枫啸，让他再一次想起了琪琪最后的笑容。这次，他看到的是琪琪的祝福。

他抱得更紧了。

2

这是郭枫啸第三次向孟依凡求婚。前两次都不怎么正式。

2007年年初，张守强到郭枫啸办公室，说起他在香港发现赵彦雄曾拿玉佛还过赌债。张守强离开后，郭枫啸关着门，在里面呆了好久。

孟依凡敲门，没有回应。她推开门，一股浓烈的酒味扑鼻而来，她下意识地伸手扇了扇鼻子，想退出来。退出来的一瞬间，她又把门完全推开，看到了沙发上的郭枫啸，还有桌子上的空酒瓶。

她走了进来，收起酒瓶，同时看了一眼桌子上的照片，愣了一下，拿起照片，仔细看着。她被琪琪脖子上的玉佛给惊呆了。

那是她第一次知道，还有个玉佛，与梁亚给她的一模一样。

她回头看了一眼郭枫啸，看到他满脸的泪水，叹了口气，拿起毛巾，去屋里的洗手间，用热水湿了湿，然后回来，轻轻地为他拭去泪水。

睡梦中的郭枫啸被惊了一下，抓住她的手，使劲地将她拉过来，她倒在他的怀里，她颤抖着，将脸贴在他的胸前，紧紧抱住他。

他也紧紧地抱着她，嘴里叫着：“琪琪，琪琪……”

她流着泪，想挣脱他的环抱，越挣脱，他抱得越紧，她也不再挣脱，回应着他的拥抱。他吻她的头发，吻她的额头、眼睛、嘴唇。他吻着她，抚摸着她……

他边叫着“琪琪”的名字，边撕扯她的衣服。她边流泪，边由着他。

事后，他搂着她，呼呼沉睡。她使劲扳他的胳膊，他喊了一句：“依凡，不要离开！”她一惊，看他，仍在沉睡。她没动，泪水再一次流下。很久，她才推开他，轻轻走了出去。

第二天，他手捧鲜花与钻戒，向她求婚。

她拒绝了。她不想要因为失礼的补偿，她要他全心全意的真爱。不过，从这之后，两人正式同居了。

2008 年 5 月 12 日，汶川地震！

郭枫啸和张守强第一时间组织了一个支援小分队，赶赴灾区。

在灾区，郭枫啸见到一个女孩，哭着跪在一堆瓦砾旁，瓦砾堆里是一个死去的年轻男子。一个志愿者告诉郭枫啸，死去的男孩对女孩一直很好，可她不知因为什么原因，一直没有明确接受他，可她心里一直都有他。地震后，她脱了险就打他电话，无人接听，就直奔男孩住的地方，发现这里已是一片废墟，她守在这里，呼喊他的名字，用所有能用上的工具清理。救援队帮忙挖开废墟，他已去世，死前还用手在墙上刻下她的名字，写着“我爱你！”她后悔，这么多年，没有接受他。

郭枫啸想到孟依凡。拿起电话，给她发了个短信：“我们结婚吧！”

孟依凡收到短信后，不知他为什么发来这样的短信。她回了个：“愿此生平安！”

她本想等他回来后的正式求婚，谁知他回来后，却没了下文。

她想，是不是他认为对她的表达是一种施舍？如果真的是这样，她不接受！如《致橡树》中所说：“我必须是你近旁的一株木棉 / 作为树的形象和你站在一起 / 根，紧握在地下 / 叶，相触在云里。”

这次求婚，她一万个愿意！在他对梁亚和钟峻的报复中，她看到了宽恕。这是比仇恨、比财富、比武力，甚至比爱，都强大的力量。她愿意陪他终生。

直升机上，姚雨虹替孟依凡穿上一袭婚纱。孟依凡早已错过穿嫁衣的最好年纪，但这件嫁衣，是最美丽的。

郭枫啸单膝跪地，捧起孟依凡的手，轻轻吻了一下，打开钻戒，问：“依凡，您愿意嫁给我吗？”

“我愿意！”

郭枫啸站起身，又从姚雨虹手中拿过一个盒子，打开后，竟然是那个随琪琪去世而失踪的玉佛！

郭枫啸轻轻地小心地拿过玉佛，问孟依凡：“可以给你戴上吗？”

孟依凡一阵晕眩，用颤抖的声音问：“这个，有几个？”

“世间唯此一件，是我亲自挑选、设计，我愿把它交给我唯一的爱人。”

郭枫啸给孟依凡戴上后，才告诉她实情。当年从缅甸回来，他把带回的玉佛给了琪琪，琪琪却找地方做了个假的，把真的放起来，说等结婚时再戴。

3

求婚当天晚上，游弋与他的女秘书也来到澳大利亚道贺。游弋道歉说飞机晚点，白天没能赶来。

郭枫啸想到商业银行刚上市时，他与游弋在海之林酒店的一次谈话。

游弋问：“还记得第一次见面，我问你在临海看到了什么，你的回答吗？”

“是繁华，是机遇。”

“那现在呢？”

“寂寞。”

游弋笑了，说我给你讲个故事吧。

若干年前，三个朋友一起来临海闯世界，一踏上临海的土地，第一个感叹道：“怎么到处都是高楼大厦？人也多，车也多，乱哄哄的。”

第二个眉头略皱：“这么多人，不知道有没有我们的机会。”

第三个人只笑不说话，另两个人就问他为什么笑？他说：“没有人就没有市场，没有市场就没有钱。人在动，车在动，说明钱在动。我看到了财富。”

游弋接着说：“人在动，车在动，确实说明钱在动。同时，也说明财富是液态的，是可以流动的。”

液态的财富，至少说明三点：一是液态的东西总是由高向低流动，只要保持了自由的心胸、若谷的胸怀，就拥有了财富的容器。及时清理、维护这个容器，就能容纳更多的财富。二是流动是财富的天性，一个人，无论他创造了多少财富，拥有了多少财富，都仅仅是人类财富的保管者，不可能是永久的占有者。三是只要有了足够高的温度，液态的财富是可以汽化的。如果一个人太热衷于去占有财富，那么手中的财富是会蒸发的。

讲完故事，游弋说：“别寂寞了，考虑做点什么吧。让它动起来，才会拥有更多。”

郭枫啸说：“路越来越宽，人越来越多，车越来越挤。我们在征服财富的路上，从走到跑，再到开车驰骋，堵车了，又恨不得驾飞机飞翔。我们的欲望越来越大，看不到冲刺的终点，财富好像总是在很远很远的地方。我们什么时候才能停止下来？”

“哈哈，看不出你还是一位哲人啊。不是有位伟人说过‘时间能解决一切’吗？交给时间吧，所有的快乐，所有的烦恼。”

“时间真的能解决一切，能让我们停止吗？如果我们与时间达成一个协议，穿越时光隧道，在最短时间内拥有了一生为之奋斗才能占有的财富，是不是我们就停止了脚步？”

“肯定不能。生命不息，欲望不止。做下去，才有乐趣。”

“是啊，欲望！欲望让我们都成了物质的动物，我们什么时候能把自己变成一个情感的动物？”

“我们本来就是物质与情感相结合的嘛。”

“游行长，我们是吗？我爸爸到临海闯荡，在陌生的城市，没有爱人，没有亲人，甚至没有希望。仅靠几个朋友，相互鼓励。他坚持留在这里，为什么？为了钱！他想让我母亲、我妹妹，还有我，过上好日子。可就是因为钱，他与我妈离婚了；因为钱，杨阿姨去世了；因为钱，龙叔反水了；因为钱，多年的朋友梁亚，也疏远了。还有琪琪，被绑架、被撕票，也是为了钱。如果我们懂得情感，就会发现，没有爱人的空间是寂寥的，没有亲人的空间是凄清的，没有朋友的空间是孤独的，没有希望的空间是虚无的。有情感的空间，才是有价值的。有情感的空间，才是盛满了最宝贵的财富的。所以，我们追求了半天，却把最宝贵的财富给忽略了。游行长，与感情相比，钱，是王八蛋。”

游弋沉默了一会儿说：“感情与金钱，到底哪个重要，没人说得清。”

郭枫啸觉得气氛有些沉闷，说：“游行长，年轻时候肯定也有过刻骨铭心的感情经历吧？现在估计也有不少追求者。是不是也在感情与金钱当中抉择啊？”

游弋摇摇头：“人不风流枉少年，无可奈何花落去啊。”

“那现在是不是‘似曾相识燕归来’了？真的归来，我一定第一个祝贺。”

“斯人已逝，归不来啦。今天不谈我，倒是你，快四十岁了，琪琪去世这么多年，别让依凡一直等下去了。”

郭枫啸沉默了一会儿，说：“我爱琪琪，可八九年了，我已经放下了。不是因为她，才与依凡这样。我觉得依凡应该有个更好的归宿。”

“更好的？对她来说，还有比你更好的？你这么说，不等于拒绝她吗？”

“游行长，几十亿元啊，我从没想过我这一生会拥有这么多。我恐惧！财富，能给我带来快乐吗？先是杨阿姨，又是琪琪，接着是我妈，一个个离开了，我真的恐惧！我怕，怕依凡嫁给了我，结局……”郭枫啸有些哽咽，说不下去了。

“别那么迷信。你跟依凡说过？”

郭枫啸摇摇头。

“刚才你问我感情的事。我有时闭上眼睛，在想象中打量自己。快五十岁了，回忆走过的时光，一直在与财富拔河，赢了又能怎么样？我失去了那在水一方的美，失去了那在天一方的爱。一这样想，我的热情就会渐渐冷却，精力就会慢慢疲倦。可不去拔，又能做什么？任由我的生命枯萎？所以，我说，感情与金钱，孰轻孰重，说不清。所以，不要去想太多，还要继续做下去。生命中的所有，都是命运所赐。痛苦来了，不要怕。快乐来了，也不要拒绝。”

郭枫啸点点头。

游弋说：“古诗说‘鱼戏莲叶东，鱼戏莲叶西’，财富如水，也如鱼，要抓住它，需要好技巧啊，你行的。”

“游行长的意思，我该拿几块地，重整房地产？”

“顺势而为吧。美国的次贷危机引发全球的金融危机，中国也难独善其身啊！我估计，政府会出手的，挽救房地产，就是挽救中国的经济。房地产以后的发展，一定要与金融结合起来。你手头上的几十亿元，不用就是浪费啊。”

4

刚从澳大利亚回来，在临海国际机场，郭枫啸接到一个陌生号码打来的电话。

接通后，传来的是钟峻的声音：“郭枫啸，我们还会见面的。”